हिन्द पॉकेट बुक

सोहाग का शव

तथा अन्य कहानियाँ

प्रेमचंद हिन्दी और उर्दू के महानतम भारतीय लेखकों में से एक हैं। उपन्यास के क्षेत्र में उनके योगदान को देखकर बंगाल के विख्यात उपन्यासकार शरतचंद्र चट्टोपाध्याय ने उन्हें उपन्यास सम्राट कहकर संबोधित किया था। प्रेमचंद ने हिन्दी कहानी और उपन्यास की एक ऐसी परंपरा का विकास किया, जिसने पूरी सदी के साहित्य का मार्गदर्शन किया। प्रेमचंद एक क्रांतिकारी रचनाकार थे, उन्होंने न केवल देशभक्ति बल्कि समाज में व्याप्त अनेक कुरीतियों को देखा और उनको कहानी के माध्यम से पहली बार लोगों के समक्ष रखा। उन्होंने उस समय के समाज की जो भी समस्याएँ थीं उन सभी को चित्रित करने की शुरुआत कर दी थी। उसमें दलित भी आते हैं, नारी भी आती हैं। ये सभी विषय आगे चलकर हिन्दी साहित्य के बड़े विमर्श बने।

सोहाग का शव

तथा अन्य कहानियाँ

प्रेमचंद

हिन्द पॉकेट बुक्स
पेंगुइन रैंडम हाउस इम्प्रिंट

हिन्द पॉकेट बुक्स

यूएसए | कैनेडा | यूके | आयरलैंड | ऑस्ट्रेलिया
न्यू ज़ीलैंड | भारत | साउथ अफ्रीका | चीन | सिंगापुर

हिन्द पॉकेट बुक्स, पेंगुइन रैंडम हाउस ग्रुप ऑफ़ कम्पनीज़ का हिस्सा है,
जिसका पता global.penguinrandomhouse.com पर मिलेगा

पेंगुइन रैंडम हाउस इंडिया प्रा. लि.,
चौथी मंजिल, कैपिटल टावर -1, एम जी रोड,
गुड़गांव 122 002, हरियाणा, भारत

पेंगुइन
रैंडम हाउस
इंडिया

प्रथम संस्करण हिन्द पॉकेट बुक्स द्वारा 1986 में प्रकाशित
यह संस्करण हिन्द पॉकेट बुक्स में पेंगुइन रैंडम हाउस द्वारा 2022 में प्रकाशित

10 9 8 7 6 5 4 3 2

ISBN 9789353496685

मुद्रकः रेप्रो इंडिया लिमिटेड

www.penguin.co.in

MIX
Paper from responsible sources
FSC www.fsc.org FSC® C047271

This is a legitimate digitally printed version of the book and therefore might not have certain extra finishing on the cover.

कथा-क्रम

○

सभ्यता का रहस्य

यों तो मेरी समझ में दुनिया की एक हजार एक बातें नहीं आतीं—जैसे लोग प्रातःकाल उठते ही बालों पर छुरा क्यों चलाते हैं? क्या अब पुरुषों में भी इतनी नजाकत आ गयी है कि बालों का बोझ उनसे नहीं सँभलता? एक साथ ही सभी पढ़े-लिखे आदमियों की आँखें क्यों इतनी कमजोर हो गयी हैं? दिमाग की कमजोरी ही इसका कारण है या और कुछ? लोग खिताबों के पीछे क्यों इतने हैरान होते हैं? इत्यादि—लेकिन इस समय मुझे इन बातों से मतलब नहीं। मेरे मन में एक नया प्रश्न उठ रहा है और उसका जवाब मुझे कोई नहीं देता। प्रश्न यह है कि सभ्य कौन है और असभ्य कौन? सभ्यता के लक्षण क्या हैं? सरसरी नजर से देखिए, तो इससे ज्यादा आसान और कोई सवाल ही न होगा। बच्चा-बच्चा इसका समाधान कर सकता है। लेकिन जरा गौर से देखिए, तो प्रश्न इतना आसान नहीं जान पड़ता। अगर कोट-पतलून पहनना, टाई-हैट कालर लगाना, मेज पर बैठकर खाना खाना, दिन में तेरह बार कोको या चाय पीना और सिगार पीते हुए चलना सभ्यता है, तो उन गोरों को भी सभ्य कहना पड़ेगा, जो सड़क पर बैठकर शाम को कभी-कभी टहलते नजर आते हैं; शराब के नशे से आँखें सुर्ख, पैर लड़खड़ाते हुए, रास्ता चलनेवालों को अनायास छेड़ने की धुन! क्या उन गोरों को सभ्य कहा जा सकता है? कभी नहीं। तो यह सिद्ध हुआ कि सभ्यता कोई और ही चीज है, उसका देह से इतना सम्बन्ध नहीं है जितना मन से।

2

मेरे इने-गिने मित्रों में एक राय रतनकिशोर भी हैं। आप बहुत ही सहृदय, बहुत ही उदार, बहुत शिक्षित और एक बड़े ओहदेदार हैं। बहुत अच्छा वेतन पाने पर भी उनकी आमदनी खर्च के लिए काफी नहीं होती। एक चौथाई वेतन तो बँगले ही की भेंट हो जाती है। इसलिए आप

बहुधा चिंतित रहते हैं। रिश्वत तो नहीं लेते—कम-से-कम मैं नहीं जानता, हालाँकि कहने वाले कहते हैं—लेकिन इतना जानता हूँ कि वह भत्ता बढ़ाने के लिए दौरे पर बहुत रहते हैं, यहाँ तक कि इसके लिए हर साल बजट की किसी दूसरी मद से रुपये निकालने पड़ते हैं। उनके अफसर कहते हैं, इतने दौरे क्यों करते हो, तो जवाब देते हैं, इस जिले का काम ही ऐसा है कि जब तक खूब दौरे न किए जाएँ रिआया शांत नहीं रह सकती। लेकिन मज़ा तो यह है कि राय साहब उतने दौरे वास्तव में नहीं करते, जितने कि अपने रोजनामचे में लिखते हैं। उनके पड़ाव शहर से पचास मील पर होते हैं। खेमे वहाँ गढ़े रहते हैं, कैंप के अमले वहाँ पड़े रहते हैं और राय साहब घर पर मित्रों के साथ गप-शप करते रहते हैं, पर किसी की मजाल है कि राय साहब की नेकनीयती पर सन्देह कर सके! उनके सभ्य पुरुष होने में किसी को शंका नहीं हो सकती।

एक दिन मैं उनसे मिलने गया। उस समय वह अपने घसियारे दमड़ी को डाँट रहे थे। दमड़ी रात-दिन का नौकर था, लेकिन घर रोटी खाने जाया करता था। उसका घर थोड़ी ही दूर पर एक गाँव में था। कल रात को किसी कारण से यहाँ न आ सका। इसलिए डाँट पड़ रही थीं।

राय साहब—जब हम तुम्हें रात-दिन के लिए रखे हुए हैं, तो तुम घर पर क्यों रहे? कल के पैसे कट जायेंगे।

दमड़ी—हजूर, एक मेहमान आ गये थे, इसी से न आ सका।

राय साहब—तो कल के पैसे उसी मेहमान से लो।

दमड़ी—सरकार, अब कभी ऐसी खता न होगी।

राय साहब—बक-बक मत करो।

दमड़ी—हजूर···

राय साहब—दो रुपये जुरमाना।

दमड़ी रोता चला गया। रोजा बख्शाने आया था, नमाज गले पड़ गयी। दो रुपये जुरमाना ठुक गया। खता यही थीं कि बेचारा कसूर माफ कराना चाहता था।

यह एक रात को गैरहाजिर होने की सजा थीं! बेचारा दिन भर का काम कर चुका था, रात को यहाँ सोया न था, उसका दण्ड! और घर बैठे भत्ते उड़ानेवालों को कोई नहीं पूछता! कोई दंड नहीं देता। दंड तो मिले और ऐसा मिले कि जिंदगी-भर याद रहे; पर पकड़ना तो मुश्किल है। दमड़ी भी अगर होशियार होता, तो जरा रात रहे आकर कोठरी में सो जाता। फिर

किसे खबर होती कि वह रात को कहाँ रहा। पर गरीब इतना चंट न था।

3

दमड़ी के पास कुल छः बिस्वे जमीन थीं। पर इतने ही प्राणियों का खर्च भी था। उसके दो लड़के, दो लड़कियाँ और स्त्री, सब खेती में लगे रहते थे, फिर भी पेट की रोटियाँ नहीं मयस्सर होती थीं। इतनी जमीन क्या सोना उगल देती! अगर सब-के-सब घर से निकल मजदूरी करने लगते, तो आराम से रह सकते थे; लेकिन मौरूसी किसान मजदूर कहलाने का अपमान न सह सकता था। इस बदनामी से बचने के लिए दो बैल बाँध रखे थे! उसके वेतन का बड़ा भाग बैलों के दाने-चारे ही में उड़ जाता था। ये सारी तकलीफें मंजूर थीं, वह खेती छोड़कर मजदूर बन जाना मंजूर न था। किसान की जो प्रतिष्ठा है, वह कहीं मजदूर की हो सकती है, चाहे वह रुपया रोज ही क्यों न कमाये? किसानी के साथ मजदूरी करना इतने अपमान की बात नहीं, द्वार पर बँधे हुए बैल उसकी मान-रक्षा किया करते हैं, पर बैलों को बेचकर फिर कहाँ मुँह दिखलाने की जगह रह सकती है!

एक दिन राय साहब उसे सरदी से काँपते देखकर बोले—कपड़े क्यों नहीं बनवाता? काँप क्यों रहा है?

दमड़ी—सरकार, पेट की रोटी तो पूरी ही नहीं पड़ती, कपड़े कहाँ से बनवाऊँ?

राय साहब—बैलों को बेच क्यों नहीं डालता? सैकड़ों बार समझा चुका, लेकिन न जाने क्यों इतनी मोटी-सी बात तेरी समझ में नहीं आती।

दमड़ी—सरकार, बिरादरी में कहीं मुँह दिखाने लायक न रहूँगा। लड़की की सगाई न हो पायेगी, टाट बाहर कर दिया जाऊँगा।

राय साहब—इन्हीं हिमाकतों से तुम लोगों की यह दुर्गति हो रही है। ऐसे आदमियों पर दया करना भी पाप है। (मेरी तरफ फिर कर) क्यों मुंशीजी, इस पागलपन का भी कोई इलाज है? जाड़ों मर रहे हैं, पर दरवाजे पर बैल जरूर बाँधेंगे।

मैंने कहा—जनाब, यह तो अपनी-अपनी समझ है।

राय साहब—ऐसी समझ को दूर से सलाम कीजिए। मेरे यहाँ कई पुश्तों से जन्माष्टमी का उत्सव मनाया जाता था। कई हजार रुपयों पर पानी फिर जाता था। गाना होता था; दावतें होती थीं, रिश्तेदारों को न्योते दिये जाते थे, गरीबों को कपड़े बांटे जाते थे। वालिद साहब के बाद पहले ही साल मैंने उत्सव बन्द कर दिया। फायदा क्या? मुफ्त में चार-

पाँच-हजार की चपत पड़ती थीं। सारे कसबे में वावेला मचा, आवाजें कसी गयीं; किसी ने नास्तिक कहा, किसी ने ईसाई बनाया, लेकिन यहाँ इन बातों की क्या परवा! आख़िर थोड़े ही दिनों में सारा कोलाहल शान्त हो गया। अजी, बड़ी दिल्लगी थीं। कसबे में किसी के यहाँ शादी हो, लकड़ी मुझसे ले! पुश्तों से यह रस्म चली आती थीं। वालिद तो दूसरों से दरख्त मोल लेकर इस रस्म को निभाते थे। थीं हिमाकत या नहीं? मैंने फौरन लकड़ी देना बन्द कर दिया। इस पर भी लोग बहुत रोये-धोये, लेकिन दूसरों का रोना-धोना सुनूँ, या अपना फायदा देखूँ। लकड़ी से ही कम-से-कम 500) रुपये सालाना की बचत हो गयी। अब कोई भूलकर भी इन चीजों के लिए दिक करने नहीं आता।

मेरे दिल में फिर सवाल पैदा हुआ, दोनों में कौन सभ्य है, कुल-प्रतिष्ठा पर प्राण देनेवाले मूर्ख दमड़ी; या धन पर कुल-मर्यादा को बलि देनेवाले राय रतम किशोर!

4

राय साहब के इजलास में एक बड़े मार्के का मुकदमा पेश था। शहर का एक रईस खून के मामले में फंस गया था। उसकी जमानत के लिए राय साहब की खुशामदें होने लगीं। इज्जत की बात थीं। रईस साहब का हुक्म था कि चाहे रियासत बिक जाय, पर इस मुकदमे से बेदाग निकल जाऊँ। डालियाँ लगाई गयीं, सिफारिशें पहुँचाई गयीं, पर राय साहब पर कोई असर न हुआ। रईस के आदमियों को प्रत्यक्ष रूप से रिश्वत की चर्चा करने की हिम्मत न पड़ती थीं। आख़िर जब कोई बस न चला, तो रईस की स्त्री ने राय साहब की स्त्री से मिलकर सौदा पटाने की ठानी।

रात के दस बजे थे। दोनों महिलाओं में बातें होने लगीं। 20 हजार की बातचीत थीं! राय साहब की पत्नी तो इतनी खुश हुईं कि उसी वक्त राय साहब के पास दौड़ी हुई आयीं और कहने लगीं—ले लो, ले लो! तुम न लोगे, तो मैं ले लूँगी।

राय साहब ने कहा—इतनी बेसब्र न हो। वह तुम्हें अपने दिल में क्या समझेंगी? कुछ अपनी इज्जत का भी खयाल है या नहीं? माना कि रकम बड़ी है और इससे मैं एकबारगी तुम्हारी आये दिन की फरमायशों से मुक्त हो जाऊँगा, लेकिन एक सिविलियन की इज्जत भी तो कोई मामूली चीज नहीं है। तुम्हें पहले बिगड़कर कहना चाहिए था कि मुझसे ऐसी बेदूदी बातचीत करनी हो, तो यहाँ से चली जाओ। मैं अपने कानों से नहीं सुनना

चाहती।

स्त्री—यह तो मैंने पहले ही किया, बिगड़कर खूब खरी-खोटी सुनायीं। क्या इतना भी नहीं जानती? बेचारी मेरे पैरों पर सर रखकर रोने लगी।

राय साहब—यह कहा था कि राय साहब से कहूँगी, तो मुझे कच्चा ही चबा जायेंगे?

यह कहते हुए राय साहब ने गद्गद् होकर पत्नी को गले लगा लिया।

स्त्री—अजी, मैं न-जाने ऐसी कितनी ही बातें कह चुकी, लेकिन किसी तरह टाले नहीं टलती। रो-रोकर जान दे रही है।

राय साहब—उससे वादा तो नहीं कर लिया?

स्त्री—वादा? मैं रुपये लेकर सन्दूक में रख आयी। नोट थे।

राय साहब—कितनी जबरदस्त अहमक हो, न मालूम ईश्वर तुम्हें कभी समझ भी देगा या नहीं।

स्त्री—अब क्या देगा? देना होता, तो दे न दी होती।

राय साहब—हाँ, मालूम तो ऐसा ही होता है। मुझसे कहा तक नहीं और रुपये लेकर सन्दूक में दाखिल कर लिए! अगर किसी तरह बात खुल जाय, तो कहीं का न रहूँ।

स्त्री—तो भाई, सोच लो। अगर कुछ गड़बड़ हो, तो मैं जाकर रुपये लौटा दूँ।

राय साहब—फिर वही हिमाकत! अरे, अब तो जो कुछ होना था, हो चुका। ईश्वर पर भरोसा करके जमानत लेनी पड़ेगी। लेकिन तुम्हारी हिमाकत में शक नहीं। जानती हो, यह सांप के मुँह में उँगली डालना है। यह भी जानती हो कि मुझे ऐसी बातों से कितनी नफरत है, फिर भी बेसब्र हो जाती हो। अबकी बार तुम्हारी हिमाकत से मेरा व्रत टूट रहा है। मैंने दिल में ठान लिया था कि अब इस मामले में हाथ न डालूँगा, लेकिन तुम्हारी हिमाकत के मारे जब मेरी कुछ चलने भी पाये?

स्त्री—मैं जाकर लौटाये देती हूँ।

राय साहब—और मैं जाकर जहर खाये लेता हूँ।

इधर तो स्त्री-पुरुष में यह अभिनय हो रहा था, उधर दमड़ी उसी वक्त अपने गाँव के मुखिया के खेत से जुआर काट रहा था। आज वह रात भर की छुट्टी लेकर घर गया था। बैलों के लिए चारे का एक तिन भी नहीं है। अभी वेतन मिलने में कई दिन की देर थीं, मोल ले न सकता था। घर वालों ने दिन को कुछ घास छीलकर खिलायी तो थीं, लेकिन ऊँट के मुँह

में जीरा। उतनी घास से क्या हो सकता था। दोनों बैल भूखे खड़े थे। दमड़ी को देखते ही दोनों पूँछे खड़ी करके हुँकारने लगे। जब वह पास गया तो दोनों उसकी हथेलियाँ चाटने लगे। बेचारा दमड़ी मन मसोसकर रह गया। सोचा, इस वक्त तो कुछ हो नहीं सकता; सबेरे किसी से कुछ उधार लेकर चारा लाऊँगा।

लेकिन जब ग्यारह बजे रात उसकी आँखें खुलीं, तो देखा कि दोनों बैल अभी तक नाँद पर खड़े हैं। चाँदनी रात थीं, दमड़ी को जान पड़ा कि दोनों उसकी ओर उपेक्षा और याचना की दृष्टि से देख रहे हैं। उनकी क्षुधा वेदना देखकर उसकी आँखें सजल हो आयीं। किसान को अपने बैल अपने लड़कों की तरह प्यारे होते हैं। वह उन्हें पशु नहीं, अपना मित्र और सहायक समझता। बैलों को भूखे खड़े देखकर नींद आँखों से भाग गयी। कुछ सोचता हुआ उठा। हँसिया निकाली और चारे की फिक्र में चला। गाँव के बाहर बाजरे और जुआर के खेत खड़े थे। दमड़ी के हाथ काँपने लगे। लेकिन बैलों की याद ने उसे उत्तेजित कर दिया। चाहता, तो कई बोझ काट सकता था; लेकिन वह चोरी करते हुए भी चोर न था। उसने केवल उतना ही चारा काटा, जितना बैलों को रात-भर के लिए काफी हो। सोचा, अगर किसी ने देख भी लिया, तो उससे कह दूँगा, बैल भूखे थे, इसलिए काट लिया। उसे विश्वास था कि थोड़े-से चारे के लिए कोई मुझे पकड़ नहीं सकता। मैं कुछ बेचने के लिए तो काट नही रहा हूं; फिर ऐसा निर्दयी कौन है, जो मुझे पकड़ ले। बहुत करेगा, अपने दाम ले लेगा। उसने बहुत सोचा। चारे का थोड़ा होना ही उसे चोरी के अपराध से बचाने को काफी था। चोर उतना काटता, जितना उससे उठ सकता। उसे किसी के फायदे और नुकसान से क्या मतलब? गाँव के लोग दमड़ी को चारा लिये जाते देखकर बिगड़ते जरूर, पर कोई चोरी के इलजाम में न फँसाता, लेकिन संयोग से हल्के के थाने का सिपाही उधर आ निकला। वह पड़ोस के एक बनिये के यहाँ जुआ होने की खबर पाकर कुछ ऐंठने की टोह में आया था। दमड़ी को चारा सिर पर उठाते देखा, तो सन्देह हुआ। इतनी रात गये कौन चारा काटता है? हो न हो, कोई चोरी से काट रहा है, डाँटकर बोला—कौन चारा लिए जाता है? खड़ा रह!

दमड़ी ने चौंककर पीछे देखा, तो पुलिस का सिपाही! हाथ-पाँव फूल गये, काँपते हुए बोला—हुजूर, थोड़ा ही-सा काटा है, देख लीजिए।

सिपाही—थोड़ा काटा हो या बहुत, है तो चोरी। खेत किसका है?

दमड़ी—बलदेव महतो का।

सिपाही ने समझा था, शिकार फँसा, इससे कुछ ऐंठूँगा; लेकिन वहाँ क्या रखा था। पकड़कर गाँव में लाया और जब वहाँ भी कुछ हत्थे चढ़ता न दिखाई दिया तो थाने ले गया। थानेदार ने चालान कर दिया। मुकदमा राय साहब ही के इजलास में पेश किया।

राय साहब ने दमड़ी को फँसे हुए देखा, तो हमदर्दी के बदले कठोरता से काम लिया। बोले—यह मेरी बदनामी की बात है। तेरा क्या बिगड़ा, साल-छः महीने की सजा हो जायेगी, शर्मिन्दा तो मुझे होना पड़ रहा है! लोग यही तो कहते होंगे कि राय साहब के आदमी ऐसे बदमाश और चोर हैं। तू मेरा नौकर न होता, तो मैं हलकी सजा देता; लेकिन तू मेरा नौकर है, इसलिए कड़ी-से-कड़ी सजा दूँगा। मैं यह नहीं सुन सकता कि राय साहब ने अपने नौकर के साथ रिआयत की।

यह कहकर राय साहब ने दमड़ी को छः महीने की सख्त कैद का हुक्म सुना दिया।

उसी दिन उन्होंने खून के मुकदमे में जमानत ले ली। मैंने दोनों वृत्तान्त सुने और मेरे दिल में यह ख्याल और भी पक्का हो गया कि सभ्यता केवल हुनर के साथ ऐब करने का नाम है। आप बुरे-से-बुरा काम करे, लेकिन अगर आप उस पर परदा डाल सकते हैं, तो आप सभ्य हैं, सज्जन हैं, जेन्टिलमैन हैं। अगर आप में यह सिफ़त नहीं तो आप असभ्य हैं, गँवार हैं, बदमाश हैं। यही सभ्यता का रहस्य है!

समस्या

मेरे दफ्तर में चार चपरासी हैं। उनमें एक का नाम गरीब है। वह बहुत ही सीधा, बड़ा आज्ञाकारी, अपने काम में चौकस रहने वाला, घुड़कियाँ खाकर चुप रह जानेवाला यथा नाम तथा गुण वाला मनुष्य है। मुझे इस दफ्तर में साल भर होते हैं, मगर मैंने उसे एक दिन के लिए भी गैरहाजिर नहीं पाया। मैं उसे 9 बजे दफ्तर में अपनी फटी दरी पर बैठे हुए देखने का ऐसा आदी हो गया हूँ कि मानो वह भी उसी इमारत का कोई अंग है। इतना सरल है कि किसी की बात टालना नहीं जाना। एक मुसलमान है। उससे सारा दफ्तर डरता है, मालूम नहीं क्यों? मुझे तो इसका कारण सिवाय उसकी बड़ी-बड़ी बातों के और कुछ नहीं मालूम होता। उसके कथनानुसार उसके चचेरे भाई रामपुर रियासत में काजी हैं, फूफा टोंक की रियासत में कोतबाल हैं। उसे सर्वसम्मति ने 'काजी-साहेब' की उपाधि दे रखी है। शेष दो महाशय जाति के ब्राह्मण हैं। उनके आशीर्वादों का मूल्य उनके काम से कहीं अधिक है। ये तीनों कामचोर, गुस्ताख और आलसी हैं। कोई छोटा-सा काम करने को भी कहिए तो बिना नाक-भौं सिकोड़े नहीं करते। क्लर्कों को तो कुछ समझते ही नहीं! केवल बड़े बाबू से कुछ दबते हैं, यद्यपि कभी-कभी उनसे झगड़ बैठते हैं। मगर इन सब दुर्गुणों के होते हुए भी दफ्तर में किसी की मिट्टी इतनी खराब नहीं है, जितनी बेचारे गरीब की। तरक्की का अवसर आया है, तो ये तीनों मार ले जाते हैं, गरीब को कोई पूछता भी नहीं। और सब दस-दस पाते हैं, वह अभी छः ही में पड़ा हुआ है। सुबह से शाम तक उसके पैर एक क्षण के लिए भी नहीं टिकते—यहाँ तक कि तीनों चपरासी उस पर हुकूमत जताते हैं और ऊपर की आमदनी में तो उस बेचारे का कोई भाग ही नहीं। तिस पर

भी दफ्तर के सब कर्मचारी—दफ्तरी से लेकर बाबू तक सब—उससे चिढ़ते हैं। उसकी कितनी ही बार शिकायतें हो चुकी हैं, कितनी ही बार जुर्माना हो चुका है और डाँट-डपट तो नित्य ही हुआ करती है। इसका रहस्य कुछ मेरी समझ में न आता था। हाँ, मुझे उस पर दया अवश्य आती थीं, और अपने व्यवहार से मैं यह दिखाना चाहता था कि मेरी दृष्टि में उसका आदर चपरासियों से कम नहीं। यहाँ तक कि कई बार मैं उसके पीछे अन्य कर्मचारियों से लड़ भी चुका हूँ।

2

एक दिन बड़े बाबू ने गरीब से अपनी मेज साफ करने को कहा। वह तुरन्त मेज साफ करने लगा। दैवयोग से झाड़न का झटका लगा, तो दाबात उलट गयी और रोशनाई मेज पर फैल गयी। बड़े बाबू यह देखते ही जामे से बाहर हो गये। उसके दोनों कान पकड़कर खूब ऐंठे और भारतवर्ष की सभी प्रचलित भाषाओं से दुर्वचन चुन-चुनकर उसे सुनाने लगे। बेचारा गरीब आंखों में आँसू भरे चुपचाप मूर्तिवत् खड़ा सुनता था, मानो उसने कोई हत्या कर डाली हो। मुझे बड़े बाबू का जरा-सी बात पर इतना भयंकर रौद्र रूप धारण करना बुरा मालूम हुआ। यदि किसी दूसरे चपरासी ने इससे भी बड़ा कोई अपराध किया होता, तो भी उस पर इतना वज्र प्रहार न होता। मैंने अंग्रेजी में कहा—बाबू साहब, आप यह अन्याय कर रहे हैं। उसने जान-बूझकर तो रोशनाई गिराया नहीं। इसका इतना कड़ा दण्ड अनौचित्य की पराकाष्ठा है।

बाबूजी ने नम्रता से कहा—आप इसे जानते नहीं, बड़ा दुष्ट है।

'मैं तो उसका कोई दुष्टता नहीं देखता।'

'आप अभी उसे जानते नहीं, एक ही पाजी है। इसके घर दो हलों की खेती होती है, हजारों का लेन-देन करता है। कई भैंसें लगती हैं। इन्हीं बातों का इसे घमण्ड है।'

'घर की ऐसी दशा होती, तो आपके यहाँ चपरासगिरी क्यों करता?'

'विश्वास मानिए, बड़ा पोढ़ा आदमी है और बला का मक्खीचूस।'

'यदि ऐसा ही हो, तो भी कोई अपराध नहीं है।'

'अजी, अभी आप इन बातों को नहीं जानते। कुछ दिन और रहिए तो आपको स्वयं मालूम हो जाएगा कि यह कितना कमीना आदमी है।'

एक दूसरे महाशय बोल उठे—भाई साहब, इसके घर मनों दूध-दही होता है, मनों मटर, जुवार, चने होते हैं, लेकिन इसकी कभी इतनी हिम्मत

न हुई कि कभी थोड़ा-सा दफ्तरवालों को भी दे दे। यहाँ इन चीजों को तरसकर रह जाते हैं। तो फिर क्यों न जी जले? और यह सब कुछ इसी नौकरी के बदौलत हुआ है। नहीं तो पहले इसके घर में भूनी भाँग न थीं।

बड़े बाबू कुछ सकुचाकर बोले—यह कोई बात नहीं। उसकी चीज है, किसी को दे या न दे; लेकिन यह बिल्कुल पशु है।

मैं कुछ-कुछ मर्म समझ गया। बोला—यदि ऐसे तुच्छ हृदय का आदमी है, तो वास्तव में पशु ही है। मैं यह न जानता था।

अब बड़े बाबू भी खुले। संकोच दूर हुआ। बोले—इन सौगातों से किसी का उबार तो होता नहीं, केवल देने वाले की सहृदयता प्रकट होती है। और आशा भी उसी से की जाती है, जो इस योग्य होता है। जिसमें सामर्थ्य ही नहीं, उससे कोई आशा नहीं करता। नंगे से कोई क्या लेगा?

रहस्य खुल गया। बड़े बाबू ने सरल भाव से सारी अवस्था दरशा दी थीं। समृद्धि के शत्रु सब होते हैं, छोटे ही नहीं, बड़े भी। हमारी ससुराल या ननिहाल दरिद्र हो, तो हम उससे आशा नहीं रखते! कदाचित् वह हमें विस्मृत हो जाती है। किन्तु वे सामर्थ्यवान होकर हमें न पूछें, हमारे यहाँ तीज और चौथ न भेजें, तो हमारे कलेजे पर सांप लोटने लगता है। हम अपने निर्धन मित्र के पास जायँ, तो उसके एक बीड़े पान से ही संतुष्ट हो जाते हैं; पर ऐसा कौन मनुष्य है, जो अपने किसी धनी मित्र के घर से बिना जलपान के लौटकर उसे मन में कोसने न लगे और सदा के लिए उसका तिरस्कार न करने लगे। सुदामा कृष्ण के घर से यदि निराश लौटते तो, कदाचित् वह उनके शिशुपाल और जरासंध से भी बड़े शत्रु होते। यह मानव-स्वभाव है।

3

कई दिन पीछे मैंने गरीब से पूछा—क्यों जी, तुम्हारे घर पर कुछ खेती-बारी होती है?

गरीब ने दीन भाव से कहा—हाँ, सरकार, होती है। आपके दो गुलाम हैं, वही करते हैं।

'गाये-भैंसें भी लगती हैं?'

'हाँ, हुजूर; दो भैंसें लगती हैं, मुदा गायें अभी गाभिन नहीं हैं। हुजूर लोगों के ही दया-धरम से पेट की रोटियाँ चल जाती हैं।'

'दफ्तर के बाबू लोगों की भी कभी कुछ खातिर करते हो?'

गरीब ने अत्यन्त दीनता से कहा—हुजूर; मैं सरकार लोगों की क्या

खातिर कर सकता हूँ। खेती में जौ, चना, मक्का, जुवार के सिवाय और क्या होता है। आप लोग राजा हैं, यह मोटी-झोटी चीजें किस मुँह से आपकी भेंट करूँ। जी डरता है, कहीं कोई डाँट न बैठे कि इस टके के आदमी की इतनी मजाल। इसी के मारे बाबूजी, हियाव नहीं पड़ता। नहीं तो दूध-दही की कौन बिसात थी। मुँह लायक बीड़ा तो होना चाहिए।

'भला एक दिन कुछ लाके दो तो, देखो, लोग क्या कहते हैं। शहर में यह चीजें कहाँ मयस्सर होती हैं। इन लोगों का जी कभी-कभी मोटी-झोटी चीजों पर चला करता है।'

'जो सरकार, कोई कुछ कहे तो? कहीं कोई साहब से शिकायत कर दे तो, मैं कहीं का न रहूँ।'

'इसका मेरा जिम्मा है, तुम्हें कोई कुछ न कहेगा। कोई कुछ कहेगा, तो मैं समझा दूँगा।'

'तो हुजूर, आज कल तो मटर की फसिल है। चने के साग भी हो गये हैं और कोल्हू भी खड़ा हो गया है। इसके सिवाय तो और कुछ नहीं है।'

'बस, तो यही चीजें लाओ।'

'कुछ उल्टी-सीधी पड़े, तो हुजूर ही सँभालेंगे!'

'हाँ जी, कह तो दिया कि मैं देख लूँगा।'

दूसरे दिन गरीब आया तो उसके साथ तीन हृष्ट-पुष्ट युवक भी थे। दो के सिरों पर टोकरियाँ थीं, उसमें मटर की फलियाँ भरी हुई थीं। एक के सिर पर मटका था, उसमें ऊख का रस था। तीनों ऊख का एक-एक गट्ठर काँख में दबाये हुए थे। गरीब आकर चुपके से बरामदे के सामने पेड़ के नीचे खड़ा हो गया। दफ्तर में आने का उसे साहस नहीं होता था, मानो कोई अपराधी वृक्ष के नीचे खड़ा था कि इतने में दफ्तर के चपरासियों और अन्य कर्मचारियों ने उसे घेर लिया। कोई ऊख लेकर चूसने लगा, कई आदमी टोकरी पर टूट पड़े, लूट मच गयी। इतने में बड़े बाबू दफ्तर में आ पहुँचे। यह कौतुक देखा तो उच्च स्वर से बोले—यह क्या भीड़ लगा रखी है, अपना-अपना काम देखो।

मैंने जाकर उनके कान में कहा—गरीब अपने घर से यह सौगात लाया है। कुछ आप ले लीजिए, कुछ इन लोगों को बाँट दीजिए।

बड़े बाबू ने कृत्रिम क्रोध धारण करके कहा—क्यों गरीब, तुम ये चीजें यहाँ क्यों लाये? अभी ले जाओ, नहीं तो मैं साहब से रपट कर दूँगा। कोई हम लोगों को मलूका समझ लिया है।

गरीब का रंग उड़ गया। थर-थर काँपने लगा। मुँह से एक शब्द भी

न निकला। मेरी ओर अपराधी नेत्रों से ताकने लगा।

मैंने उसकी ओर से क्षमा-प्रार्थना की। बहुत कहने सुनने पर बाबू साहब राजी हुए। सब चीजों में से आधी-आधी अपने घर भिजवायी। आधी में अन्य लोगों के हिस्से लगाये गये। इस प्रकार यह अभिनय समाप्त हुआ।

4

अब दफ्तर में गरीब का नाम होने लगा। उसे नित्य घुड़कियाँ न मिलती; दिन-भर दौड़ना न पड़ता, कर्मचारियों के व्यंग्य और अपने सहयोगियों के कटुवाक्य न सुनने पड़ते। चपरासी लोग स्वयं उसका काम कर देते। उसके नाम में भी थोड़ा-सा परिवर्तन हुआ। वह गरीब से गरीबदास बना। स्वभाव में कुछ तबदीली पैदा हुई। दीनता की जगह आत्मगौरव का उद्‌भव हुआ। तत्परता की जगह आलस्य ने ली। वह अब कभी देर करके दफ्तर आता, कभी-कभी बीमारी का बहाना करके घर बैठ रहता। उसके सभी अपराध अब क्षम्य थे। उसे अपनी प्रतिष्ठा का गुर हाथ लग गया था। वह अब दसवें-पाँचवें दिन दूध, दही लाकर बड़े बाबू की भेंट किया करता। देवता को संतुष्ट करना सीख गया। सरलता के बदले अब उसमें काँइयाँपन आ गया।

एक रोज बड़े बाबू ने उसे सरकारी फार्मों का पार्सल छुड़ाने के लिए स्टेशन भेजा। कई बड़े-बड़े पुलिंदे थे। ठेले पर आये। गरीब ने ठेलेवालों से बारह आने मजदूरी तय की थीं। जब कागज दफ्तर में गये तो उसने बड़े बाबू से बारह आने पैसे ठेलेवालों को देने के लिए वसूल किये। लेकिन दफ्तर से कुछ दूर जाकर उसकी नीयत बदली। अपनी दस्तूरी माँगने लगा। ठेलेवाले राजी न हुए। इस पर गरीब ने बिगड़कर सब पैसे जेब में रख लिये और धमकाकर बोला—अब एक फूटी कौड़ी भी न दूँगा। जाओ जहाँ चाहे फरियाद करो। देखें, क्या बना लेते हो।

ठेलेवाले ने जब देखा कि भेंट न देने से जमा ही गायब हुई जाती है तो रो-धोकर चार आने पैसे देने पर राजी हुए। गरीब ने अठन्नी उसके हवाले की, बारह आने की रसीद लिखाकर उसके अँगूठे के निशान लगवाये और रसीद दफ्तर में दाखिल हो गयी।

यह कुतूहल देखकर मैं दंग रह गया। यह वही गरीब है, जो कई महीने पहले सरलता और दीनता की मूर्ति था, जिसे कभी चपरासियों से भी अपने हिस्से की रकम माँगने का साहस न होता था, जो दूसरों को

खिलाना भी न जानता था, खाने का तो जिक्र ही क्या। यह स्वभावांतर देखकर अत्यन्त खेद हुआ। इसका उत्तरदायित्व किसके सिर था? मेरे सिर, जिसने उसे चघ्घड़पन और धूर्तता का पहला पाठ पठाया था। मेरे चित्त में प्रश्न उठा—इस काँइयाँपन से, जो दूसरों का गला दबाता है, वह भोलापन क्या बुरा था, जो दूसरों का अन्याय सह लेता था। वह अशुभ मुहूर्त था, जब मैंने उसे प्रतिष्ठा-प्राप्ति का मार्ग दिखाया, क्योंकि वास्तव में वह उसके पतन का भयंकर मार्ग था। मैंने बाह्य प्रतिष्ठा पर उसकी आत्म-प्रतिष्ठा का बलिदान कर दिया।

दो सखियाँ

1

लखनऊ

प्यारी बहन, 1-7-25

जब से यहाँ आयी हूँ, तुम्हारी याद सताती रहती है। काश! तुम कुछ दिनों के लिए यहाँ चली आती, तो कितनी बहार रहती। मैं तुम्हें अपने विनोद से मिलाती। क्या यह सम्भव नहीं है? तुम्हारे माता-पिता क्या तुम्हें इतनी आजादी भी न देंगे? मुझे तो आश्चर्य यही है कि बेड़ियाँ पहनकर तुम कैसे रह सकती हो! मैं तो इस तरह घण्टे-भर भी नहीं रह सकती। ईश्वर को धन्यवाद देती हूँ कि मेरे पिताजी पुरानी लकीर पीटने वालों में नहीं। वह उन नवीन आदर्शों के भक्त हैं, जिन्होंने नारी-जीवन को स्वर्ग बना दिया है। नहीं तो मैं कहीं की न रहती।

विनोद हाल ही में इंग्लैंड से डी॰ फिल॰ होकर लौटे हैं और जीवन-यात्रा आरम्भ करने के पहले एक बार संसार-यात्रा करना चाहते हैं। योरप का अधिकांश भाग तो वह देख चुके हैं, पर अमेरिका, आस्ट्रेलिया और एशिया की सैर किये बिना उन्हें चैन नहीं। मध्य एशिया और चीन का तो यह विशेष रूप से अध्ययन करना चाहते हैं। योरोपियन यात्री जिन बातों की मीमांसा न कर सके, उन्हीं पर प्रकाश डालना इनका ध्येय है। सच कहती हूँ, चन्दा, ऐसा साहसी, ऐसा निर्भीक, ऐसा आदर्शवादी पुरुष मैंने कभी नहीं देखा था। मैं तो उनकी बातें सुनकर चकित हो जाती हूँ। ऐसा कोई विषय नहीं है, जिसका उन्हें पूरा ज्ञान न हो, जिसकी वह आलोचना न कर सकते हों; और यह केवल किताबी आलोचना नहीं होती, उसमें

मौलिकता और नवीनता होती है। स्वतन्त्रता के तो वह अनन्य उपासक हैं। ऐसे पुरुष की पत्नी बनकर ऐसी कौन-सी स्त्री है, जो अपने सौभाग्य पर गर्व न करे। बहन, तुमसे क्या कहूँ कि प्रातःकाल उन्हें अपने बंगले की ओर आते देखकर मेरे चित्त की क्या दशा हो जाती है। यह उन पर न्योछावर होने के लिए विकल हो जाता है। यह मेरी आत्मा में बस गये हैं। अपने पुरुष की मैंने मन में जो कल्पना की थीं, उसमें और उनमें बाल बराबर भी अन्तर नहीं। मुझे रात-दिन यही भय लगा रहता है कि कहीं मुझमें उन्हें कोई त्रुटि न मिल जाय। जिन विषयों से उन्हें रुचि है, उनका अध्ययन आधी रात तक बैठी किया करती हूँ। ऐसा परिश्रम मैंने कभी न किया था। आईने-कंघी से मुझे कभी इतना प्रेम न था, सुभाषितों को मैंने कभी इतने चाव से कण्ठ न किया था। अगर इतना सब कुछ करने पर भी मैं उनका हृदय न पा सकी, तो बहन, मेरा जीवन नष्ट हो जायगा, मेरा हृदय फट जायगा और संसार मेरे लिए सूना हो जायगा।

कदाचित् प्रेम के साथ ही मन में ईर्ष्या का भाव भी उदय हो जाता है। उन्हें मेरे बँगले की ओर आते हुए देख जब मेरी पड़ोसिन कुसुम अपने बरामदे में आकर खड़ी हो जाती है, तो मेरा ऐसा जी चाहता है कि उसकी आँखें ज्योतिहीन हो जायँ। कल तो अनर्थ ही हो गया। विनोद ने उसे देखते ही हैट उतार ली और मुस्कराए। वह कुलटा भी खीसें निकालने लगी। ईश्वर सारी विपत्तियाँ दे, पर मिथ्याभिमान न दे। चड़ैलों की-सी तो आपकी सूरत है, पर अपने को अप्सरा समझती हैं। आप कविता करती हैं और कई पत्रिकाओं में उनकी कविताएँ छप भी गई हैं। बस, आप जमीन पर पाँव नहीं रखतीं। सच कहती हूँ, थोड़ी देर के लिए विनोद पर से मेरी श्रद्धा उठ गयी। ऐसा आवेश होता था कि चलकर कुसुम का मुँह नोच लूँ। खैरियत हुई कि दोनों में बातचीत न हुई, पर विनोद आकर बैठे तो आध घण्टे तक मैं उनसे न बोल सकी, जैसे उनके शब्दों में वह जादू ही न था, वाणी में वह रस ही न था। तब से अब तक मेरे चित्त की व्यग्रता शान्त नहीं हुई। रात-भर मुझे नींद नहीं आयी, वही दृश्य आँखों के सामने बार-बार आता था। कुसुम को लज्जित करने के लिए कितने मंसूबे बाँध चुकी हूँ। चंदा, मुझे आज तक यह नहीं मालूम था कि मेरा मन इतना दुर्बल है। अगर यह भय न होता कि विनोद मुझे ओछी और हलकी समझेंगे, तो मैं उनसे अपने मनोभावों को स्पष्ट कह देती। मैं सम्पूर्णतः उनकी होकर उन्हें सम्पूर्णतः अपना बनाना चाहती हूँ। मुझे विश्वास है कि संसार का सबसे रूपवान युवक मेरे सामने आ जाय, तो मैं उसे आँख उठाकर न

देखूँगी। विनोद के मन में मेरे प्रति यह भाव क्यों नहीं है।

चन्दा, प्यारी बहन; एक सप्ताह के लिए आ जा। तुझसे मिलने के लिए मन अधीर हो रहा है। मुझे इस समय तेरी सलाह और सहानुभूति की बड़ी जरूरत है। यह मेरे जीवन का सबसे नाजुक समय है। इन्हीं दस-पाँच दिनों में या तो पारस हो जाऊँगी या मिट्टी। लो सात बज गए और अभी बाल तक नहीं बनाये। विनोद के आने का समय है। अब विदा होती हूँ। कहीं आज फिर अभागिनी कुसुम अपने बरामदे में न आ खड़ी हो। अभी से दिल काँप रहा है। कल तो यह सोचकर मन को समझाया था कि यों ही सरल भाव से वह हँस पड़ी होगी। आज भी अगर वही दृश्य सामने आया, तो उतनी आसानी से मन को न समझा सकूँगी।

तुम्हारी,
पद्मा

2

गोरखपुर
5-7-25

प्रिय पद्मा,

भला एक युग के बाद तुम्हें मेरी सुधि तो आई। मैंने तो समझा था, शायद तुमने परलोक-यात्रा कर ली। यह उस निष्ठुरता का दंड ही है, जो कुसुम तुम्हें दे रही है। 15 एप्रिल को कालेज बन्द हुआ और एक जुलाई को आप खत लिखती हैं—पूरे ढाई महीने बाद, वह भी कसुम की कृपा से। जिस कुसुम को तुम कोस रही हो, उसे मैं आशीर्वाद दे रही हूँ। वह दारुण दुःख की भाँति तुम्हारे रास्ते में न आ खड़ी होती, तो तुम्हें क्यों मेरी याद आती? खैर, विनोद की तुमने जो तसवीर खींची वह बहुत ही आकर्षक है और मैं ईश्वर से मना रही हूँ, वह दिन जल्द आए कि मैं उनसे बहनोई के नाते मिल सकूं। मगर देखना, कहीं सिविल मैरेज न कर बैठना। विवाह हिन्दू-पद्धति के अनुसार ही हो। हाँ, तुम्हें अख्तियार है जो सैकड़ों बेहूदा और व्यर्थ के कपड़े हैं, उन्हें निकाल डालो। एक सच्चे, विद्वान् पण्डित को अवश्य बुलाना, इसलिए नहीं कि वह तुमसे बात-बात पर टके निकलवाये, बल्कि इसलिए कि वह देखता रहे कि सब कुछ शास्त्र-विधि से हो रहा है, या नहीं।

अच्छा, अब मुझसे पूछो कि इतने दिनों क्यों चुप्पी साधे बैठी रही। मेरे ही खानदान में इन ढाई महीनों में, पाँच शादियाँ हुईं। बारातों का

तांता लगा रहा। ऐसा शायद ही कोई दिन गया हो कि एक सौ मेहमानों से कम रहे हों और जब बारात आ जाती थीं, तब तो उनकी संख्या पाँच-पाँच सौ तक पहुँच जाती थीं। ये पाँचों लड़कियाँ मुझसे छोटी हैं और मेरा बस चलता तो अभी तीन-चार साल तक न बोलती, लेकिन मेरी सुनता कौन है और विचार करने पर मुझे भी ऐसा मालूम होता है कि माता-पिता का लड़कियों के विवाह के लिए जल्दी करना कुछ अनुचित नहीं है। जिन्दगी का कोई ठिकाना नहीं। अगर माता-पिता अकाल ही मर जायँ, तो लड़की का विवाह कौन करे। भाइयों का क्या भरोसा। अगर पिता ने काफी दौलत छोड़ी है तो कोई बात नहीं; लेकिन जैसा साधारणतः होता है, पिता ऋण का भार छोड़ गये, तो बहन भाइयों पर भार हो जाती है। यह भी अन्य कितने ही हिन्दू-रस्मों की भाँति आर्थिक समस्या है, और जब तक हमारी आर्थिक दशा न सुधरेगी, यह रस्म भी न मिटेगी।

अब मेरे बलिदान की बारी है। आज के पंद्रहवें दिन यह घर मेरे लिए विदेश हो जायगा। दो-चार महीने के लिए आऊँगी, तो मेहमान की तरह। मेरे विनोद बनारसी हैं, अभी कानून पढ़ रहे हैं। उनके पिता नामी वकील हैं। सुनती हूँ, कई गाँव हैं, कई मकान हैं, अच्छी मर्यादा है। मैंने अभी तक वर को नहीं देखा। पिता जी ने मुझसे पुछवाया था कि इच्छा हो, तो वर को बुला दूँ। पर मैंने कह दिया, कोई जरूरत नहीं। कौन घर में बहू बने। है तकदीर ही का सौदा। न पिताजी ही किसी के मन में पैठ सकते हैं, न मैं ही। अगर दो-एक बार देख ही लेती, नहीं मुलाकात ही कर लेती तो क्या हम दोनों एक-दूसरे को परख लेते? यह किसी तरह संभव नहीं। ज्यादा-से-ज्यादा हम एक दूसरे का रंग-रूप देख सकते हैं। इस विषय में मुझे विश्वास है कि पिता जी मुझसे कम संयत नहीं हैं। मेरे दोनों बड़े बहनोई सौंदर्य के पुतले न हों पर कोई रमणी उनसे घृणा नहीं कर सकती। मेरी बहनें उनके साथ आनन्द से जीवन बिता रही हैं। फिर पिता जी मेरे ही साथ क्यों अन्याय करेंगे। यह मैं मानती हूँ कि हमारे समाज में कुछ लोगों का वैवाहिक जीवन सुखकर नहीं है, लेकिन संसार में ऐसा कौन समाज है, जिसमें दुखी परिवार न हों। और फिर हमेशा पुरुषों ही का दोष तो नहीं होता, बहुधा स्त्रियाँ ही विष की गाँठ होती हैं। मैं तो विवाह को सेवा और त्याग का व्रत समझती हूँ और इसी भाव से उसका अभिवादन करती हूँ। हाँ, मैं तुम्हें विनोद से छीनना तो नहीं चाहती लेकिन अगर 20 जुलाई तक तुम दो दिन के लिए आ सको, तो मुझे जिला लो। ज्यों-ज्यों इस व्रत का दिन निकट आ रहा है, मुझे एक अज्ञात शंका हो रही

है, मगर तुम खुद बीमार हो, मेरी दवा क्या करोगी—जरूर आना बहन!

तुम्हारी,

चन्दा

3

मंसूरी

5-8-25

प्यारी चन्दा,

सैकड़ों बातें लिखनी हैं, किस क्रम से शुरू करूँ, समझ में नहीं आता। सबसे पहले तुम्हारे विवाह के शुभ अवसर पर न पहुँच सकने के लिए क्षमा चाहती हूँ। मैं आने का निश्चय कर चुकी थी, मैं और प्यारी चन्दा के स्वयंवर में न जाऊँ : मगर उसके ठीक तीन दिन पहले विनोद ने अपना आत्मसमर्पण करके मुझे ऐसा मुग्ध कर दिया कि फिर मुझे किसी की सुधि न रही। आह! वे प्रेम के अन्तस्तल से निकले हुए उष्ण, आवेशमय और कंपित शब्द अभी तक कानों में गूँज रहे हैं। मैं खड़ी थीं, और विनोद मेरे सामने घुटने टेके हुए प्रेरणा, विनय और आग्रह के पुतले बने बैठे थे। ऐसा अवसर जीवन में एक ही बार आता है, केवल एक बार, मगर उसकी मधुर स्मृति किसी स्वर्ग-संगीत की भाँति जीवन के तार-तार में व्याप्त रहता है। तुम उस आनन्द का अनुभव न कर सकोगी—मैं रोने लगी, कह नहीं सकती, मन में क्या-क्या भाव आये; पर मेरी आंखों से आँसुओं की धारा बहने लगी। कदाचित् यही आनन्द की चरम सीमा है। मैं कुछ-कुछ निराश हो चली थी। तीन-चार दिन से विनोद को आते-जाते कुसुम से बातें करते देखती थीं, कुसुम नित नए आभूषणों से सजी रहती थी और क्या कहूँ, एक दिन विनोद ने कुसुम की एक कविता मुझे सुनायी और एक-एक शब्द पर सिर धुनते रहे। मैं मानिनी तो हूँ ही; सोचा, जब यह उस चुड़ैल पर लट्टू हो रहे हैं, तो मुझे क्या गरज पड़ी है कि इनके लिए अपना सिर खपाऊँ। दूसरे दिन वह सबेरे आये, तो मैंने कहला दिया, तबीयत अच्छी नहीं है। जब उन्होंने मुझसे मिलने के लिए आग्रह किया, तब विवश होकर मुझे कमरे में आना पड़ा। मन में निश्चय करके आयी थी—साफ कह दूंगी अब आप न आया कीजिए। मैं आपके योग्य नहीं हूँ, मैं कवि नहीं, विदुषी नहीं, सुभाषिणी नहीं ''एक पूरी स्पीच मन में उमड़ रही थी, पर कमरे में आई और विनोद के सतृष्ण नेत्र देखे, प्रबल उत्कंठा में काँपते हुए होंठ—बहन, उस आवेश का चित्रण नहीं कर सकती। विनोद ने मुझे बैठने भी न दिया।

मेरे सामने घुटनों के बल फर्श पर बैठ गये और उनके आतुर उन्मत्त शब्द मेरे हृदय को तरंगित करने लगे।

एक सप्ताह तैयारियों में कट गया। पापा और मामा फूले न समाते थे।

और सबसे प्रसन्न थी कुसुम! यही कुसुम जिसकी सूरत से मुझे घृणा थी! अब मुझे ज्ञात हुआ कि मैंने उस पर सन्देह करके उसके साथ घोर अन्याय किया। उसका हृदय निष्कपट है, उसमें न ईर्ष्या है, न तृष्णा, सेवा ही उसके जीवन का मूलतत्व है। मैं नहीं समझती कि उसके बिना ये सात दिन कैसे कटते। मैं कुछ खोई-खोई सी जान पड़ती थी। कुसुम पर मैंने अपना सारा भार छोड़ दिया था। आभूषणों के चुनाव और सजाव, वस्त्रों के रंग और काट-छाँट के विषय में उसकी सुरुचि विलक्षण है। आठवें दिन जब उसने मुझे दुलहिन बनाया, तो मैं अपना रूप देखकर चकित रह गई। मैंने अपने को कभी ऐसी सुन्दरी न समझा था। गर्व से मेरी आँखों में नशा-सा छा गया।

उसी दिन संध्या-समय विनोद और मैं दो भिन्न जल-धाराओं की भाँति संगम पर मिलकर अभिन्न हो गये। विहार-यात्रा की तैयारी पहले ही से हो चुकी थी, प्रातःकाल हम मंसूरी के लिए रवाना हो गये। कुसुम हमें पहुँचाने के लिए स्टेशन तक आई और विदा होते समय बहुत रोयी। उसे साथ ले चलना चाहती थी, पर न जाने क्यों वह राज़ी न हुई।

मंसूरी रमणीक है, इसमें सन्देह नहीं। श्यामवर्ण मेघ-मालाएँ पहाड़ियों पर विश्राम कर रही हैं, शीतल पवन आशा-तरंगों की भाँति चित्त का रंजन कर रहा है, पर मुझे ऐसा विश्वास है कि विनोद के साथ मैं किसी निर्जन वन में भी इतने ही सुख से रहती। उन्हें पाकर अब मुझे किसी वस्तु की लालसा नहीं। बहन, तुम इस आनन्दमय जीवन की शायद कल्पना भी न कर सकोगी। सुबह हुई, नाश्ता आया, हम दोनों ने नाश्ता किया; डाँडी तैयार है, नौ बजते-बजते सैर करने निकल गए। किसी जल-प्रपात के किनारे जा बैठे। वहाँ जल-प्रवाह का मधुर संगीत सुन रहे हैं। या किसी शिला-खंड पर बैठे मेघों की व्योम-क्रीड़ा देख रहे हैं। ग्यारह बजते-बजते लौटे। भोजन तैयार है। भोजन किया। मैं प्यानो पर जा बैठी। विनोद को संगीत से प्रेम है। खुद बहुत अच्छा गाते हैं और मैं गाने लगती हूँ, तब तो वह झूमने ही लगते हैं। तीसरे पहर हम एक घंटे के लिए विश्राम करके खेलने या कोई खेल देखने चले जाते हैं। रात को भोजन करने के बाद थियेटर देखते हैं और वहाँ से लौट कर शयन करते हैं। न सास की घुड़कियाँ

हैं न ननदों की कानाफूसी, न जेठानियों के ताने। पर इस सुख में भी मुझे कभी-कभी एक शंका-सी होती है—फूल में कोई काँटा तो नहीं छिपा हुआ है, प्रकाश के पीछे कहीं अन्धकार तो नहीं है! मेरी समझ में नहीं आता, ऐसी शंका क्यों होती है। अरे, यह लो पाँच बज गए, विनोद तैयार हैं, आज टेनिस का मैच देखने जाना है। मैं भी जल्दी से तैयार हो जाऊँ। शेष बातें फिर लिखूँगी।

हाँ, एक बात तो भूली ही जा रही थीं। अपने विवाह का समाचार लिखना। पतिदेव कैसे हैं? रँग-रूप कैसा है? ससुराल गयीं, या अभी मैके ही में हो? ससुराल गयीं, तो वहाँ के अनुभव अवश्य लिखना। तुम्हारी खूब नुमाइश हुई होगी। घर, कुटुम्ब और मुहल्ले की महिलाओं ने घूँघट उठा-उठाकर खूब मुँह देखा होगा, खूब परीक्षा हुई होगी। ये सभी बातें विस्तार से लिखना। देखें कब फिर मुलाकात होती है।

तुम्हारी,
पद्मा

4

गोरखपुर
1-9-25

प्यारी पद्मा,

तुम्हारा पत्र पढ़कर चित्त को बड़ी शांति मिली। तुम्हारे न आने ही से मैं समझ गई थी कि विनोद बाबू तुम्हें हर ले गए, मगर यह न समझी थीं कि तुम मंसूरी पहुँच गयी। अब उस आमोद-प्रमोद में भला गरीब चन्दा तुम्हें क्यों याद आने लगी। अब मेरी समझ में आ रहा है कि विवाह के नए और पुराने आदर्श में क्या अन्तर है। तुमने अपनी पसन्द से काम लिया, सुखी हो। मैं लोक-लाज की दासी बनी रही, नसीबों को रो रही हूँ।

अच्छा, अब मेरी बीती सुनो। दान-दहेज के टंटे से तो मुझे कुछ मतलब है नहीं। पिताजी ने बड़ा ही उदार-हृदय पाया है। खूब दिल खोलकर दिया होगा। मगर द्वार पर बारात आते ही मेरी अग्नि-परीक्षा शुरू हो गयी। कितनी उत्कण्ठा थीं—वर-दर्शन की, पर देखूँ कैसे। कुल की नाक न कट जाएगी। द्वार पर बारात आयी। सारा जमाना वर को घेरे हुए था। मैंने सोचा—छत पर से देखूँ। छत पर गयी, पर वहाँ से भी कुछ न दिखाई दिया। हाँ, इस अपराध के लिए अम्माँजी की घुड़कियाँ सुननी पड़ीं। मेरी जो बात इन लोगों को अच्छी नहीं लगती, उसका दोष मेरी शिक्षा के माथे

मढ़ा जाता है। पिताजी बेचारे मेरे साथ बड़ी सहानुभूति रखते हैं। मगर किस-किस का मुँह पकड़ें। द्वारचार तो यों गुजरा और भाँवरों की तैयारियाँ होने लगीं। जनवासे से गहनों और कपड़ों का थाल आया। बहन! सारा घर—स्त्री-पुरुष—सब उस पर कुछ इस तरह टूटे, मानो इन लोगों ने कभी कुछ देखा ही नहीं। कोई कहता है, कंठा तो लाये ही नहीं; कोई हार के नाम को रोता है! अम्माँजी तो सचमुच रोने लगीं, मानो मैं डुबा दी गयी। वर-पक्षवालों की दिल खोलकर निंदा होने लगी। मगर मैंने गहनों की तरफ आँख उठाकर भी नहीं देखा। हाँ, जब कोई वर के विषय में कोई बात करता था, तो मैं तन्मय होकर सुनने लगती थी। मालूम हुआ—दुबले-पतले आदमी हैं। रंग साँवला है, आँखें बड़ी-बड़ी है, हँसमुख हैं। इन सूचनाओं से दर्शनोत्कंठा और भी प्रबल होती थीं। भाँवरों का मुहूर्त ज्यों-ज्यों समीप आता था, मेरा चित्त व्यग्र होता जाता था। अब तक यद्यपि मैंने उनकी झलक भी न देखी थी, पर मुझे उनके प्रति एक अभूतपूर्व प्रेम का अनुभव हो रहा था। इस वक्त यदि मुझे मालूम हो जाता कि उनके दुश्मनों को कुछ हो गया है, तो मैं बावली हो जाती। अभी तक मेरा उनसे साक्षात् नहीं हुआ है, मैंने उनकी बोली तक नहीं सुनी है, लेकिन संसार का सबसे रूपवान पुरुष भी, मेरे चित्त को आकर्षित नहीं कर सकता। अब वही मेरे सर्वस्व हैं।

आधी रात के बाद भाँवरें हुईं। सामने हवन-कुण्ड था, दोनों ओर विप्रगण बैठे हुए थे, दीपक जल रहा था, कुल देवता की मूर्ति रखी हुई थीं। वेद मंत्र का पाठ हो रहा था। उस समय मुझे ऐसा मालूम हुआ कि सचमुच देवता विराजमान हैं। अग्नि, वायु, दीपक, नक्षत्र सभी मुझे उस समय देवत्व की ज्योति से प्रदीप्त जान पड़ते थे। मुझे पहली बार आध्यात्मिक विकास का परिचय मिला। मैंने जब अग्नि के सामने मस्तक झुकाया, तो यह कोरी रस्म की पाबंदी न थीं, मैं अग्निदेव को अपने सम्मुख मूर्तिमान, स्वर्गीय आभा से तेजोमय देख रही थीं। आख़िर भाँवरें भी समाप्त हो गई; पर पतिदेव के दर्शन न हुए।

अब अन्तिम आशा यह थी कि प्रातःकाल जब पतिदेव कलेवा के लिए बुलाये जायँगे, उस समय देखूँगी। तब उनके सिर पर मौर न होगा, सखियों के साथ मैं भी जा बैठूँगी और खूब जी भरकर देखूँगी। पर क्या मालूम था कि विधि कुछ और ही कुचक्र रच रहा है। प्रातःकाल देखती हूँ, तो जनवासे के खेमे उखड़ रहे हैं। बात कुछ न थीं। बारातियों के नाश्ते के लिए जो सामान भेजा गया था, वह काफी न था। शायद घी भी खराब था।

मेरे पिताजी जी को तुम जानती ही हो। कभी किसी से दबे नहीं, जहाँ रहे शेर बनकर रहे। बोले—जाते हैं, तो जाने दो, मनाने की कोई जरूरत नहीं; कन्यापक्ष का धर्म है बारातियों का सत्कार करना, लेकिन सत्कार का यह अर्थ नहीं कि धमकी और रोब से काम लिया जाय, मानो किसी अफसर का पड़ाव हो। अगर वह अपने लड़के की शादी कर सकते हैं, तो मैं भी अपनी लड़की की शादी कर सकता हूँ।

बारात चली गई और मैं पति के दर्शन न कर सकी! सारे शहर में हलचल मच गई। विरोधियों को हँसने का अवसर मिला। पिताजी ने बहुत सामान जमा किया था। वह सब खराब हो गया। घर में जिसे देखिए, मेरी ससुराल की निंदा कर रहा है—उजड्ड हैं, लोभी हैं, बदमाश हैं, मुझे जरा भी बुरा नहीं लगता। लेकिन पति के विरुद्ध मै एक शब्द भी नहीं सुनना चाहती। एक दिन अम्माँजी बोलीं—लड़का भी बेसमझ है। दूध पीता बच्चा नहीं, कानून पढ़ता है, मूँछ-दाढ़ी आ गई है, उसे अपने बाप को समझाना चाहिए था कि आप लोग क्या कर रहे हैं। मगर वह भी भीगी बिल्ली बना रहा। मैं सुन कर तिलमिला उठी। कुछ बोली तो नहीं, पर अम्माँजी को मालूम जरूर हो गया कि इस विषय में मैं उनसे सहमत नहीं। मैं तुम्हीं से पूछती हूँ बहन, जैसी समस्या उठ खड़ी हुई थीं, उसमें उनका क्या धर्म था? अगर वह अपने पिता और अन्य सम्बन्धियों का कहना न मानते, तो उनका अपमान न होता? उस वक्त उन्होंने वही किया, जो उचित था। मगर मुझे विश्वास है कि जरा मामला ठंडा होने पर वह आयेंगे। मैं अभी से उनकी राह देखने लगी हूँ। डाकिया चिट्ठियाँ लाता है, तो दिल में धड़कन होने लगती है—शायद उनका पत्र भी हो! जी में बार-बार आता है, क्यों न मैं ही एक खत लिखूँ; मगर संकोच में पड़-कर रह जाती हूँ। शायद मैं कभी न लिख सकूँगी। मान नहीं है केवल संकोच है। पर हाँ, अगर दस-पाँच दिन और उनका पत्र न आया, या वह खुद न आए, तो संकोच मान का रूप धारण कर लेगा। क्या तुम उन्हें एक चिठ्ठी नहीं लिख सकती! सब खेल बन जाय। क्या मेरी इतनी खातिर भी न करोगी? मगर ईश्वर के लिए उस खत में कहीं यह न लिख देना कि चंदा ने प्रेरणा की है। क्षमा करना ऐसी भद्दी गलती की तुम्हारी ओर से शंका करके मैं तुम्हारे साथ अन्याय कर रही हूँ, मगर मैं समझदार थी ही कब?

तुम्हारी,
चन्दा

5

मंसूरी
20-9-25

प्यारी चन्दा,

मैंने तुम्हारा खत पाने के दूसरे ही दिन काशी खत लिख दिया था। उसका जवाब भी मिल गया। शायद बाबूजी ने तुम्हें खत लिखा हो। कुछ पुराने खयाल के आदमी हैं। मेरी तो उनसे एक दिन भी न निभती। हाँ, तुमसे निभ जायगी। यदि मेरे पति ने मेरे साथ यह बर्ताव किया होता—अकारण मुझसे रूठे होते—तो मैं जिन्दगी-भर उनकी सूरत न देखती। अगर कभी आते भी, तो कुत्तों की तरह दुत्कार देती। पुरुष पर सबसे बड़ा अधिकार उसकी स्त्री का है। माता-पिता को खुश रखने के लिए वह स्त्री का तिरस्कार नहीं कर सकता। तुम्हारे ससुरालवालों ने बड़ा घृणित व्यवहार किया। पुराने खयालवालों का गजब का कलेजा है, जो ऐसी बातें सहते हैं। देखा उस प्रथा का फल, जिसकी तारीफ करते तुम्हारी जबान नहीं थकती। वह दीवार सड़ गई है। टीपटाप करने से काम न चलेगा। उसकी जगह नये सिरे से दीवार बनाने की जरूरत है।

अच्छा, अब कुछ मेरी भी कथा सुन लो। मुझे ऐसा संदेह हो रहा है कि विनोद ने मेरे साथ दगा की है। इनकी आर्थिक दशा वैसी नहीं, जैसी मैंने समझी थीं। केवल मुझे ठगने के लिए इन्होंने सारा स्वाँग भरा था। मोटर माँगे की थी, बँगले का किराया अभी तक नहीं दिया गया, फरनिचर किराये के थे। यह सच है कि इन्होंने प्रत्यक्ष रूप से मुझे धोखा नहीं दिया। कभी अपनी दौलत की डींग नहीं मारी, लेकिन ऐसा रहन-सहन बना लेना, जिससे दूसरों को अनुमान हो कि यह कोई बड़े धनी आदमी हैं, एक प्रकार का धोखा ही है। यह स्वाँग इसीलिए भरा गया था कि कोई शिकार फँस जाय। अब देखती हूँ कि विनोद मुझसे अपनी असली हालत को छिपाने का प्रयत्न किया करते हैं। अपने खत मुझे नहीं देखने देते, कोई मिलने आता है, तो चौंक पड़ते हैं और घबरायी हुई आवाज में बैरा से पूछते हैं, कौन है? तुम जानती हो, मैं धन की लौंडी नहीं। मैं केवल विशुद्ध हृदय चाहती हूँ। जिसमें पुरुषार्थ है, प्रतिभा है, वह आज नहीं तो कल अवश्य ही धनवान होकर रहेगा। मैं इस कपट-लीला से जलती हूँ। अगर विनोद मुझसे अपनी कठिनाइयाँ कह दें, तो मैं उनके साथ सहानुभूति करूँगी, उन कठिनाइयों को दूर करने में उनकी मदद करूँगी। यों मुझसे परदा करके यह मेरी सहानुभूति और सहयोग ही से हाथ नहीं धोते, मेरे मन में अविश्वास, द्वेष और क्षोभ का बीज बोते हैं। यह चिंता मुझे मारे डालती है। अगर इन्होंने

अपनी दशा साफ-साफ बता दी होती, तो मैं यहाँ मंसूरी आती ही क्यों? लखनऊ में ऐसी गरमी नहीं पड़ती कि आदमी पागल हो जाय। यह हजारों रुपये पर क्यों पानी पड़ता। सबसे कठिन समस्या जीविका की है। कई विद्यालयों में आवेदन-पत्र भेज रखे हैं। जवाब का इंतजार कर रहे हैं। शायद इस महीने के अंत तक कहीं जगह मिल जाय। पहले तीन-चार सौ मिलेंगे। समझ में नहीं आता, कैसे काम चलेगा। डेढ़ सौ रुपये तो पापा मेरे कालेज का खर्च देते थे। अगर दस-पाँच महीने जगह न मिली तो यह क्या करेंगे, यह फिक्र और भी खाये डालती है। मुश्किल यही है कि विनोद मुझसे परदा रखते हैं। अगर हम दोनों बैठकर परामर्श कर लेते, तो सारी गुत्थियाँ सुलझ जातीं। मगर शायद यह मुझे इस योग्य ही नहीं समझते। शायद इनका खयाल है कि मैं केवल रेशमी गुड़िया हूँ, जिसे भाँति-भाँति के आभूषणों, सुगंधों और रेशमी वस्त्रों से सजाना ही काफी है। थियेटर में कोई नया तमाशा होने वाला होता है, दौड़े हुए आकर मुझे खबर देते हैं। कहीं कोई जलसा हो, कोई खेल हो, कहीं सैर करना हो उसकी शुभ सूचना मुझे अविलम्ब दी जाती है और बड़ी प्रसन्नता के साथ, मानो मैं रात-दिन विनोद और क्रीड़ा और विलास में मग्न रहना चाहती हूँ, मानो मेरे हृदय में गंभीर अंश है ही नहीं। यह मेरा अपमान है; घोर अपमान, जिसे मैं अब नहीं सह सकती। मैं अपने संपूर्ण अधिकार लेकर ही संतुष्ट हो सकती हूँ। बस, इस वक्त इतना ही। बाकी फिर। अपने यहाँ का हाल-हवाल विस्तार से लिखना। मुझे अपने लिए जितनी चिंता है, उससे कम तुम्हारे लिए नहीं है। देखो हम दोनों के डोंगे कहाँ लगते हैं। तुम अपनी स्वदेशी, पाँच हजार वर्षों की पुरानी जर्जर नौका पर बैठी हो, मैं नये, द्रुतग्रामी मोटर-बोट पर। अवसर, विज्ञान और उद्योग मेरे साथ हैं। लेकिन कोई दैवी विपत्ति आ जाय, तब भी इसी मोटर बोट पर डूबूँगी। साल में लाखों आदमी रेल के टक्करों से मर जाते हैं, पर कोई बैलगाड़ियों पर यात्रा नहीं करता। रेलों का विस्तार बढ़ता ही जाता है। बस।

तुम्हारी,
पद्मा

6

गोरखपुर
25-9-25

प्यारी पद्मा,

कल तुम्हारा खत मिला, आज जवाब लिख रही हूँ। एक तुम हो कि

महीनों रटाती हो। इस विषय में तुम्हें मुझसे उपदेश लेना चाहिए। विनोद बाबू पर तुम व्यर्थ ही आक्षेप लगा रही हो। तुमने क्यों पहले ही उनकी आर्थिक दशा की जाँच-पड़ताल नहीं की? बस, एक सुन्दर, रसिक, शिष्ट, वाणी-मधुर युवक देखा और फूल उठीं? अब भी तुम्हारा ही दोष है। तुम अपने व्यवहार से, रहन-सहन से सिद्ध कर दो कि तुममें गंभीर अंश भी हैं, फिर देखूँ कि विनोद बाबू कैसे तुमसे परदा रखते हैं। और बहन, यह तो मानवी स्वभाव है। सभी चाहते हैं कि लोग हमें संपन्न समझें। इस स्वाँग को अंत तक निभाने की चेष्टा की जाती है और जो इस काम में सफल हो जाता है, उसी का जीवन सफल समझा जाता है। जिस युग में धन ही सर्व-प्रधान हो, मर्यादा, कीर्ति, यश—यहाँ तक कि विद्या भी धन से खरीदी जा सके, उस युग में स्वाँग भरना एक लाजिमी बात हो जाती है। अधिकार योग्यता का मुँह ताकते हैं! यही समझ लो कि इन दोनों में फूल और फल का संबंध है। योग्यता का फूल लगा और अधिकार का फल आया।

इस ज्ञानोपदेश के बाद अब तुम्हें हार्दिक धन्यवाद देती हूँ। तुमने पतिदेव के नाम जो पत्र लिखा था, उसका बहुत अच्छा असर हुआ। उसके पाँचवें ही दिन स्वामी का कृपापत्र मुझे मिला। बहन, वह खत पाकर मुझे कितनी खुशी हुई, इसका तुम अनुमान कर सकती हो। मालूम होता था, अंधे को आँखें मिल गयी हैं। कभी कोटे पर जाती थी, कभी नीचे आती थी। सारे में खलबली पड़ गयी। तुम्हें वह पत्र अत्यन्त निराशाजनक जान पड़ता, मेरे लिए वह संजीवन-मन्त्र था, आशादीपक था। प्राणेश ने बारातियों की उद्दंडता पर खेद प्रकट किया था, पर बड़ों के सामने वह जबान कैसे खोल सकते थे। फिर जनातियों ने भी, बारातियों का जैसा आदर-सत्कार करना चाहिए था, वैसा नहीं किया। अन्त में लिखा था 'प्रिये, तुम्हारे दर्शनों की कितनी उत्कंठा है, लिख नहीं सकता। तुम्हारी कल्पित मूर्ति नित आँखों के सामने रहती है। पर कुल-मर्यादा का पालन करना मेरा कर्तव्य है। जब तक गाता-पिता का रुख न पाऊँ, आ नहीं सकता। तुम्हारे वियोग में चाहे प्राण ही निकल जायँ, पर पिता की इच्छा की उपेक्षा नहीं कर सकता। हाँ, एक बात का दृढ़ निश्चय कर चुका हूँ—चाहे इधर की दुनिया उधर हो जाय, कपूत कहलाऊँ, 'पिता के कोप का भागी बनूँ, घर छोड़ना पड़े पर अपनी दूसरी शादी न करूँगा। मगर जहाँ तक मैं समझता हूँ, मामला इतना तूल न खींचेगा। यह लोग थोड़े दिनों में नर्म पड़ जायँगे और तब मैं आऊँगा और अपनी हृदयेश्वरी को आँखों पर बिठाकर लाऊँगा।

बस, अब मैं संतुष्ट हूँ बहन, मुझे और कुछ न चाहिए। स्वामी मुझ पर

इतनी कृपा रखते हैं, इससे अधिक और वह क्या कर सकते हैं! प्रियतम तुम्हारी चन्दा सदा तुम्हारी रहेगी, तुम्हारी इच्छा ही उसका कर्तव्य है। वह जब तक जिएगी, तुम्हारे पवित्र चरणों से लगी रहेगी। उसे बिसारना मत।

बहन, आँखों में आँसू भर आते हैं, अब नहीं लिखा जाता, जवाब जल्द देना।

तुम्हारी,
चन्दा

7

दिल्ली
15-12-25

प्यारी बहन,

तुझसे बार-बार क्षमा माँगती हूँ, पैरों पड़ती हूँ। मेरे पत्र न लिखने का कारण आलस्य न था, सैर-सपाटे की धुन न थी। रोज सोचती थी कि आज लिखूँगी, पर कोई-न-कोई ऐसा काम आ पड़ता था, कोई ऐसी बात हो जाती थीं; कोई ऐसी बाधा आ खड़ी होती थीं कि चित्त अशांत हो जाता था और मुँह लपेट कर पड़ रहती थी। तुम मुझे अब देखो तो शायद पहिचान न सको। मंसूरी से दिल्ली आये एक महीना हो गया। यहाँ विनोद को तीन सौ रुपये की एक जगह मिल गयी है। यह सारा महीना बाजार की खाक छानने में कटा। विनोद ने मुझे पूरी स्वाधीनता दे रखी है। मैं जो चाहूँ, करूँ; उनसे कोई मतलब नहीं। वह मेरे मेहमान हैं। गृहस्थी का सारा बोझ मुझ पर डालकर वह निश्चित हो गए हैं। ऐसा बेफिक्रा मैंने आदमी ही नहीं देखा। हाजिरी की परवाह है, न डिनर की, बुलाया तो आ गए, नहीं तो बैठे हैं। नौकरों से कुछ बोलने की तो मानो इन्होंने कसम ही खा ली है। उन्हें डाटूँ तो मैं, रखूँ तो मैं, निकालूँ तो मैं, उनसे कोई मतलब ही नहीं। मैं चाहती हूँ, वह मेरे प्रबन्ध की आलोचना करे, ऐब निकालें; मैं चाहती हूँ जब मैं बाजार से कोई चीज लाऊँ, तो वह बतावें मैं जट गई या जीत आई; मैं चाहती हूँ महीने के खर्च का बजट बनाते समय मेरे और उनके बीच में खूब बहस हो, पर इन अरमानों में से एक भी पूरा नहीं होता। मैं नहीं समझती, इस तरह कोई स्त्री कहाँ तक गृह-प्रबन्ध में सफल हो सकती है। विनोद के इस सम्पूर्ण आत्म-समर्पण ने मेरी निज की जरूरतों के लिए कोई गुंजाइश ही नहीं रखी। अपने शौक की चीजें

खुद खरीदकर लाते बुरा मालूम होता है, कम-से-कम मुझसे नहीं हो सकता। मैं जानती हूँ, मैं अपने लिए कोई चीज लाऊँ, तो वह नाराज न होंगे। नहीं, मुझे विश्वास है, खुश होंगे; लेकिन मेरा जी चाहता है, मेरे शोक सिंगार की चीजें वह खुद ला कर दें। उनसे लेने में जो आनन्द है, वह खुद जाकर लाने में नहीं। पिताजी अब भी मुझे सौ रुपया महीना देते हैं और उन रुपयों को मैं अपनी जरूरतों पर खर्च कर सकती हूँ। पर न जाने क्यों मुझे भय होता है कि कहीं विनोद समझें, मैं उनके रुपये खर्च किये डालती हूँ। जो आदमी किसी बात पर नाराज नहीं हो सकता वह किसी बात पर खुश भी नहीं हो सकता। मेरी समझ में ही नहीं आता, वह किस बात से खुश और किस बात से नाराज होते हैं। बस, मेरी दशा उस आदमी की-सी है, जो बिना रास्ता जाने इधर-उधर भटकता फिरे। तुम्हें याद होगा, हम दोनों कोई गणित का प्रश्न लगाने के बाद कितनी उत्सुकता से उसका जवाब देखती थीं; जब हमारा जवाब किताब के जवाब से मिल जाता था, तो हमें कितना हार्दिक आनन्द मिलता था। मेहनत सफल हुई, इसका विश्वास हो जाता था। जिन गणित की पुस्तकों में प्रश्नों के उतर न लिखे होते थे, उसके प्रश्न हल करने की हमारी इच्छा ही न होती थीं। सोचते थे, मेहनत अकारथ जायगी। मैं रोज प्रश्न हल करती हैं, पर नहीं जानती कि जवाब ठीक निकला, या गलत। सोचो, मेरे चित्त की क्या दिशा होगी।

एक हफ्ता होता है, लखनऊ की मिस रिग से भेंट हो गई। वह लेडी-डाक्टर हैं और मेरे घर बहुत आती-जाती हैं। किसी का सिर भी धमका और मिस रिग बुलायी गयीं। पापा जब मेडिकल कालेज में प्रोफेसर थे, तो उन्होंने इन मिस रिग को पढ़ाया था। उसका एहसान वह अब भी मानती हैं। यहाँ उन्हें देखकर भोजन का निमंत्रण न देना अशिष्टता की हद होती। मिस रिग ने दावत मंजूर कर ली। उस दिन मुझे जितनी कठिनाई हुई, वह बयान नहीं कर सकती। मैंने कभी अँगरेजों के साथ टेबुल पर नही खाया। उनमें भोजन के क्या शिष्टाचार हैं, इसका मुझे बिलकुल ज्ञान नही। मैंने समझा था, विनोद मुझे सारी बातें बता देंगे। वह बरसों अँगरेजों के साथ इंग्लैंड रह चुके हैं। मैंने उन्हें मिस रिग के आने की सूचना भी दे दी। पर उस भले आदमी ने मानो सुना ही नहीं। मैंने भी निश्चय किया, मैं तुमसे कुछ न पूछूँगी, यही न होगा कि मिस रिग हँसेंगी। बला से। अपने ऊपर बार-बार झुँझलाती थीं कि कहाँ मिस रिग को बुला बैठी। पड़ोस के बँगलों में कई हमी-जैसे परिवार रहते हैं। उनसे सलाह ले सकती थीं। पर यही संकोच होता था कि ये लोग मुझे गँवारिन समझेंगे। अपनी इस विवशता

पर थोड़ी देर तक आँसू भी बहाती रही। आख़िर निराश होकर अपनी बुद्धि से काम लिया। दूसरे दिन मिस रिग आयीं। हम दोनों भी मेज पर बैठे। दावत शुरू हुई। मैं देखती थीं कि विनोद बार-बार झेंपते थे और मिस रिग बार-बार नाक सिकोड़ती थीं, जिससे प्रकट हो रहा था कि शिष्टाचार की मर्यादा भंग हो रही है। मैं शर्म के मारे मरी जाती थीं। किसी भाँति विपत्ति सिर से टली। तब मैंने कान पकड़े कि अब किसी अँगरेज की दावत न करूँगी। उस दिन से देख रही हूँ, विनोद मुझसे कुछ खिंचे हुए हैं। मैं भी नहीं बोल रही हूँ। वह शायद समझते हैं कि मैंने उनकी भद्द करा दी। मैं समझ रही हूँ कि उन्होंने मुझे लज्जित किया। सच सकती हूँ, चन्दा, गृहस्थी के इन झंझटों में मुझे अब किसी से हँसने-बोलने का अवसर नहीं मिलता। इधर महीनों से कोई नयी पुस्तक नहीं पढ़ सकी। विनोद की विनोदशीलता भी न जाने कहाँ चली गयी। अब वह सिनेमा या थिएटर का नाम भी नहीं लेते। हाँ, मैं चलूँ तो वह तैयार हो जायँगे। मैं चाहती हूँ, प्रस्ताव उनकी ओर से हो, मैं उसका अनुमोदन करूँ। शायद वह पहिले की आदतें छोड़ रहे हैं। मैं तपस्या का संकल्प उनके मुख पर अंकित पाती हूँ। ऐसा जान पड़ता है, अपने में गृह-संचालन की शक्ति न पाकर उन्होंने सारा भार मुझ पर डाल दिया है। मंसूरी में वह घर के संचालक थे। दो-ढाई महीने में पन्द्रह सौ खर्च किये। कहाँ से लाये, यह मैं अब तक नहीं जानती। पास तो शायद ही कुछ रहा हो। संभव है किसी मित्र से ले लिया हो। तीन सौ रुपये महीने की आमदनी में थिएटर और सिनेमा का जिक्र ही क्या! पचास रुपये तो मकान ही के निकल जाते हैं। मैं इस जंजाल से तंग आ गयी हूँ। जी चाहता है, विनोद से कह दूँ कि मेरे चलाये यह ठेला न चलेगा। आप तो दो-ढाई घंटा यूनिवर्सिटी में काम करके दिन-भर चैन करें, खूब टेनिस खेलें, खूब उपन्यास पढ़ें, खूब सोयें और मैं सुबह से आधी रात तक घर के झंझटों में मरा करूँ। कई बार छेड़ने का इरादा किया, दिल में ठानकर उनके पास गयी भी, लेकिन उनका सामीप्य मेरे सारे संयम, सारी ग्लानि, सारी विरक्ति को हर लेता है। उनका विकसित मुखमंडल, उनके अनुरक्त नेत्र, उनके कोमल शब्द मुझ पर मोहिनी मंत्र-सा डाल देते हैं। उनके एक आलिंगन में मेरी सारी वेदना विलीन हो जाती है। बहुत अच्छा होता, अगर यह इतने रूपवान, इतने मधुरभाषी, इतने सौम्य न होते। तब कदाचित् मैं इनसे झगड़ बैठती, अपनी कठिनाइयाँ कह सकती। इस दशा में तो इन्होंने मुझे जैसे भेड़ बना लिया है। मगर माया को तोड़ने का मौका तलाश कर रही हूँ। एक तरह से मैं अपना आत्म-सम्मान खो बैठी हूँ। मैं क्यों हर एक बात में किसी की

अप्रसन्नता से डरती रहती हूँ? मुझमें क्यों यह भाव नहीं आता कि जो कुछ मैं कर रही हूँ, वह ठीक है। मैं इतनी मुखापेक्षा क्यों करती हूँ? इस मनोवृत्ति पर मुझे विजय पाना है, चाहे जो कुछ हो। अब इस वक्त विदा होती हूँ। अपने यहाँ के समाचार लिखना, जी लगा है।

तुम्हारी,
पद्मा

8

काशी
25-12-25

प्यारी पद्मा,

तुम्हारा पत्र पढ़कर मुझे कुछ दुःख हुआ, कुछ हँसी आयी, कुछ क्रोध आया। तुम क्या चाहती हो, यह तुम्हें खुद नहीं मालूम। तुमने आदर्श पति पाया है, व्यर्थ की शंकाओं से मन को अशांत न करो। तुम स्वाधीनता चाहती थीं, वह तुम्हें मिल गयी। दो आदमियों के लिए तीन सौ रुपये कम नहीं होते। उस पर अभी तुम्हारे पापा भी सौ रुपये दिये जाते हैं। अब और क्या चाहिए? मुझे भय होता है कि तुम्हारा चित्त कुछ अव्यवस्थित हो गया है। मेरे पास तुम्हारे लिए सहानुभूति का एक शब्द भी नहीं।

मैं पन्द्रह तारीख को काशी आ गयी। स्वामी स्वयं मुझे विदा कराने गये थे। घर से चलते समय बहुत रोई। पहले मैं समझती थीं कि लड़कियाँ झूठ-मूठ रोया करती हैं। फिर मेरे लिए तो माता-पिता का वियोग कोई नई बात न थीं। गर्मी, दशहरा और बड़े दिन की छुट्टियों के बाद छः सालों से इस वियोग का अनुभव कर रही हूँ। कभी आँखों में आँसू न आते थे। सहेलियों से मिलने की खुशी होती थीं। पर अबकी तो ऐसा जान पड़ता था कि कोई हृदय को खींचे लेता है। अम्माँजी के गले लिपटकर तो मैं इतना रोई कि मुझे मूर्छा आ गयी। पिताजी के पैरों पर लोटकर रोने की अभिलाषा मन में ही रह गयी। हाय, वह रुदन का आनन्द। उस समय पिता के चरणों पर गिर कर रोने के लिए मैं अपने प्राण तक दे देती। यही रोना आता था कि मैंने इनके लिए कुछ न किया। मेरा पालन-पोषण करने में इन्होंने क्या कुछ कष्ट न उठाया! मैं जन्म की रोगिणी हूँ। रोज ही बीमार रहती थीं। अम्माँजी रात-रात भर मुझे गोद में लिये बैठी रह जाती थीं। पिताजी के कन्धों पर चढ़कर उचकने की याद मुझे अभी तक आती है। उन्होंने कभी मुझे कड़ी निगाह से नहीं देखा। मेरे सिर में दर्द हुआ

और उनके हाथों के तोते उड़ जाते थे। दस वर्ष की उम्र तक तो यों गए। छः साल देहरादून में गुजरे। अब, जब इस योग्य हुई कि उनकी कुछ सेवा करूँ, तो यों पर झाड़कर अलग हो गई। कुल आठ महीने तक उनके चरणों की सेवा कर सकी और यही आठ महीने मेरे जीवन की निधि है। मेरी ईश्वर से यही प्रार्थना है कि मेरा जन्म फिर इसी गोद में हो और फिर इसी अतुल पितृस्नेह का आनन्द भोगूँ।

सन्ध्या समय गाड़ी स्टेशन से चली। मैं जनाना कमरे में थीं और लोग दूसरे कमरे में थे। उस वक्त सहसा मुझे स्वामीजी को देखने की प्रबल इच्छा हुई। सान्त्वना, सहानुभूति और आश्रय के लिए हृदय व्याकुल हो रहा था। ऐसा जान पड़ता था जैसे कोई कैदी कालापानी जा रहा हो।

घंटे भर के बाद गाड़ी एक स्टेशन पर रुकी। मैं पीछे की ओर खिड़की से सिर निकालकर देखने लगी। उसी वक्त द्वार खुला और किसी ने कमरे में कदम रखा। उस कमरे में एक औरत भी न थीं। मैंने चौंककर पीछे देखा तो एक पुरुष। मैंने तुरन्त मुँह छिपा लिया और बोली, आप कौन हैं? यह जनाना कमरा है। मरदाने कमरे में जाए।

पुरुष ने खड़े-खड़े कहा—मैं तो इसी कमरे में बैठूँगा। मरदाने कमरे में भीड़ बहुत है।

मैंने रोष से कहा—नहीं, आप इसमें नहीं बैठ सकते।

'मैं तो बैठूँगा।'

'आपको निकलना पड़ेगा। आप अभी चले जाइये, नहीं तो मैं अभी जंजीर खींच लूँगी।

'अरे साहब, मैं भी आदमी हूँ, कोई जानवर नहीं हूँ। इतनी जगह पड़ी हुई है। आपका इसमें हरज क्या है?'

गाड़ी ने सीटी दी। मैं और घबराकर बोली—आप निकलते हैं, या मैं जंजीर खींचूँ?

पुरुष ने मुस्कराकर कहा—आप तो बड़ी गुस्सावर मालूम होती हैं। एक गरीब आदमी पर आपको जरा भी दया नहीं आती?

गाड़ी चल पड़ी। मारे क्रोध और लज्जा के मुझे पसीना आ गया। मैंने फौरन द्वार खोल दिया और बोली—अच्छी बात है, आप बैठिए, मैं ही जाती हूँ।

बहन, मैं सच कहती हूँ, मुझे उस वक्त लेशमात्र भी भय न था। जानती थीं, गिरते ही मर जाऊँगी, पर एक अजनबी के साथ अकेले बैठने से मर जाना अच्छा था। मैंने एक पैर लटकाया ही था कि उस पुरुष ने

मेरी बाँह पकड़ ली और अन्दर खींचता हुआ बोला—अब तक तो आपने मुझे कालेपानी भेजने का सामान कर दिया था। यहाँ और कोई तो है नहीं, फिर आप इतना क्यों घबराती हैं। बैठिए, जरा हँसिए-बोलिए। अगले स्टेशन पर मैं उतर जाऊँगा, इतनी देर तक कृपा-कटाक्ष से वंचित न कीजिए। आपको देखकर दिल काबू से बाहर हुआ जाता है। क्यों एक गरीब का खून सिर पर लीजिएगा?...

मैंने झटककर अपना हाथ छुटा लिया। सारी देह काँपने लगी। आँखों में आँसू भर आये। उस वक्त अगर मेरे पास कोई छुरी या कटार होती, तो मैंने जरूर उसे निकाल लिया होता और मरने-मारने को तैयार हो गई होती। मगर इस दशा में क्रोध से ओंठ चबाने के सिवा और क्या करती! आख़िर झल्लाना व्यर्थ समझकर मैंने सावधान होने के चेष्टा करके कहा—आप कौन हैं? उसने उसी ढिठाई से कहा—तुम्हारे प्रेम का इच्छुक।

'आप तो मजाक करते हैं। सच बतलाइए।'

'सच बता रहा हूँ, तुम्हारा आशिक हूँ।

'अगर आप मेरे आशिक हैं, तो कम-से-कम इतनी बात मानिए कि अगले स्टेशन पर उतर जाइए। मुझे बदनाम करके आप कुछ न पायेंगे। मुझ पर इतनी दया कीजिए।'

मैंने हाथ जोड़कर यह बात कही। मेरा गला भी भर आया था। उस आदमी ने द्वार की ओर जाकर कहा—अगर आपका यहीं हुक्म है, तो लीजिए, जाता हूँ। याद रखिएगा।

उसने द्वार खोल लिया और एक पाँव आगे बढ़ाया। मुझे मालूम हुआ वह नीचे कूदने जा रहा है। बहन, नहीं कह सकती कि उस बक्त मेरे दिल की क्या दशा हुई। मैंने बिजली की तरह लपककर उसका हाथ पकड़ लिया और अपनी तरफ जोर से खींच लिया।

उसने ग्लानि से भरे हुए स्वर में कहा—'क्यों खींच लिया, मैं तो चला जा रहा था।'

'अगला स्टेशन आने दीजिए।'

'जब आप भगा ही रही हैं, तो जितनी जल्द भाग जाऊँ उतना ही अच्छा।'

'मैं यह कब कहती हूँ कि आप चलती गाड़ी से कूद पड़िए।'

'अगर मुझ पर इतनी दया है, तो एक बार जरा दर्शन ही दे दो।'

'अगर आपकी स्त्री से कोई दूसरा पुरुष बातें करता, तो आपको कैसा

लगता?'

पुरुष ने त्योरियाँ चढ़ाकर कहा—'मैं उसका खून पी जाता।'

मैंने निस्संकोच होकर कहा—तो फिर आपके साथ मेरे पति क्या व्यवहार करेंगे, यह भी आप समझते होंगे?

'तुम अपनी रक्षा आप ही कर सकती हो। प्रिये! तुम्हें पति की मदद की जरूरत ही नहीं। अब आओ, मेरे गले से लग जाओ। मैं ही तुम्हारा भाग्यशाली स्वामी और सेवक हूँ।'

मेरा हृदय उछल पड़ा। एक बार मुँह से निकला—अरे! आप!!' और मैं दूर हटकर खड़ी हो गयी। एक हाथ लंबा घूँघट खींच लिया। मुँह से एक शब्द न निकला।

स्वामी ने कहा—अब यह शर्म और परदा कैसा?

मैंने कहा—आप बड़े छलिये हैं! इतनी देर तक मुझे रुलाने में क्या मजा आया?

स्वामी—इतनी देर में मैंने तुम्हें जितना पहचान लिया, उतना घर के अन्दर शायद बरसों में भी न पहचान सकता। यह अपराध क्षमा करो। क्या तुम सचमुच गाड़ी से कूद पड़ती?'

'अवश्य?'

'बड़ी खैरियत हुई, मगर यह दिल्लगी बहुत दिनों याद रहेगी।' मेरे स्वामी औसत कद के, साँवले, चेचकरू, दुबले आदमी हैं। उनसे कहीं रूपवान् पुरुष मैंने देखे हैं : पर मेरा हृदय कितना उल्लसित हो रहा था! कितनी आनन्दमय सन्तुष्टि का अनुभव कर रही थीं, मैं बयान नहीं कर सकती।

मैंने पूछा—गाड़ी कब तक पहुँचेगी?

'शाम को पहुँच जायेंगे।'

मैंने देखा, स्वामी का चेहरा कुछ उदास हो गया है। वह दस मिनट तक चुपचाप बैठे बाहर की तरफ ताकते रहे। मैंने उन्हें केवल बात में लगाने ही के लिए यह अनावश्यक प्रश्न पूछा था। पर अब भी जब वह न बोले तो मैंने फिर न छेड़ा। पानदान खोलकर पान बनाने लगी। सहसा उन्होंने कहा—चन्दा, एक बात कहूँ?

मैंने कहा—हाँ-हाँ, शौक से कहिए।

उन्होंने सिर झुकाकर शर्माते हुए कहा—मैं जानता कि तुम इतनी रूपवती हो, तो मैं तुमसे विवाह न करता। अब तुम्हें देखकर मुझे मालूम हो रहा है कि मैंने तुम्हारे साथ अन्याय किया है। मैं किसी तरह तुम्हारे

योग्य न था।

मैंने पान का बीड़ा उन्हें देते हुए कहा—ऐसी बातें न कीजिए। आप जैसे हैं, मेरे सर्वस्व हैं। मैं आपकी दासी बनकर अपने भाग्य को धन्य मानती हूँ।

दसरा स्टेशन आ गया। गाड़ी रुकी। स्वामी चले गये। जब-जब गाड़ी रुकती थीं, वह आकर दो-चार बातें कर जाते थे। शाम को हम लोग बनारस पहुँच गए। मकान एक गली में है और मेरे घर से बहुत छोटा है। इन कई दिनों में यह भी मालूम हो रहा है कि सासजी स्वभाव की रूखी हैं। लेकिन अभी किसी के बारे में कुछ नहीं कह सकती। सम्भव है, मुझे भ्रम हो रहा हो। फिर लिखूँगी। मुझे इसकी चिन्ता नहीं कि घर कैसा है, आर्थिक दशा कैसी है, सास-ससुर कैसे हैं। मेरी इच्छा है कि यहाँ सभी मुझे से खुश रहें। पतिदेव को मुझसे प्रेम है, यह मेरे लिए काफी है। मुझे और किसी बात की परवा नहीं। तुम्हारे बहनोईजी का मेरे पास बार-बार आना सासजी को अच्छा नहीं लगता। वह समझती हैं, कहीं यह सिर न चढ़ जाय। क्यों मुझ पर उनकी यह अकृपा है, कह नहीं सकती; पर इतना जानती हूँ कि वह अगर इस बात से नाराज होती हैं, तो हमारे ही भले के लिए। वह ऐसी कोई बात क्यों करेंगी, जिसमें हमारा हित न हो। अपनी सन्तान का अहित कोई माता नहीं कर सकती। मुझ ही में कोई बुराई उन्हें नजर आई होगी। दो-चार दिन में आप ही मालूम हो जाएगा! अपने यहाँ के समाचार लिखना। जवाब की आशा एक महीने के पहले तो है नहीं, यों तुम्हारी खुशी।

तुम्हारी,
चन्दा

9

दिल्ली
1-2-26

प्यारी बहन,

तुम्हारे प्रथम मिलन की कुतूहलमय कथा पढ़कर, चित्त प्रसन्न हो गया। मुझे तुम्हारे ऊपर हसद हो रहा है। मैंने समझा था, तुम्हें मुझ पर हसद होगा, पर क्रिया उलटी हो गयी तुम्हें चारों ओर हरियाली ही नजर आती है, मैं जिधर नजर डालती हूँ, सूखे रेत और नग्न टीलों के सिवा और कुछ नहीं। खैर! अब कुछ मेरा वृतान्त सुनो—

"अब जिगर थामकर बैठो, मेरी बारी आयी।"

विनोद की अविचलित दार्शनिकता अब असह्य हो गयी है। कुछ विचित्र जीव हैं, घर में आग लगे, पत्थर पड़े इनकी बला से। इन्हें मुझ पर जरा भी दया नहीं आती। मैं सुबह से शाम तक घर के झंझटों में कुढ़ा करूँ, इन्हें कुछ परवाह नहीं। ऐसा सहानुभूति से खाली आदमी कभी नहीं देखा था। इन्हें तो किसी जंगल में तपस्या करनी चाहिए थीं। अभी तो खैर दो ही प्राणी हैं, लेकिन कहीं बाल बच्चे हो गये तब तो मैं बे-मौत मर जाऊँगी। ईश्वर न करे, वह दारुण विपत्ति मेरे सिर पड़े।

चन्दा, मुझे अब दिल से लगी हुई है कि किसी भाँति इनकी वह समाधि भंग कर दूँ। मगर कोई उपाय सफल नहीं होता, कोई चाल ठीक नहीं पड़ती। एक दिन मैंने उनके कमरे के लंप का बल्व तोड़ दिया। कमरा अँधेरा पड़ा रहा। आप सैर करके आये, तो कमरा अँधेरा देखा। मुझसे पूछा मैंने कह दिया बल्ब टूट गया। बस, आपने भोजन किया और मेरे कमरे में आकर लेट रहे। पत्रों और उपन्यासों की ओर देखा तक नहीं, न-जाने वह उत्सुकता कहाँ विलीन हो गयी। दिन-भर गुजर गया, आपको बल्व लगवाने की कोई फिक्र नहीं। आख़िर मुझी को बाजार से लाना पड़ा।

एक दिन मैंने झँझलाकर रसोइये को निकाल दिया। सोचा जब लाला रात भर भूखे सोयेंगे तब आँखें खुलेंगी। मगर इस भले आदमी ने कुछ पूछा तक नहीं। चाय न मिली, कुछ परवाह नहीं। ठीक दस बजे आपने कपड़े पहने, एक बार रसोई की ओर जाकर देखा, सन्नाटा था। बस, कालेज चल दिये। एक आदमी, पूछता है, महाराज कहाँ गया, क्यों गया; अब क्या इन्तजाम होगा, कौन खाना पकायेगा, कम-से-कम इतना तो मुझसे कह सकते थे कि तुम अगर नहीं पका सकतीं, तो बाजार ही से कुछ खाना मँगवा लो। जब वह चले गए, तो मुझे बड़ा पश्चात्ताप हुआ। रायल होटल से खाना मँगवाया और बैरे के हाथ कालेज भेज दिया। पर खुद भूखी ही रही। दिन-भर भूख के मारे बुरा हाल था। सिर में दर्द होने लगा। आप कालेज से आए और मुझे पड़े देखा तो ऐसे परेशान हुए मानो मुझे त्रिदोष है। उसी वक्त एक डाक्टर बुला भेजा। डाक्टर आये, आँखें देखी, जबान देखी, हरारत देखी, लगाने की दवा अलग दी, पीने की अलग आदमी दवा लेने गया। लौटा तो बारह रुपये का बिल भी था। मुझे इन सारी बातों पर ऐसा क्रोध आ रहा था कि कहाँ भागकर चली जाऊँ। उस पर आप आराम-कुर्सी डालकर मेरी चारपाई के पास बैठ गए और एक-एक पल पर पूछने लगे कैसा जी है? दर्द कुछ कम हुआ? यहाँ मारे भूख के

आंते कुलकुला रही थीं। दवा हाथ से छुई तक नहीं। आख़िर झख मारकर मैंने फिर बैरे से खाना मँगवाया। फिर चाल उलटी पड़ी। मैं डरी कि कहीं सबेरे फिर यह महाशय डाक्टर को न बुला बैठें, इसलिए सबेरा होते ही हारकर फिर घर के काम-धन्धे में लगी। उसी वक्त एक दूसरा महाराज बुलवाया। अपने पुराने महाराज को बेकसूर निकालकर दण्डस्वरूप एक काठ के उल्लू को रखना पड़ा, जो मामूली चपातियाँ भी नहीं पका सकता। उस दिन से एक नयी बला गले पड़ी। दोनों वक्त दो घंटे इस महाराज को सिखाने में लग जाते हैं। इसे अपनी पाक-कला का ऐसा घमण्ड है कि मैं चाहे जितना बकूँ, पर करता अपने ही मन की है। उस पर बीच-बीच में मुस्कराने लगता है, मानो कहता हो कि 'तुम इन बातों को क्या जानो, चुपचाप बैठी देखती जाव।' जलाने चली थीं विनोद को और खुद जल गयी। रुपये खर्च हुए, वह तो हुए ही, एक और जंजाल में फँस गयी। मैं खूब जानती हूँ कि विनोद का डाक्टर को बुलाना या मेरे पास बैठे रहना केवल दिखावा था। उनके चेहरे पर जरा भी घबराहट न थीं, चित्त जरा भी अशांत न था।

चन्दा, मुझे क्षमा करना। मैं नहीं जानती कि ऐसे पुरुष के पाले पड़-कर तुम्हारी क्या दशा होती, पर मेरे लिए इस दशा में रहना असह्य है। मैं आगे जो वृतान्त कहने वाली हूँ, उसे सुनकर तुम नाक-भौं सिकोड़ोगी, मुझे कोसोगी, कलंकिनी कहोगी; पर जो चाहे कहो, मुझे परवा नहीं। आज चार दिन होते हैं, मैंने त्रिया-चरित्र का एक नया अभिनय किया। हम दोनों सिनेमा देखने गये थे। वहाँ मेरी बंगल में एक बंगाली बाब बैठे हुए थे। विनोद सिनेमा में इस तरह बैठते हैं, मानो ध्यानावस्था में हों। न बोलना, न चालना! फिल्म इतना सुन्दर था, ऐक्टिग इतनी सजीव कि मेरे मुँह से बार-बार प्रशंसा के शब्द निकल जाते थे। बंगाली बाबू को भी बड़ा आनन्द आ रहा था! हम दोनों उस फिल्म पर आलोचनाएं करने लगे। वह फिल्म के भावों की इतनी रोचक व्याख्या करता था कि मन मुग्ध हो जाता था। फिल्म से ज्यादा मजा मुझे उसकी बातों में आ रहा था। बहन, सच कहती हूँ, शक्ल-सूरत में वह विनोद के तलुओं की बराबरी भी नहीं कर सकता, पर केवल विनोद को जलाने के लिए मैं उससे मुस्करा-मुस्करा कर बातें करने लगी। उसने समझा, कोई शिकार फंस गया। अवकाश के समय वह बाहर जाने लगा, तो मैं भी उठ खड़ी हुई; पर विनोद अपनी जगह पर ही बैठे रहे।

मैंने कहा—बाहर चलते हो, मेरी तो बैठे-बैठे कमर दुख गयी।

विनोद बोले—हाँ-हाँ, चलो, इधर-उधर टहल आयें। मैंने लापरवाही से कहा—तुम्हारा जी न चाहे तो मत चलो, मैं मजबूर नहीं करती।

विनोद फिर अपनी जगह पर बैठते हुए बोले—अच्छी बात है।

मैं बाहर आयी तो बंगाली बाबू ने पूछा—क्या आप यहीं की रहने वाली हैं? 'मेरे पति यहाँ यूनिवर्सिटी में प्रोफेसर हैं।'

'अच्छा! वह आपके पति थे। अजीब आदमी हैं।'

'आपको तो मैंने शायद यहाँ पहले ही देखा है।'

'हाँ, मेरा मकान तो बंगाल में है। कंचनपुर के महाराज साहब का प्राइवेट सेक्रेटरी हूँ। महाराजा साहब वाइसराय से मिलने आये हैं।'

'तो अभी दो-चार दिन रहिएगा?'

'जी हाँ, आशा तो करता हूँ। रहूँ तो साल-भर रह जाऊँ। जाऊँ तो दूसरी गाड़ी से चला जाऊँ। हमारे महाराजा साहब का कुछ ठीक नहीं। यों बड़े सज्जन और मिलनसार हैं। आपसे मिलकर बहुत खुश होंगे।

यह बातें करते-करते हम रेस्ट्राँ में पहुँच गये। बाबू ने चाय और टोस्ट लिया। मैंने सिर्फ चाय ली।

'तो इसी वक्त आपका महाराजा साहब से परिचय करा दू। आपको आश्चर्य होगा कि मुकुटधारियों में भी इतनी नम्रता और विनय हो सकती है। उनकी बातें सुनकर आप मुग्ध हो जायँगी।'

मैंने आईने में अपनी सूरत देखकर कहा—जी नहीं, फिर किसी दिन पर रखिए। आपसे तो अक्सर मुलाकात होती रहेगी। क्या आपकी स्त्री आपके साथ नहीं आयीं?

युवक ने मुस्कराकर कहा—मैं अभी क्वाँरा हूँ और शायद क्वारा ही रहूँ?

मैंने उत्सुक होकर पूछा—अच्छा! तो आप भी स्त्रियों से भागने वाले जीवों में हैं। इतनी बातें तो हो गयी और आपका नाम तक न पूछा।

बाबू ने अपना नाम भुवनमोहन दास गुप्त बताया। मैंने अपना परिचय दिया।

'जी नहीं, मैं उन अभागों में हूँ, जो एक बार निराश होकर फिर उसकी परीक्षा नहीं करते। रूप की तो संसार में कमी नहीं, मगर रूप और गुण का मेल बहुत कम देखने में आता है। जिस रमणी से मेरा प्रेम था, वह आज एक बड़े वकील की पत्नी है। मैं गरीब था। इसकी सजा मुझे ऐसी मिली कि जीवनपर्यन्त न भूलेगी। साल-भर तक जिसकी उपासना की, जब उसने मुझे धन पर बलिदान कर दिया, तो अब और क्या आशा रखूं?

मैंने हँसकर कहा—'आपने बहुत जल्द हिम्मत हार दी।'

भुवन ने सामने द्वार की ओर ताकते हुए कहा—मैंने आज तक ऐसा वीर ही नहीं देखा, जो रमणियों से परास्त न हुआ हो। ये हृदय पर चोट करती हैं और हृदय एक ही गहरी चोट सह सकता है। जिस रमणी ने मेरे प्रेम को तुच्छ समझकर पैरों से कुचल दिया, उसको मैं दिखाना चाहता हूँ कि मेरी आँखों में धन कितनी तुच्छ वस्तु है यही मेरे जीवन का एकमात्र उद्देश्य है। मेरा जीवन उसी दिन सफल होगा, जब विमला के घर के सामने मेरा विशाल भुवन होगा और उसका पति मुझसे मिलने में अपना सौभाग्य समझेगा।

मैंने गम्भीरता से कहा—यह तो कोई बहुत ऊँचा उद्देश्य नहीं है। आप यह क्यों समझते हैं कि विमला ने केवल धन के लिए आपका परित्याग किया। सम्भव है, इसके और भी कारण हों। माता-पिता ने उस पर दबाव डाला हो, या अपने ही में उसे कोई ऐसी त्रुटि दिखलाई दी हो, जिससे आपका जीवन दुःखमय हो जाता। आप यह क्यों समझते हैं कि जिस प्रेम से वंचित होकर आप इतने दुखी हुए, उसी प्रेम से वंचित होकर वह सुखी हुई होगी। सम्भव था, कोई धनी स्त्री पाकर आप भी फिसल जाते।

भुवन ने जोर देकर कहा—यह असम्भव है, सर्वथा असम्भव है। मैं उसके लिए त्रिलोक का राज्य भी त्याग देता।

मैंने हँसकर कहा—हाँ, इस वक्त आप ऐसा कह सकते हैं; मगर ऐसी परीक्षा में पड़कर आपकी क्या दशा होती, इसे आप निश्चयपूर्वक नहीं बता सकते। सिपाही की बहादुरी का प्रमाण उसकी तलवार है, उसकी जबान नहीं। इसे अपना सौभाग्य समझिए कि आपको उस परीक्षा में नहीं पड़ना पड़ा। वह प्रेम, प्रेम नहीं है, जो प्रत्याघात की शरण ले। प्रेम का आदि भी सहृदयता है और अन्त भी सहृदयता। सम्भव है, आपको अब भी कोई ऐसी बात मालूम हो जाय, जो विमला की तरफ से आपको नर्म कर दे।

भुवन गहरे बिचार में डूब गए। एक गिनट के बाद उन्होंने सिर उठाया। और बोले—'मिसेज विनोद, आपने आज एक ऐसी बात सुझा दी, जो आज तक मेरे ध्यान में आयी ही न थीं। यह भाव कभी मेरे मन में उदय ही नहीं हुआ। मैं इतना अनुदार क्यों हो गया, समझ में नहीं आता। मुझे आज मालूम हुआ कि प्रेम के ऊँचे आदर्श का पालन रमणियाँ ही कर सकती हैं। पुरुष कभी प्रेम के लिए आत्म-समर्पण नहीं कर सकता—वह प्रेम को स्वार्थ और वासना से पृथक् नहीं कर सकता। अब मेरा जीवन सुखमय हो जायगा। आपने मुझे आज शिक्षा दी है, उसके लिए आपको

धन्यवाद देता हूँ।

यह कहते-कहते भुवन सहसा चौंक पड़े और बोले—ओह! मैं कितना बड़ा मूर्ख हूँ—सारा रहस्य समझ में आ गया, अब कोई बात छिपी नहीं है। ओह, मैंने विमला के साथ घोर अन्याय किया! महान् अन्याय! मैं बिलकुल अंधा हो गया था। विमल, मुझे क्षमा करो।

भुवन इसी तरह देर तक विलाप करते रहे। बार-बार मुझे धन्यवाद देते थे और अपनी मूर्खता पर पछताते थे। हमें इसकी सुध ही न रही कि कब घंटी बजी, कब खेल शुरू हुआ। यकायक विनोद कमरे में आए। मैं चौंक पड़ी। मैंने उनके मुख की ओर देखा, किसी भाव का पता न था। बोले—तुम अभी यहीं हो, पद्मा! खेल शुरू हुए तो देर हुई! मैं चारों तरफ तुम्हें खोज रहा था।

मैं हकबकाकर उठ खड़ी हुई और बोली—खेल शुरू हो गया? घंटी की आवाज तो सुनायी ही नहीं दी।

भुवन भी उठे। हम फिर आकर तमाशा देखने लगे। विनोद ने मुझे अगर इस वक्त दो-चार लगने वाली बातें कह दी होती, उनकी आँखों में क्रोध की झलक दिखायी देती, तो मेरा अशान्त हृदय सँभल जाता, मेरे मन को ढाढस होती, पर उनके अविचलित विश्वास ने मुझे और भी अशांत कर दिया। बहन, मैं चाहती हूँ, वह मुझ पर शासन करें। मैं उनकी कठोरता, उनकी उद्दण्डता, उनकी बलिष्ठता का रूप देखना चाहती हूँ। उनके प्रेम, प्रमोद, विश्वास का रूप देख चुकी। इससे मेरी आत्मा को तृप्ति नहीं होती! तुम उस पिता को क्यों कहोगी, जो अपने पुत्र को अच्छा खिलाये, अच्छा पहनाये, पर उसकी शिक्षा-दीक्षा की कुछ चिन्ता न करे; वह जिस राह जाय, उस राह जाने दे; जो कुछ करे, वह करने दे। कभी उसे कड़ी आँख से देखे भी नहीं। ऐसा लड़का अवश्य ही आवारा हो जायगा। मेरा भी बही हाल हुआ जाता है। यह उदासीनता मेरे लिए असह्य है। इस भले आदमी ने यहाँ तक न पूछा कि भुवन कौन है? भुवन ने यही तो समझा होगा कि इसका पति इसकी बिलकुल परवाह नहीं करता। विनोद खुद स्वाधीन रहना चाहते हैं, मुझे भी स्वाधीन छोड़ देना चाहते हैं। वह मेरे किसी काम में हस्तक्षेप नहीं करना चाहते। इसी तरह चाहते हैं कि मैं भी उनके किसी काम में हस्तक्षेप न करूँ। मैं इस स्वाधीनता को दोनों ही के लिए विष तुल्य समझती हूँ। संसार में स्वाधीनता का चाहे जो भी मूल्य हो, घर में तो पराधीनता ही फलती-फूलती है। मैं जिस तरह अपने एक जेवर को अपना समझती हूँ, उसी तरह विनोद को अपना समझना चाहती

हूँ। अगर मुझसे पूछे बिना विनोद उसे किसी को दे दें, तो मैं लड़ पड़ूँगी। मैं चाहती हूँ, उसी तरह उन पर मेरा अधिकार हो। अपने ऊपर भी उनका ऐसा ही अधिकार चाहती हूँ। उन्हें मेरी एक-एक बात पर ध्यान देना चाहिए। मैं किससे मिलती हूँ, कहाँ हूँ, क्या पढ़ती हूँ, किस तरह जीवन व्यतीत करती हूँ, इन सारी बातों पर उनकी तीव्र दृष्टि रहनी चाहिए। जब वह मेरी परवाह नहीं करते, तो मैं उनकी परवाह क्यों करूँ? इस खींचातानी में हम एक दूसरे से अलग होते चले जा रहे हैं और क्या कहूँ, मुझे कुछ नहीं मालूम कि वह किन मित्रों को रोज पत्र लिखते हैं। उन्होंने भी मुझसे कभी कुछ नहीं पूछा। खैर, मैं क्या लिख रही थीं, क्या कहने लगी। विनोद ने मुझसे कुछ नहीं पूछा। मैं फिर भुवन से फिल्म के सम्बन्ध में बातें करने लगी।

जब खेल खत्म हो गया और हम लोग बाहर आए और ताँगा ठीक करने लगे, तो भुवन ने कहा—'मैं अपनी कार में आपको पहुँचा दूँगा।'

हमने कोई आपत्ति नहीं की। हमारे मकान का पता पूछकर भुवन ने कार चला दी। रास्ते में मैंने भुवन से कहा—'कल मेरे यहाँ दोपहर का खाना खाइएगा।' भुवन ने स्वीकार कर लिया।

भुवन तो हमें पहुँचाकर चले गए, पर मेरा मन बड़ी देर तक उन्हीं की तरफ लगा रहा। इन दो-तीन घंटों में भुवन को जितना समझी, उतना विनोद को आज तक नहीं समझी। मैंने भी अपने हृदय की जितनी बातें उससे कह दी, उतनी विनोद से आज तक नहीं कहीं। भुवन उन मनुष्यों में है, जो किसी पर पुरुष को मेरी ओर कुदृष्टि डालते देखकर उसे मार डालेगा। उसी तरह मुझे किसी पुरुष से हँसते देखकर मेरा खून पी लेगा और जरूरत पड़ेगी, तो मेरे लिए आग में कूद पड़ेगा। ऐसा ही पुरुष-चरित्र मेरे हृदय पर विजय पा सकता है। मेरे ही हृदय पर नहीं, नारी-जाति (मेरे विचार में) ऐसे ही पुरुष पर जान देती है। वह निर्बल है, इसलिए बलवान् का आश्रय ढूँढ़ती है।

बहन, तुम ऊब गई होगी, खत बहुत लम्बा हो गया; मगर इस काण्ड को समाप्त किए बिना नहीं रहा जाता। मैंने सबेरे ही से भुवन की दावत की तैयारी शुरू कर की। रसोइया तो काठ का उल्लू है, मैंने सारा काम अपने हाथ से किया। भोजन बनाने में ऐसा आनन्द मुझे और कभी न मिला था।

भुवन बाबू की कार ठीक समय पर आ पहुँची। भुवन उतरे और सीधे मेरे कमरे में आए। दो-चार बातें हुई। डिनर-टेबुल पर जा बैठे। विनोद

भी भोजन करने आए। मैंने उन दोनों आदमियों का परिचय करा दिया। मुझे ऐसा मालूम हुआ कि विनोद ने भुवन की ओर से कुछ उदासीनता दिखायी। इन्हें राजाओं-रईसों से चिढ़ है, साम्यवादी हैं। जब राजाओं से चिढ़ है तो उनके पिट्ठुओं से क्यों न होती। वह समझते हैं, इन रईसों के दरबार में खुशामदी, निकम्मे, सिद्धान्तहीन, चरित्रहीन लोगों का जमघट रहता है, जिनका इसके सिवाय और कोई काम नहीं कि अपने रईस की हर एक उचित-अनुचित इच्छा पूरी करें और प्रजा का गला काटकर अपना घर भरें। भोजन के समय बातचीत की धारा घूमते-घामते विवाह और प्रेम-जैसे महत्व के विषय पर आ पहुँची।

विनोद ने कहा—'नहीं, मैं वर्तमान वैवाहिक प्रथा को पसन्द नहीं करता। इस प्रथा का आविष्कार उस समय हुआ था, जब मनुष्य सभ्यता की प्रारम्भिक दशा में था। तब से दुनिया बहुत आगे बढ़ी है। मगर विवाह प्रथा में जौ भर भी अन्तर नहीं पड़ा। यह प्रथा वर्तमान काल के लिए उपयोगी नहीं।'

भुवन ने कहा—'आख़िर आपको इसमें क्या दोष दिखाई देते हैं?'

विनोद ने विचारकर कहा—'इसमें सबसे बड़ा ऐब यह है कि यह एक सामाजिक प्रश्न को धार्मिक रूप दे देता है।'

'और दूसरा?'

'दूसरा यह कि यह व्यक्तियों की स्वाधीनता में बाधक है। यह स्त्री-व्रत और पतिव्रत का स्वाँग रचकर हमारी आत्मा को संकुचित कर देता है। हमारी बुद्धि के विकास में जितनी रुकावट इस प्रथा ने डाली है, उतनी और किसी भौतिक या दैविक क्रांति से भी नहीं हुई। इसने मिथ्या आदर्शों को हमारे सामने रख दिया और आज तक हम उन्हीं पुरानी; सड़ी हुई, लज्जाजनक, पाशविक लकीरों को पीटते जाते हैं। व्रत केवल एक निरर्थक बंधन का नाम है। इतना महत्वपूर्ण नाम देकर हमने उस कैद को धार्मिक रूप दे दिया है। पुरुष क्यों चाहता है कि स्त्री उसको अपना ईश्वर, अपना सर्वस्व समझे? केवल इसलिए कि वह उसका भरण-पोषण करता है। क्या स्त्री का कर्तव्य केवल पुरुष की सम्पत्ति के लिए वारिस पैदा करना है? उस सम्पति के लिए जिस पर, हिन्दू नीतिशास्त्र के अनुसार, पति के देहान्त के बाद उसका कोई अधिकार नहीं रहता। समाज की यह सारी व्यवस्था, सारा संगठन सम्पत्ति-रक्षा के आधार पर हुआ है। इसने संपत्ति को प्रधान और व्यक्ति को गौण कर दिया है। हमारे ही वीर्य से उत्पन्न

सन्तान हमारी कमाई हुई जायदाद का भोग करे, इस मनोभाव में कितनी स्वार्थान्धता, कितना दासत्व छिपा हुआ है, इसका कोई अनुमान नहीं कर सकता। इस कैद में जकड़ी हुई समाज की सन्तान यदि आज घर में, देश में, संसार में, अपने क्रूर स्वार्थ के लिए रक्त की नदियाँ बहा रही है, तो क्या आश्चर्य है। मैं इस वैवाहिक प्रथा को सारी बुराइयों का मूल समझता हूँ।

भुवन चकित हो गया। मैं खुद चकित हो गई। विनोद ने इस विषय पर मुझसे कभी इतनी स्पष्टता से बातचीत न की थीं। मैं यह तो जानती थीं, वह साम्यवादी हैं, दो-एक बार इस विषय पर उनसे बहस भी कर चुकी हूँ, पर वैवाहिक प्रथा के वे इतने विरोधी हैं, यह मुझे न मालूम न था। भुवन के चेहरे से ऐसा प्रकट होता था कि उन्होंने ऐसे दार्शनिक विचारों की गंध तक नहीं पाई। जरा देर के बाद बोले—प्रोफेसर साहेब, आपने तो मुझे एक बड़े चक्कर में डाल दिया। आख़िर आप इस प्रथा की जगह कोई और प्रथा रखना चाहते हैं या विवाह की आवश्यकता ही नहीं समझते? जिस तरह पशु-पक्षी आपस में मिलते हैं, वह हमें भी करना चाहिए?

विनोद ने तुरंत उत्तर दिया—बहुत कुछ। पशु-पक्षियों में सभी का मानसिक विकास एक-सा नहीं है। कुछ ऐसे हैं, जो जोड़े के चुनाव में कोई विचार नहीं रखते। कुछ ऐसे हैं, जो एक बार बच्चे पैदा करने के बाद अलग हो जाते हैं, और कुछ ऐसे हैं, जो जीवनपर्यन्त एक साथ रहते हैं। कितनी ही भिन्न-भिन्न श्रेणियाँ हैं। मैं मनुष्य होने के नाते उसी श्रेणी को श्रेष्ठ समझता हूँ, जो जीवनपर्यन्त एक साथ रहते हैं। मगर स्वेच्छा से। उनके यहाँ कोई कैद नहीं, कोई सजा नहीं। दोनों अपने-अपने चारे-दाने की फिक्र करते हैं। दोनों मिलकर रहने का स्थान बनाते हैं, दोनों साथ बच्चों का पालन करते हैं। उनके बीच में कोई तीसरा नर या मादा आ ही नहीं सकता, यहाँ तक कि उनमें से जब एक मर जाता है तो दूसरा मरते दम तक फुट्टैल रहता है। यह अन्धेर मनुष्य-जाति ही में है कि स्त्री ने किसी दूसरे पुरुष से हँसकर बात की और उसके पुरुष की छाती पर साँप लोटने लगा, खून-खराबे के मंसूबे सोचे जाने लगे। पुरुष ने किसी दूसरी स्त्री की ओर रसिक नेत्रों से देखा और अर्धांग्निी ने त्योरियाँ बदली, पति के प्राण लेने को तैयार हो गई। यह सब क्या है? ऐसा मनुष्य-समाज सभ्यता का किस मुँह से दावा कर सकता है?

भुवन ने सिर सहलाते हुए कहा—मगर मनुष्यों में भी तो भिन्न-भिन्न श्रेणियाँ हैं। कुछ लोग हर महीने एक नया जोड़ा खोज निकालेंगे।

विनोद ने हँसकर कहा—लेकिन यह इतना आसान काम न होगा। या तो वह ऐसी स्त्री चाहेगा, जो संन्तान का पालन स्वयं कर सकती हो या उसे एक मुश्त सारी रकम अदा करनी पड़ेगी!

भुवन भी हँसे—आप अपने को किस श्रेणी में रक्खेंगे?

विनोद इस प्रश्न के लिए तैयार न थे। था भी बेढंगा-सा सवाल। झेंपते हुए बोले—परिस्थितियाँ जिस श्रेणी में ले जायँ। मैं स्त्री और पुरुष दोनों के लिए पूर्ण स्वाधीनता का हामी हूँ। कोई कारण नहीं है कि मेरा मन किसी नवयौवना की ओर आकर्षित हो और वह भी मुझे चाहे तो भी मैं समाज और नीति के भय से उसकी ओर ताक न सकूँ। मैं इसे पाप नहीं समझता।

भुवन अभी कुछ उत्तर न देने पाये थे कि विनोद उठ खड़े हुए। कालेज के लिए देर हो रही थीं। तुरन्त कपड़े पहने और चल दिये। हम दोनों दीबानखाने में आकर बैठे और बातें करने लगे।

भुवन ने सिगार जलाते हुए कहा—'कुछ सुना' कहाँ जाकर तान टूटी?'

मैंने मारे शर्म के सिर झुका लिया। क्या जवाब देती। विनोद की अन्तिम बात ने मेरे हृदय पर कठोर आघात किया था। मुझे ऐसा मालूम हो रहा था कि विनोद ने केवल मुझे सुनाने के लिए विवाह का यह नया खण्डन तैयार किया है। वह मुझसे पिंड छुड़ा लेना चाहते हैं। वह किसी रमणी की ताक में हैं, मुझसे उनका जी भर गया। वह ख्याल करके मुझे बड़ा दुःख हुआ। मेरी आँखों से आँसू बहने लगे। कदाचित् एकांत में मैं न रोती, पर भुवन के सामने मैं संयत न रह सकी। भुवन ने मुझे बहुत सांत्वना दी—'आप व्यर्थ इतना शोक करती हैं। मिस्टर विनोद आपका मान न करें; पर संसार में कम-से-कम एक ऐसा व्यक्ति है, जो आपके संकेत पर अपने प्राण तक न्योछावर कर सकता। आप-जैसी रमणी-रत्न पाकर संसार में ऐसा कौन पुरुष है, जो अपने भाग्य को धन्य न मानेगा। आप इसकी बिलकुल चिन्ता न करें।'

मुझे भुवन की यह बात बुरी मालूम हुई। क्रोध से मेरा मुख लाल हो गया। यह धूर्त मेरी इस दुर्बलता से लाभ उठाकर मेरा सर्वनाश करना चाहता है। अपने दुर्भाग्य पर बराबर रोना आता था। अभी विवाह हुए साल भी नहीं पूरा हुआ, मेरी यह दशा हो गई कि दूसरों को मुझे बहकाने और मुझ पर अपना जादू चलाने का साहस हो रहा है। जिस वक्त मैंने विनोद को देखा था, मेरा हृदय कितना फूल उठा था। मैंने अपने हृदय को

कतनी भक्ति से उनके चरणों पर अर्पण किया था। मगर क्या जानती थीं कि इतनी जल्द मैं उनकी आँखों से गिर जाऊँगी और मुझे परित्यक्ता समझ किर शोहदे मुझ पर डोरे डालेंगे।

मैंने आँसू पोंछते हुए कहा—मैं आपसे क्षमा माँगती हूँ। मुझे जरा विश्राम लेने दीजिए।

'हाँ-हाँ, आराम करें; मैं बैठा देखता रहूँगा।'

'जी नहीं, अब आप कृपा करके जाइए। यों मुझे आराम न मिलेगा।'

'अच्छी बात है, आप आराम कीजिए। मैं सन्ध्या-समय आकर देख जाऊँगा।'

'जी नहीं, आपको कष्ट करने की कोई जरूरत नहीं है।'

'अच्छा तो मैं कल आऊँगा। शायद महाराजा साहब भी आवें।'

'नहीं, आप लोग मेरे बुलाने का इन्तजार कीजिएगा। बिना बुलाये न आइएगा।'

यह कहती हुई मैं उठकर अपने सोने के कमरे की ओर चली। भुवन एक क्षण मेरी ओर देखता रहा, फिर चुपके से चला गया।

बहन, इसे दो दिन हो गये हैं। पर मैं कमरे से बाहर नहीं निकली। भुवन दो-तीन बार आ चुका है, मगर मैंने उससे मिलने से साफ इनकार कर दिया। अब शायद उसे फिर आने का साहस न होगा। ईश्वर ने बड़े नाजुक मौके पर मुझे सुबुद्धि प्रदान की, नहीं तो मैं अब तक अपना सर्वनाश कर बैठी होती। विनोद प्रायः मेरे पास ही बैठे रहते हैं। लेकिन उनसे बोलने को मेरा जी नहीं चाहता। जो पुरुष व्यभिचार का दार्शनिक सिद्धांतों से समर्थन कर सकता है, जिसकी आँखों में विवाह-जैसे पवित्र बन्धन का कोई मूल्य नहीं, जो न मेरा हो सकता है, न मुझे अपना बना सकता है, उसके साथ मुझ-जैसी गानिनी गर्विणी स्त्री का कै दिन निर्वाह होगा!

बस, अब बिदा होती हूँ। बहन, क्षमा करना। मैंने तुम्हारा बहुत-सा अमूल्य समय ले लिया। मगर इतना समझ लो कि मैं तुम्हारी दया नहीं, सहानुभूति चाहती हूँ।

तुम्हारी,

पद्मा

10

काशी

5-1-26

बहन,

तुम्हारा पत्र पढ़कर मुझे ऐसा मालूम हुआ कि कोई उपन्यास पढ़कर उठी हूँ। अगर तुम उपन्यास लिखो, तो मुझे विश्वास है, उसकी धूम मच जाय। तुम आप उसकी नायिका बन जाना। तुम ऐसी-ऐसी बातें कहाँ सीख गयीं, मुझे तो यही आश्चर्य है। उस बंगाली के साथ तुम अकेली कैसे बैठी बातें करती रहीं, मेरी तो समझ में नहीं आता। मैं तो कभी न कर सकती। तुम विनोद को जलाना चाहती हो, उनके चित्त को अशांत करना चाहती हो। उस गरीब के साथ तुम कितना भयंकर अन्याय कर रही हो! तुम यह क्यों समझती हो कि विनोद तुम्हारी उपेक्षा कर रहे हैं, अपने विचारों में इतने मग्न हैं कि उन्हें तुम्हारी परवाह ही नहीं। यह क्यों नहीं समझती कि उन्हें कोई मानसिक चिंता सताया करती है, उन्हें कोई ऐसी फिक्र घेरे हुए है कि जीवन के साधारण व्यापारों में उनकी रुचि ही नहीं रही। संभव है, वह कोई दार्शनिक तत्व खोज रहे हों, कोई थीसिस लिख रहे हों, किसी पुस्तक की रचना कर रहे हों। कौन कह सकता है? तुम जैसी रूपवती स्त्री पाकर यदि कोई मनुष्य चिन्तित रहे, तो समझ लो कि उसके दिल पर कोई बड़ा बोझ है। उनको तुम्हारी सहानुभूति की जरूरत है, तुम उनका बोझ हलका कर सकती हो। लेकिन तुम उलटे उन्हीं को दोष देती हो। मेरी समझ में नहीं आता कि तुम एक दिन क्यों विनोद से दिल खोलकर बातें नहीं कर लेती, संदेह को जितनी जल्द हो सके, दिल से निकाल डालना चाहिए। संदेह वह चोट है, जिसका उपचार जल्द न हो, तो नासूर पड़ जाता है और फिर अच्छा नहीं होता। क्यों दो-चार दिनों के लिए यहाँ नहीं चली आती? तुम शायद कहो, तू ही क्यों नहीं चली आती। लेकिन मैं स्वतन्त्र नहीं हूँ, बिना सास-ससुर से पूछे कोई काम नहीं कर सकती। तुम्हें तो कोई बंधन नहीं है।

बहन, आजकल मेरा जीवन हर्ष और शोक का विचित्र मिश्रण हो रहा है। अकेली होती हूँ, तो रोती हूँ, आनन्द आ जाते हैं, तो हँसती हूँ। जी चाहता है, वह हरदम मेरे सामने बैठे रहते। लेकिन रात के बारह बजे के पहले उनके दर्शन नहीं होते। एक दिन दोपहर को आ गये, तो सासजी ने ऐसा डाँटा कि कोई बच्चे को क्या डाँटेगा। मुझे ऐसा भय हो रहा है कि सासजी को मुझसे चिढ़ है। बहन, मैं उन्हें भरसक प्रसन्न रखने की चेष्टा

करती हूँ। जो काम कभी न किये थे, वह उनके लिए करती हूँ, उनके स्नान के लिए पानी गर्म करती हूँ, उनकी पूजा के लिए चौकी बिछाती हूँ। वह स्नान कर लेती हैं, तो उनकी धोती छाँटती हूँ; वह लेटती हैं तो उनके पैर दबाती हूँ; जब वह सो जाती हैं तो उन्हें पंखा झलती हूँ। वह मेरी माता हैं, उन्हीं के गर्भ से वह रत्न उत्पन्न हुआ है जो मेरा प्राणाधार है। मैं उनकी कुछ सेवा कर सकूँ, इससे बढ़कर मेरे लिए सौभाग्य की और क्या बात होगी। मैं केवल इतना ही चाहती हूँ कि वह मुझसे हँसकर बोलें; मगर न जाने क्यों वह बात-बात पर मुझे कोसने दिया करती हैं। मैं जानती हूँ, दोष मेरा ही है। हाँ, मुझे मालूम नहीं, वह क्या है। अगर मेरा यही अपराध है कि मैं अपनी दोनों ननदों से रूपवती क्यों हूँ, पढ़ी-लिखी क्यों हूँ, आनन्द क्यों मुझे इतना चाहते हैं, तो बहन, यह मेरे बस की बात नहीं। मेरे प्रति सासजी का यह व्यवहार देखकर ही कदाचित् आनन्द माताजी से कुछ खिंचे रहते हैं। सासजी को भ्रम होता होगा कि मैं ही आनन्द को भरमा रही हूँ। शायद वह पछताती हैं कि क्यों मुझे बहू बनाया! उन्हें भय होता है कि कहीं मैं उनके बेटे को उनसे छीन न लूँ। दो-एक बार मुझे जादूगरनी कह चुकी हैं। दोनों ननदें अकारण ही मुझसे जलती रहती हैं। बड़ी ननदजी तो विधवा हो गयी हैं उनका जलना समझ में आता है। लेकिन छोटी ननदजी तो अभी कलोर हैं, उनका जलना मेरी समझ में नहीं आता। मैं उनकी जगह होती, तो अपनी भावज से कुछ सीखने की, कुछ पढ़ने की कोशिश करती, उनके चरण धो-धोकर पीती, पर इस छोकरी को मेरा अपमान करने ही में आनन्द आता है। मैं जानती हूँ, थोड़े दिनों में दोनों ननदें लज्जित होंगी। हाँ, अभी वे मुझसे बिचकती हैं। मैं अपनी तरफ से तो उन्हें अप्रसन्न होने का कोई अवसर नहीं देती।

मगर रूप को क्या करूँ। क्या जानती थीं कि एक दिन इस रूप के कारण मैं अपराधिनी ठहरायी जाऊँगी। मैं सच कहती हूँ बहन, यहाँ मैंने सिंगार करना एक तरह से छोड़ ही दिया है। मैली-कुचैली बनी बैठी रहती हूँ। इस भय से कि कोई मेरे पढ़ने-लिखने पर नाक न सिकोड़े, पुस्तकों को हाथ नहीं लगाती। घर से पुस्तकों का एक गठ्टर बाँध लायी थीं। उसमें कई पुस्तकें बड़ी सुन्दर हैं। उन्हें पढ़ने के लिए बार-बार जी चाहता है, मगर डरती हूँ कि कोई ताना न दे बैठे। दोनों ननदें मुझे देखती रहती हैं कि यह क्या करती है, कैसे बैठती है, कैसे बोलती है, मानो दो-दो जासूस मेरे पीछे लगा दिए गए हों। इन दोनों महिलाओं को मेरी बदगोई में क्यों इतना मजा आता है, नहीं कह सकती। शायद आजकल उन्हें इसके

सिवा दूसरा काम ही नहीं। गुस्सा तो ऐसा आता है कि एक बार झिड़क दूँ, लेकिन मन को समझाकर रोक लेती हूँ। यह दशा बहुत दिनों नहीं रहेगी। एक नए आदमी से कुछ हिचक होना स्वाभाविक ही है, विशेषकर जब वह नया आदमी शिक्षा और विचार व्यवहार में हमसे अलग हो। मुझी को अगर किसी फ्रेंच लेडी के साथ रहना पड़े, तो शायद मैं भी उसकी हरएक बात को आलोचना और कुतूहल की दृष्टि से देखने लगूँ। यह काशीवासी लोग पूजा-पाठ बहुत करते हैं। सास जी तो रोज गंगा-स्नान करने जाती हैं। बड़ीननद भी उनके साथ जाती हैं। मैंने कभी पूजा नहीं की। याद है, हम और तुम पूजा करने वालों को कितना बनाया करती थीं। अगर मैं पूजा करने वालों का चरित्र कुछ उन्नत पाती, तो शायद अब तक मैं भी पूजा करती होती। लेकिन मुझे तो कभी ऐसा अनुभव प्राप्त नहीं हुआ। पूजा करने वालियाँ भी उसी तरह दूसरों की निन्दा करती हैं, उसी तरह आपस में लड़ती-झगड़ती हैं, जैसे वे जो कभी पूजा नहीं करती। खैर, अब मुझे धीरे-धीरे पूजा से श्रद्धा होती जा रही है। मेरे ददिया ससुरजी ने एक छोटा-सा ठाकुरद्वारा बनवा दिया था। वह मेरे घर के सामने ही है। मैं अक्सर सासजी के साथ वहाँ जाती हूँ और अब यह कहने में मुझे कोई संकोच नहीं कि उन विशाल मूर्तियों के दर्शन से मुझे अपने अंतस्तल में एक ज्योति का अनुभव होता है। जितनी अश्रद्धा से मैं राम और कृष्ण के जीवन की आलोचना किया करती थीं, वह बहुत कुछ मिट चुकी है।

लेकिन रूपवती होने का दण्ड यहीं तक बस नहीं है। ननदें अगर मेरे रूप को देखकर जलती हैं, तो यह स्वाभाविक है। दुःख तो इस बात का है कि यह दण्ड मुझे उस तरफ से भी मिल रहा है, जिधर से इसकी कोई संभावना न होनी चाहिए—मेरे आनन्द बाबू भी मुझे इसका दण्ड दे रहे हैं। हाँ, उनकी दण्डनीति एक निराले ही ढंग की है। वह मेरे पास नित्य ही कोई-न कोई सौगात लाते रहते हैं। वह जितनी देर मेरे पास रहते हैं, उनके मन में यह संदेह होता रहता है कि मुझे उनका रहना अच्छा नहीं लगता। वह समझते हैं कि मैं उनसे जो प्रेम करती हूँ, यह केवल दिखावा है, कौशल है। वह मेरे सामने कुछ ऐसे दबे-दबाये सिमटे-सिमटाये रहते हैं कि मैं मारे लज्जा के मर जाती हूँ। उन्हें मुझसे कुछ कहते हुए ऐसा संकोच होता है, मानो वह कोई अनाधिकार चेष्टा कर रहे हों। जैसे मैले-कुचैले कपड़े पहने हुए कोई आदमी उज्ज्वल वस्त्र पहनने वालों से दूर ही रहना चाहता है, वही दशा इनकी है। वह शायद समझते हैं कि किसी रूपवती स्त्री को रूपहीन पुरुष से प्रेम हो ही नहीं सकता। शायद वह दिल में पछताते हैं कि

क्यों इससे विवाह किया। शायद उन्हें अपने ऊपर ग्लानि होती है। वह मुझे कभी रोते देख लेते हैं, तो समझते हैं, मैं अपने भाग्य को रो रही हूँ; कोई पत्र लिखते देखते हैं, तो समझते हैं, मैं उनकी रूपहीनता ही का रोना रो रही हूँ। क्या कहूँ बहन, यह सौन्दर्य मेरी जान का गाहक हो गया। आनन्द के मन से इस शंका को निकालने और उन्हें अपनी ओर से आश्वासन देने के लिए मुझे ऐसी-ऐसी बातें करनी पड़ती हैं, ऐसे-ऐसे आचरण करने पड़ते हैं, जिन पर मुझे घृणा होती है। अगर पहले से यह दशा जानती, तो ब्रह्मा से कहती कि मुझे कुरूपा ही बनाना। बड़े असमंजस में पड़ी हूँ! अगर सासजी की सेवा नहीं करती, बड़ी ननदजी का मन नहीं रखती, तो उनकी आँखों से गिरती हूँ। अगर आनन्द बाबू को निराश करती हूँ, तो कदाचित् मुझसे विरक्त ही हो जायँ; मैं तुमसे अपने हृदय की बात कहती हूँ। बहन, तुमसे क्या पर्दा रखना है। मुझे आनन्द बाबू से उतना ही प्रेम है, जो किसी स्त्री को पुरुष से हो सकता है, उनकी जगह अब अगर इन्द्र भी सामने आ जायँ, तो मैं उनकी ओर आँख उठाकर न देखूँ। मगर उन्हें कैसे विश्वास दिलाऊँ। मैं देखती हूँ, वह किसी न किसी बहाने से बार-बार घर में आते हैं और दबी हुई, ललचाई हुई नजरों से मेरे कमरे के द्वार की ओर देखते हैं, तो जी चाहता है, जाकर उनका हाथ पकड़ लूँ और अपने कमरे में खींच ले आऊँ। मगर एक तो डर होता है कि किसी की आँख पड़ गयी, तो छाती पीटने लगेगी और इससे भी बड़ा डर यह कि कहीं आनन्द, इसे भी कौशल ही न समझ बैठें। अभी उनकी आमदनी बहुत कम है, लेकिन दो-चार रुपये सौगातों में रोज उड़ाते हैं। अगर प्रेमोपहार-स्वरूप वह धेले की कोई चीज़ दें, तो मैं उसे आँखों से लगाऊँ, लेकिन वह कर-स्वरूप देते हैं, मानो उन्हें ईश्वर ने यह दण्ड दिया है। क्या करूँ, अब मुझे भी प्रेम का स्वाँग करना पड़ेगा। प्रेम-प्रदर्शन से मुझे चिढ़ है। तुम्हें याद होगा, मैंने एक बार कहा था कि प्रेम या तो भीतर ही रहेगा या बाहर ही रहेगा। समान रूप से वह भीतर और बाहर दोनों जगह नहीं रह सकता। स्वाँग बेश्याओं के लिए है, कुलवंती तो प्रेम को हृदय ही में संचित रखती है!

बहन, पत्र बहुत लम्बा हो गया, तुम पढ़ते-पढ़ते ऊब गयी होगी। मै भी लिखते-लिखते थक गयी। अब शेष बातें कल लिखूंगी। परसों यह पत्र तुम्हारे पास पहुँचेगा।

× × ×

बहन, क्षमा करना; कल पत्र लिखने का अवसर नहीं मिला। रात एक ऐसी बात हो गयी, जिस से चित्त अशान्त हो उठा। बड़ी मुश्किलों से यह

थोड़ा-सा समय निकाल सकी हूँ। मैंने अभी तक आनन्द से घर के किसी प्राणी की शिकायत नहीं की थीं। अगर सासजी ने कोई बात कह दी या ननदजी ने कोई ताना दे दिया; तो इसे उनके कानों तक क्यों पहुँचाऊँ। इसके सिवा कि गृह-कलह उत्पन्न हो, इससे और क्या हाथ आयेगा। इन्हीं जरा-जरा-सी बातों को पेट में न डालने से घर बिगड़ते हैं। आपस में वैमनस्य बढ़ता है। मगर संयोग की बात, कल अनायास ही मेरे मुँह से एक बात निकल गयी जिसके लिये मैं अब भी अपने को कोस रही हूँ, और ईश्वर से मनाती हूँ कि वह आगे न बढ़े। बात यह हुई कि कल आनन्द बाबू बहुत देर करके मेरे पास आये। मैं उनके इन्तजार में बैठी एक पुस्तक पढ़ रही थीं। सहसा सासजी ने आकर पूछा—क्या अभी तक बिजली जल रही है? क्या वह रात-भर न आये, तो तुम रात-भर बिजली जलाती रहोगी?

मैंने उसी वक्त बत्ती ठण्डी कर दी। आनन्द बाबू थोड़ी ही देर में आये, तो कमरा अँधेरा पड़ा था, न-जाने उस वक्त मेरी मति कितनी मन्द हो गयी थीं। अगर मैंने उनकी आहट पाते ही बत्ती जला दी होती, तो कुछ न होता, मगर मैं अँधेरे में पड़ी रही। उन्होंने पूछा—क्या सो गयीं? यह अँधेरा क्यों पड़ा हुआ है?

हाय! इस वक्त भी यदि मैंने कह दिया होता कि मैंने अभी बत्ती गुल कर दी है, तो बात बन जाती। मगर मेरे मुँह से निकला—'सासजी का हुक्म हुआ कि बत्ती गुल कर दो, गुल कर दी। तुम रात-भर न आओ, तो क्या रात-भर बत्ती जलती रहे?'

'तो अब तो जला दो। मैं रोशनी के सामने से आ रहा हूँ। मुझे तो कुछ सूझता ही नहीं।'

'मैंने अब बटन को हाथ से छूने की कसम खा ली है। जब जरूरत पड़ेगी, तो मोम की बत्ती जला लिया करूंगी। कौन मुफ्त में घुड़कियाँ सहे।'

आनन्द ने बिजली का बटन दबाते हुए कहा—'और मैंने कसम खा ली कि रात-भर बत्ती जलेगी, चाहे किसी को बुरा लगे या भला। सब कुछ देखता हूँ अन्धा नहीं हूँ। दूसरी बहू आकर इतनी सेवा करेगी तो देखूँगा; तुम नसीब की खोटी हो कि ऐसे प्राणियों के पाले पड़ी। किसी दूसरी सास की तुम इतनी खिदमत करतीं, तो वह तुम्हें पान की तरह फेरती, तुम्हें हाथों पर लिए रहती; मगर यहाँ चाहे कोई प्राण ही दे दे, किसी के मुँह से सीधी बात न निकलेगी।'

मुझे अपनी भूल साफ मालूम हो गयी। उनका क्रोध शान्त करने के

इरादे से बोली—गलती भी तो मेरी ही थीं कि व्यर्थ आधी रात तक बत्ती जलाये बैठी रही। अम्माँजी ने गुल करने को कहा, तो क्या बुरा कहा? मुझे समझाना, अच्छी सीख देना उनका धर्म है। मेरा धर्म यही है कि यथाशक्ति उनकी सेवा करूँ और उनकी शिक्षा को गिरह बांधूँ।

आनन्द एक क्षण द्वार की ओर ताकते रहे। फिर बोले—मुझे मालूम हो रहा है कि इस घर में मेरा अब गुजर न होगा : तुम नहीं कहती, मगर मैं सब कुछ सुनता रहता हूँ। सब समझता हूँ। तुम्हें मेरे पापों का प्रायश्चित करना पड़ रहा है। मैं कल अम्माँजी से साफ-साफ कह दूँगा—'अगर आपका यही व्यवहार है, तो आप अपना घर लीजिए, मैं अपने लिए कोई दूसरी राह निकाल लूँगा।'

मैंने हाथ जोड़कर गिड़गिड़ाते हुए कहा—नहीं-नहीं। कहीं ऐसा गजब भी न करना। मेरे मुँह में आग लगे, कहाँ से कहाँ बत्ती का जिकर कर बैठी। मैं तुम्हारे चरण छूकर कहती हूँ मुझे न सासजी से कोई शिकायत है न ननदजी से, दोनों मुझसे बड़ी हैं, मेरी माता के तुल्य हैं। अगर एक बात कड़ी भी कह दें, तो मुझे सब्र करना चाहिए! तुम उनसे कुछ न कहना नहीं तो मुझे बड़ा दुःख होगा।

आनन्द ने रुँधे कंठ से कहा—तुम्हारी-जैसी बहू पाकर भी अम्माँजी का कलेजा नहीं पसीजता, अब क्या कोई स्वर्ग की देवी घर में आती? तुम डरो मत, मैं ख्वामख्वाह लड़ूँगा नहीं। मगर हाँ, इतना अवश्य कह दूँगा कि जरा अपने मिजाज को काबू में रखें। आज अगर मैं दो-चार सौ रुपये घर में लाता होता, तो कोई चूँ न करता। कुछ कमाकर नहीं लाता, यह उसी का दण्ड है। सच पूछो, तो मुझे विवाह करने का कोई अधिकार ही न था। मुझ-जैसे मन्द-बुद्धि को, जो कौड़ी कमा नहीं सकता, उसे अपने साथ किसी महिला को डुबाने का क्या हक था! बहनजी को न-जाने क्या सूझी है कि तुम्हारे पीछे पड़ी रहती हैं। ससुराल का सफाया कर दिया, अब यहाँ भी आग लगाने पर तुली हुई हैं। बस, पिताजी का लिहाज करता हूँ, नहीं इन्हें तो एक दिन में ठीक कर देता।

बहन, उस वक्त तो मैंने किसी तरह उन्हें शान्त किया, पर नहीं कह सकती कि कब वह उबल पड़ें। मेरे लिये वह सारी दुनिया से लड़ाई मोल ले लेंगे। मैं जिन परिस्थितियों में हूँ, उनका तुम अनुमान कर सकती हो। मुझ पर कितनी ही मार पड़े, मुझे रोना न चाहिए, जबान तक न हिलाना चाहिए। मैं रोयी और घर तबाह हुआ। आनन्द फिर कुछ न सुनेंगे, कुछ न देखेंगे। कदाचित् इस उपाय से वह अपने विचार में मेरे हृदय में अपने प्रेम

का अंकुर जमाना चाहते हों। आज मुझे मालूम हुआ कि यह कितने क्रोधी हैं। अगर मैंने जरा-सा पुचारा दे दिया होता, तो रात ही को वह सासजी की खोपड़ी पर जा पहुँचते। कितनी युवतियाँ इसी अधिकार के गर्व में अपने को भूल जाती हैं। मैं तो बहन, ईश्वर ने चाहा तो कभी न भूलूँगी। मुझे इस बात का डर नहीं है कि आनन्द अलग घर बना लेंगे, तो गुजर कैसे होगा। मैं उनके साथ सब-कुछ झेल सकती हूँ। लेकिन घर तो तबाह हो जायगा।

बस, प्यारी पद्मा, आज इतना ही। पत्र का जवाब जल्द देना।

तुम्हारी,
चन्दा

11

दिल्ली
5-2-26

प्यारी चन्दा,

क्या लिखूँ, मुझ पर तो विपत्ति का पहाड़ टूट पड़ा! हाय, वह चले गए। मेरे विनोद का तीन दिन से पता नहीं—निर्मोही चला गया, मुझे छोड़कर, बिना कुछ कहे-सुने चला गया—अभी तक रोयी नहीं। जो लोग पूछने आते हैं उनसे बहाना कर देती हूँ कि—दो-चार दिन में आयेंगे, एक काम से काशी गये हैं। मगर जब रोऊँगी तो यह शरीर उन आँसुओं में डूब जायगा। प्राण उसी में विसर्जित हो जायँगे। छलिये ने मुझसे कुछ भी नहीं कहा, रोज की तरह उठा, भोजन किया, विद्यालय गया, नियत समय पर लौटा, रोज की तरह मुसकराकर मेरे पास आया। हम दोनों ने जलपान किया, फिर वह दैनिक पत्र पढ़ने लगा, मैं टेनिस खेलने चली गयी। इधर कुछ दिनों से उन्हें टेनिस से कुछ प्रेम न रहा था, मैं अकेली ही जाती। लौटी, तो रोज ही की तरह उन्हें बरामदे में टहलते और सिगार पीते देखा। मुझे देखते ही वह रोज की तरह मेरा ओवरकोट लाये और मेरे ऊपर डाल दिया। बरामदे से नीचे उतरकर खुले मैदान में हम टहलने लगे। मगर वह ज्यादा बोले नहीं, किसी विचार में डूबे रहे। जब ओस अधिक पड़ने लगी, तो हम दोनों फिर अन्दर चले आये। उसी वक्त वह बंगाली महिला आ गयी, जिनसे मैंने वीणा सीखना शुरू किया है। विनोद भी मेरे साथ ही बैठे रहे। संगीत उन्हें कितना प्रिय है, यह तुम्हें लिख चुकी हूँ। कोई नयी बात नहीं हुई। महिला के चले जाने के बाद हमने साथ-ही-साथ

भोजन किया, फिर, मैं अपने कमरे में लेटने आयी। वह रोज की तरह अपने कमरे में लिखने-पढ़ने चले गये! मैं जल्द ही सो गयी, लेकिन जब वह मेरे कमरे में आये, तो मेरी आँखें खुल गयीं। मैं नींद में कितनी बेखबर पड़ी रहूँ, उनकी आहट पाते ही आप-ही-आप आँखें खुल जाती हैं। मैंने देखा, वह अपना हरा शाल ओढ़े खड़े थे। मैंने उनकी ओर हाथ बढ़ाकर कहा—आओ, खड़े क्यों हो, और फिर सो गयी। बस, प्यारी बहन! वही विनोद के अंतिम दर्शन थे। कह नहीं सकती, वह पलंग पर लेटे या नहीं। इन आँखों में न-जाने कौन-सी महानिद्रा समायी हुई थीं। प्रातः उठी, तो विनोद को न पाया। मैं उनसे पहले उठती हूँ, वह पड़े सोते रहते हैं। पर आज वह पलंग पर न थे। शाल भी न था। मैंने समझा, शायद अपने कमरे में चले गये हों। स्नान-गृह में चली गयी। आधे घंटे में बाहर आयी, फिर भी वह न दिखायी दिये। उनके कमरे में गयी, वहाँ भी न थे। आश्चर्य हुआ कि इतने सबेरे कहाँ चले गये। सहसा खूँटी पर आँख पड़ी—कपड़े न थे। किनी से मिलने चले गये? या स्नान के पहले सैर करने की ठानी। कम-से-कम मुझसे कह तो देते, संशय में तो जी न पड़ता। क्रोध आया—मुझे लौंडी समझते हैं...

हाजिरी का समय आया। बैरा मेज पर चाय रख गया। विनोद के इंतजार में चाय ठंडी हो गयी। मैं बार-बार झुंझलाती थीं, कभी भीतर जाती, कभी बाहर आती, ठान ली थीं कि आज ज्योंही महाशय आयेंगे, ऐसा लताड़ूँगी कि वह भी याद करेंगे। कह दूँगी, आप अपना घर लीजिए, आपको अपना घर मुबारक रहे, मैं अपने घर चली जाऊँगी। इस तरह तो रोटियाँ वहाँ भी मिल जायेंगी। जाड़े के नौ बजने में देर ही क्या लगती है। विनोद का अभी पता नहीं। झल्लाथी हुई कमरे में गयी कि एक पत्र लिख-कर मेज पर रख दूँ—साफ-साफ लिख दूँ कि इस तरह अगर रहना है, तो आप रहिए, मैं नहीं रह सकती। मैं जितना ही तरह देती जाती हूँ, उतना ही तुम मुझे चिढ़ाते हो। बहन, उस क्रोध में सन्तप्त भावों की नदी-सी मन में उमड़ रही थीं। अगर लिखने बैठती, तो पन्नों-के-पन्ने लिख डालती। लेकिन आह! मैं तो भाग जाने की धमकी ही दे रही थीं, वह पहले ही भाग चुके थे। ज्योंही मेज पर बैठी, मुझे पैड में उनका एक पत्र मिला। मैंने तुरन्त उस पत्र को निकाल लिया और सरसरी निगाह से पढ़ा—मेरे हाथ काँपने लगे, पाँव थरथराने लगे, जान पड़ा कमरा हिल रहा है। एक ठण्डी, लम्बी, हृदय को चीरने वाली आह खींचकर मैं कोच पर गिर पड़ी। पत्र यह था—

'प्रिये! नौ महीने हुए, जब मुझे पहली बार तुम्हारे दर्शनों का सौभाग्य हुआ था। उस वक्त मैंने अपने को धन्य माना था। आज तुमसे वियोग का दुर्भाग्य हो रहा है, फिर भी मैं अपने को धन्य मानता हूँ। मुझे जाने का लेशमात्र भी दुःख नहीं है, क्योंकि मैं जानता हूँ तुम खुश होगी। जब तुम मेरे साथ सुखी नहीं रह सकती; तो मैं जबरदस्ती क्यों पड़ा रहूँ। इससे तो यह कहीं अच्छा है कि हम और तुम अलग हो जायँ। मैं जैसा हूँ, वैसा ही रहूँगा। तुम भी जैसी हो, वैसी ही रहोगी। फिर सुखी जीवन की सम्भावना कहाँ? मैं विवाह को आत्मविकास का साधन समझता है। स्त्री-पुरुष के सम्बन्ध का अगर कोई अर्थ है, तो यही है, वर्ना मैं विवाह की कोई जरूरत नहीं समझता। मानव सन्तान बिना विवाह के भी जीवित रहेगी और शायद इससे अच्छे रूप में। वासना भी बिना विवाह के पूरी हो सकती है, घर के प्रबन्ध के लिए विवाह करने की कोई जरूरत नहीं। जीविका एक बहुत ही गौण प्रश्न है। जिसे ईश्वर ने दो हाथ दिये हैं वह कभी भूखा नहीं रह सकता। विवाह का उद्देश्य यही और केवल यही है कि स्त्री और पुरुष एक दूसरे की आत्मोन्नति में सहायक हों। जहाँ अनुराग हो, वहीं विवाह है और अनुराग ही आत्मोन्नति का मुख्य साधन है। जब अनुराग न रहा, तो विवाह भी न रहा। अनुराग के बिना विवाह का अर्थ नहीं।

जिस वक्त मैंने तुम्हें पहली बार देखा था, तुम मुझे अनुराग की सजीव मूर्ति-सी नजर आयी थीं। तुममें सौन्दर्य था, शिक्षा थीं, प्रेम था, स्फूर्ति थीं, उमंग थीं। मैं मुग्ध हो गया। उस वक्त मेरी अन्धी आँखों को यह न सूझा कि जहाँ तुममें इतने गुण थे, वहाँ चंचलता भी थीं, जो इन सब गुणों पर पर्दा डाल देती। तुम चंचल हो, गजब की चंचल, जो उस वक्त मुझे न सूझा था। तुम ठीक वैसी ही हो, जैसी तुम्हारी दूसरी बहनें होती हैं, न कम, न ज्यादा। मैंने तुमको स्वाधीन बनाना चाहा था, क्योंकि मेरी समझ में अपनी पूरी ऊँचाई तक पहुँचने के लिए इसी की सबसे अधिक जरूरत है। संसार भर में पुरुषों के विरुद्ध क्यों इतना शोर मचा हुआ है? इसीलिए कि हमने औरतों की आजादी छीन ली है और उन्हें अपनी इच्छाओं की लौंडी बना रखा है। मैंने तुम्हें स्वाधीन कर दिया। मैं तुम्हारे ऊपर अपना कोई अधिकार नहीं मानता। तुम अपनी स्वामिनी हो। मैं जब तक समझता था, तुम मेरे साथ स्वेच्छा से रहती हो, मुझे कोई चिन्ता न थीं। अब मुझे मालूम हो रहा है, तुम स्वेच्छा से नहीं, संकोच या भय या बन्धन के कारण रहती हो। दो ही चार दिन पहले मुझ पर यह बात खुली है।

इसीलिए अब मैं तुम्हारे सुख के मार्ग में बाधा नहीं डालना चाहता। मैं कहीं भागकर नहीं जा रहा हूँ। केवल तुम्हारे रास्ते से हटा जा रहा हूँ, और इतनी दूर हटा जा रहा हूँ कि तुम्हें मेरी ओर से पूरी निश्चिन्तता हो जाय। अगर मेरे बगैर तुम्हारा जीवन अधिक सुन्दर हो सकता है, तो तुम्हें जबरन नहीं रखना चाहता। अगर मैं समझता कि तुम मेरे सुख के मार्ग में बाधक हो रही हो, तो मैंने तुमसे साफ-साफ कह दिया होता। मैं धर्म और नीति का ढोंग नहीं मानता, केवल आत्मा का संतोष चाहता हूँ—अपने लिए भी, तुम्हारे लिए भी। जीवन का तत्व यही है, मूल्य यही है। मैंने डेस्क में अपने विभाग के अध्यक्ष के नाम एक पत्र लिख-कर रख दिया है। वह उनके पास भेज देना। रुपये की कोई चिन्ता मत करना। मेरे एकाउंट में अभी इतने रुपये हैं, जो तुम्हारे लिए कई महीने को काफी हैं, और उस वक्त तक मिलते रहेंगे, जब तक तुम लेना चाहोगी। मैं समझता हूँ, मैंने अपना भाव स्पष्ट कर दिया है। इससे अधिक स्पष्ट मैं नहीं करना चाहता। जिस वक्त तुम्हारी इच्छा मुझसे मिलने की हो, बैंक से मेरा पता पूछ लेना। मगर दो-चार दिन के बाद। घबराने की कोई बात नहीं। मैं स्त्री को अबला या अपंग नहीं समझता। वह अपनी रक्षा स्वयं कर सकती है—अगर करना चाहे। अगर अब या अब से दो-चार महीना, दो-चार साल पीछे तुम्हें मेरी याद आए और तुम समझो कि मेरे साथ सुखी रह सकती हो, तो मुझे केवल दो शब्द लिखकर डाल देना मैं तुरन्त आ जाऊँगा, क्योंकि मुझे तुमसे कोई शिकायत नहीं है। तुम्हारे साथ मेरे जीवन के जितने दिन कटे हैं, वह मेरे लिए स्वर्ग-स्वप्न के दिन हैं। जब तक जीऊँगा, इस जीवन की आनन्द-स्मृतियों को हृदय में संचित रखूँगा। आह! इतनी देर तक मन को रोके रहने के बाद आँखों से एक बूँद आँसू गिर ही पड़ा। क्षमा करना, मैंने तुम्हें 'चंचल' कहा है। अचंचल कौन है? जानता हूँ कि तुमने मुझे अपने हृदय से निकालकर फेंक दिया है, फिर भी इस एक घंटे में कितनी बार तुमको देख-देखकर लौट आया हूँ! मगर इन बातों को लिखकर मैं तुम्हारी दया को उकसाना नहीं चाहता। तुमने वही किया, जिसका मेरी नीति में तुमको अधिकार था, है और रहेगा। मैं विवाह में आत्मा को सर्वोपरि रखना चाहता हूँ। स्त्री और पुरुष में मैं वही प्रेम चाहता हूँ, जो दो स्वाधीन व्यक्तियों में होता है। वह प्रेम नहीं जिसका आधार पराधीनता है।

बस, अब और कुछ न लिखूँगा। तुमको एक चेतावनी देने की इच्छा हो रही है, पर दूँगा नहीं; क्योंकि तुम अपना भला और बुरा खुद समझ सकती

हो। तुमने सलाह देने का हक मुझसे छीन लिया है। फिर भी इतना कहे बगैर नहीं रहा जाता कि संसार में प्रेम का स्वाँग भरने वाले शोहदों की कमी नहीं है, उनसे बचकर रहना। ईश्वर से यही प्रार्थना करता हूँ कि तुम जहाँ रहो, आनन्द से रहो। अगर कभी तुम्हें मेरी जरूरत पड़े, तो याद करना। तुम्हारी एक तस्वीर का अपहरण किये जाता हूँ। क्षमा करना, क्या मेरा इतना अधिकार भी नहीं? हाय! जी चाहता है, एक बार फिर देख आऊँ, मगर नहीं आऊँगा।'

—तुम्हारा ठुकराया हुआ,
विनोद

बहन, यह पत्र पढ़कर मेरे चित्त की जो दशा हुई, उसका तुम अनुमान कर सकती हो। रोयी तो नहीं; पर दिल बैठा जाता था। बार-बार जी चाहता था कि विष खाकर सो रहूँ। दस बजने में अब थोड़ी ही देर थीं। मैं तुरन्त विद्यालय गयी और दर्शन-विभाग के अध्यक्ष को विनोद का पत्र दिया। वह एक मदरासी सज्जन हैं। मुझे बड़े आदर से बिठाया और पत्र पढ़कर बोले—आपको मालूम है, वह कहाँ गये और कब तक आयेंगे? इसमें तो केवल एक मास की छुट्टी माँगी गयी है। मैंने बहाना किया—वह एक आवश्यक कार्य से काशी गये हैं। और निराश होकर लौट आयी। मेरी अन्तरात्मा सहस्रों जिह्वा बनकर मुझे धिक्कार रही थीं। कमरे में उनकी तस्वीर के सामने घुटने टेककर मैंने जितने पश्चात्ताप-पूर्ण शब्दों में क्षमा माँगी है, वह अगर किसी तरह उनके कानों तक पहुँच सकतीं, तो उन्हें मालूम होता कि उन्हें मेरी ओर से कितना भ्रम हुआ! तब से अब तक मैंने कुछ भोजन नहीं किया और न एक मिनट सोयी। विनोद मेरी क्षुधा और निद्रा भी अपने साथ लेते गये और शायद इसी तरह दस-पाँच दिन उनकी खबर न मिली, तो प्राण भी चले जायेंगे। आज मैं बैंक तक गयी थीं, पर यह पूछने की हिम्मत न पड़ी कि विनोद का कोई पत्र आया। वह सब क्या सोचत कि यह उनकी पत्नी होकर हमसे पूछने आयी है!

बहन, अगर विनोद न आये, तो क्या होगा? मैं समझती थीं, वह मेरी तरफ से उदासीन हैं, मेरी परवा नहीं करते, मुझसे अपने दिल की बातें छिपाते हैं, उन्हें शायद मैं भारी हो गयी हूँ। अब मालूम हुआ, मैं कैसे भयं-कर-भ्रम में पड़ी हुई थीं। उनका मन इतना कोमल है, यह मैं जानती, तो उस दिन क्यों भुवन को मुँह लगाती? मैं उस अभागे का मुँह तक न देखती। इस वक्त जो उसे देख पाऊँ, तो शायद गोली मार दूँ! जरा तुम विनोद

के पत्र को फिर पढ़ो, बहन—आप मुझे स्वाधीन बनाने चले थे। अगर स्वाधीन बनाते थे, तो भवन मे जरा देर मेरा बातचीत कर लेना क्यों इतना अखरा? मुझे उनकी अविचलित शांति से चिढ़ होती थीं। वास्तव में उनके हृदय में इस जरा-सी बात ने जितनी अशांति पैदा कर दी, शायद मुझमें न कर सकती। मैं किसी रमणी से उनकी रुचि देखकर शायद मुँह फुला लेती, ताने देती, खुद रोती उन्हें रुलाती; पर इतनी जल्द भाग न जाती। मर्दों का घर छोड़कर भागना तो आज तक नहीं सुना, औरतें ही घर छोड़कर मैके भागती हैं, या कहीं डूबने जाती हैं, या आत्महत्या करती हैं। पुरुष निर्द्वन्द्व बैठे मूँछों पर ताव देते हैं। मगर यहाँ उल्टी गंगा बह रही है—पुरुष ही भाग खड़ा हुआ! इस अशांति की थाह कौन लगा सकता है? इस प्रेम की गहराई को कौन समझ सकता है? मैं तो अगर इस वक्त विनोद के चरणों पर पड़े-पड़े मर जाऊँ तो समझूँ, मझे स्वर्ग मिल गया। बस, इसके सिवा मुझे अब और कोई इच्छा नहीं है। इस अगाध-प्रेम ने मुझे तृप्त कर दिया। विनोद मुझसे भागे तो, लेकिन भाग न सके! वह मेरे हृदय से, मेरी धारणा से, इतने निकट कभी न थे। मैं तो अब भी उन्हें अपने सामने बैठा देख रही हूँ। क्या मेरे सामने फिलासफर बनने चले थे? कहाँ गयी आपकी वह दार्शनिक गंभीरता? यों अपने को धोखा देते हो? यों अपनी आत्मा को कुचलते हो? अबकी तो तुम भागे, लेकिन फिर भागना तो देखूँगी। मैं न जानती थीं कि तुम ऐसे चतुर बहरूपिये हो। अब मैंने समझा, और शायद तुम्हारी दार्शनिक गंभीरता को भी समझ में आया होगा कि प्रेम जितना ही सच्चा, जितना ही हार्दिक होता है, उतना ही कोमल होता है। वह विपत्ति के उन्मत्त सागर में थपेड़े खा सकता है, पर अवहेलना की एक चोट भी नहीं सह सकता। बहिन, बात विचित्र है, पर है सच्ची, मैं इस समय अपने अन्तस्तल में जितनी उमंग, जितने आनन्द का अनुभव कर रही हूँ, याद नहीं आता कि विनोद के हृदय से लिपटकर भी कभी पाया हो। तब पर्दा बीच में था, अब कोई पर्दा बीच में नहीं रहा। मैं उनको प्रचलित प्रेम व्यापार की कसौटी पर कसना चाहती थीं। यह फैशन हो गया है कि पुरुष घर में आये, तो स्त्री के वास्ते कोई तोहफा लाये, पुरुष रात-दिन स्त्री के लिए गहने बनवाने, कपड़े सिलवाने, बेल, फीते, लेस खरीदने में मस्त रहे, फिर स्त्री को उससे कोई शिकायत नहीं। वह आदर्श-पति है, उसके प्रेम में किसे संदेह हो सकता है? लेकिन उसी प्रेयसी की मृत्यु के तीसरे महीने वह फिर नया विवाह रचाता है। स्त्री के साथ अपने प्रेम को भी चिता में जला आता है। फिर वही स्वाँग इस नयी प्रेयसी से होने लगते हैं, फिर वही

लीला शुरू हो जाती है। मैंने यही प्रेम देखा था और इसी कसौटी पर विनोद को कस रही थीं। कितनी मन्दबुद्धि हूँ! छिछोरेपन को प्रेम समझे बैठी थीं। कितनी स्त्रियाँ जानती हैं कि अधिकांश ऐसे ही गहने, कपड़े और हँसते बोलने में मस्त रहने वाले जीव लम्पट होते हैं। अपनी लम्पटंता को छिपाने के लिए वे यह स्वाँग भरते रहते हैं। कुत्ते को चुप रखने के लिए उसके सामने हड्डी के टुकड़े फेंक देते हैं। बेचारी भोली-भाली उसे अपना सर्वस्व देकर खिलौने पाती है और उन्हीं में मग्न रहती है। मैं विनोद को उसी काँटे पर तौल रही थीं—हीरे को साग के तराजू पर रखे देती थीं। मैं जानती हूँ, मेरा दृढ़ विश्वास है और वह अटल है कि विनोद की दृष्टि कभी किसी पर स्त्री पर नहीं पड़ सकती। उनके लिए मैं हूँ, अकेली मैं हूँ, अच्छी हूँ या बुरी हूँ, जो कुछ हूँ, मैं हूँ। बहन, मेरी तो मारे गर्व और आनन्द से छाती फूल उठी है। इतना बड़ा साम्राज्य—इतना अचल, इतना स्वरक्षित, किसी हृदयेश्वरी को नसीब हुआ है! मुझे तो सन्देह है। और मैं इस पर भी असन्तुष्ट थीं, यह न जानती थीं कि ऊपर बबूले तैरते हैं, मोती समुद्र की तह में ही मिलते हैं। हाय! मेरी इस मूर्खता के कारण, मेरे प्यारे विनोद को कितनी मानसिक वेदना हो रही है! मेरे जीवन-धन, मेरे जीवन-सर्वस्व न जाने कहाँ मारे-मारे फिरते होंगे, न-जाने किस दशा में होंगे, न-जाने मेरे प्रति उनके मन में कैसी-कैसी शंकाएँ उठ रही होंगी—प्यारे! तुमने मेरे साथ कुछ कम अन्याय नहीं किया। अगर मैंने तुम्हें निष्ठुर समझा, तो तुमने तो मुझे उससे कहीं बदतर समझा—क्या अब भी पेट नहीं भरा? तुमने मुझे इतनी गयी-गुजरी समझ लिया कि इस अभागे भुवन...मैं ऐसे-ऐसे एक लाख भुवनों को तुम्हारे चरणों पर भेंट कर सकती हूँ। मुझे तो संसार में ऐसा कोई प्राणी ही नहीं नजर आता, जिस पर मेरी निगाह उठ सके। नहीं, तुम मुझे इतनी नीच, इतनी अलंकिनी नहीं समझ सकते—शायद वह नौबत आती, तो तुम और मैं दो में से एक भी इस संसार में न होता।

बहन, मैंने विनोद को बुलाने की, खींच लाने की, पकड़ मँगवाने की एक तरकीब सोची है। क्या कहूँ, पहले ही दिन यह तरकीब क्यों न सूझी? विनोद को दैनिक पत्र पढ़े बिना चैन नहीं आता और वह कौन-सा पत्र पढ़ते हैं, मैं यह भी जानती हूँ। कल के पत्र में यह खबर छपेगी—'पद्मा मर रही है,' और परसों विनोद यहाँ होंगे—रुक ही नहीं सकते। फिर खूब झगड़े होंगे, खूब लड़ाइयाँ होंगी।

अब कुछ तुम्हारे विषय में। क्या तुम्हारी बुढ़िया सचमुच तुमसे इसलिए जलती है कि तुम सुन्दरी हो, शिक्षित हो? खूब! और तुम्हारे

आनन्द भी विचित्र जीव मालूम होते हैं। मैंने तो सुना है कि पुरुष कितना ही कुरूप हो, उसकी निगाह अप्सराओं ही पर जाकर पड़ती है। फिर आनन्द बाबू तुमसे क्यों बिचकते हैं? जरा गौर से देखना, कहीं राधा और कृष्ण के बीच में कोई कुब्जा तो नहीं? अगर सासजी यों ही नाक में दम करती रहें, तो मैं तो यही सलाह दूँगी कि अपनी झोपड़ी अलग बना लो। मगर जानती हूँ, तुम मेरी यह सलाह न मानोगी, किसी तरह न मानेगी। इस सहिष्णुता के लिए मैं तुम्हें बधाई देती हूँ। पत्र जल्द लिखना। मगर शायद तुम्हारा पत्र आने के पहले ही मेरा दूसरा पत्र पहुँचे।

तुम्हारी,
पद्मा

12

काशी
10-2-26

प्रिय पद्मा,

कई दिन तक तुम्हारे पत्र की प्रतीक्षा करने के बाद आज यह खत लिख रही हूँ। मैं अब भी आशा कर रही हूँ कि विनोद बाबू घर आ गये होंगे, मगर अभी वह न आये हों और तुम रो-रोकर अपनी आँखें फोड़े डालती हो, तो मुझे जरा भी दुःख न होगा! तुमने उनके साथ जो अन्याय किया है, उसका यही दण्ड है। मुझे तुमसे जरा भी सहानुभूति नहीं है। तुम गृहिणी होकर वह कुटिल क्रीड़ा करने चली थीं, जो प्रेम का सौदा करने वाली स्त्रियों को ही शोभा देती है। मैं तो जब खुश होती कि विनोद ने तुम्हारा गला घोंट दिया होता और भुवन के कुसंस्कारों को सदा के लिए शांत कर देते। तुम चाहे मुझसे रूठ ही क्यों न जाओ पर मैं इतना जरूर कहूँगी कि तुम विनोद के योग्य नहीं हो। शायद तुम उस पति से प्रसन्न रहतीं, जो प्रेम के नये-नये स्वाँग भरकर तुम्हें जलाया करता। शायद तुमने अँग्रेजी किताबों में पढ़ा होगा कि स्त्रियाँ छैले रसिकों पर ही जान देती हैं और यह पढ़कर तुम्हारा सिर फिर गया है। तुम्हें नित्य कोई सनसनी चाहिए, अन्यथा तुम्हारा जीवन शुष्क हो जायगा। तुम भारत की पतिपरायणा रमणी नहीं, यूरोप की आमोदप्रिय युवती हो। मुझे तुम्हारे ऊपर दया आती है। तुमने अब तक रूप को ही आकर्षण का मूल समझ रखा है। रूप में आकर्षण है, मानती हूँ। लेकिन उस आकर्षण का नाम मोह है, वह स्थायी नहीं, केवल धोखे की टट्टी है। प्रेम का एक ही मूल मंत्र है, और वह है सेवा। यह मत समझो

कि जो पुरुष तुम्हारे ऊपर भ्रमर की भाँति मँडराया करता है, वह तुमसे प्रेम करता है। उसकी यह रूपासक्ति बहुत दिनों तक नहीं रहेगी। प्रेम का अंकुर रूप में है, पर उसको पल्लवित और पुष्पित करना सेवा ही का काम है। मुझे विश्वास नहीं आता कि विनोद को बाहर से थके-माँदे, पसीने में तर देखकर तुमने कभी पंखा झला होगा। शायद टेबुल-फैन लगाने की बात भी तुम्हें न सूझी होगी। सच कहना, मेरा अनुमान ठीक है या नहीं? बतलाओ, तुमने कभी उनके पैरों में चंपी की है? कभी उनके सिर में तेल डाला है? तुम कहोगी, यह खिदमतगारों का काम हैं, लेडियाँ यह मरज नहीं पालती। तुमने उस आनन्द का अनुभव ही नहीं किया। तम विनोद को अपने अधिकार में रखना चाहती हो, मगर उसका साधन नहीं करती। विलासिनी मनोरंजन कर सकती है, चिरसंगिनी नहीं बन सकती। पुरुष के गले से लिपटी हुई भी वह उससे कोसों दूर रहती है। मानती हूँ, रूपमोह मनुष्य का स्वमाब है, लेकिन रूप से हृदय की प्यास नहीं बुझती, आत्मा की तृप्ति नहीं होती। सेवाभाव रखने वाली रूप-विहीन स्त्री का पति किसी स्त्री के रूप-जाल में फेंस जाय, तो बहुत जल्द निकल भागता है, सेवा का चस्का पाया हुआ मन केवल नखरों और चोचलों पर लटटू नहीं होता। मगर मैं तो तुम्हें उपदेश करने बैठ गयी, हालाँकि तुम मुझस दो-चार महीने बड़ी होगी। क्षमा करो बहन, यह उपदेश नहीं है। ये बातें हम-तुम सभी जानते हैं, केवल कभी-कभी भूल जाते हैं। मैंने केवल तुम्हें याद दिला दिया है। उपदेश में हृदय नहीं होता, लेकिन मेरा उपदेश मेरे मन की वह व्यथा है, जो तुम्हारी इस नयी विपत्ति से जागरित हुई है।

अच्छा, अब मेरी रामकहानी सुनो। इस एक महीने में यहाँ बड़ी-बड़ी घटनाएँ हो गयीं। यह तो मैं पहले ही लिख चुकी हूँ कि आनन्द बाबू और अम्माँजी में कुछ मनमुटाव रहने लगा है। वह आग भीतर-ही-भीतर सुलगती रहती थीं। दिन में दो-एक बार माँ-बेटे में चोंचें हो जाती थीं। एक दिन मेरी छोटी ननदजी मेरे कमरे से एक पुस्तक उठा ले गयीं। उन्हें पढ़ने का रोग है। मैंने कमरे में किताब न देखी, तो उनसे पूछा। इस जरा-सी बात पर वह भले-मानस बिगड़ गयी और कहने लगी—तुम तो मुझे चोरी लगाती हो। अम्माँ ने उन्हीं का पक्ष लिया और मुझे खूब सुनायी। संयोग की बात, अम्माँजी मुझे कोसने ही दे रही थीं कि आनन्द बाबू घर में आ गये। अम्माँजी उन्हें देखते ही और जोर से बकने लगीं बहू की इतनी मजाल! वह तूने सिर पर चढ़ा रखा है और कोई बात नहीं। पुस्तक क्या उसके बाप की थीं? लड़की लायी, तो उसने कौन गुनाह किया? जरा भी सब्र न हुआ,

दौड़ी हुई उसके सिर पर जा पहुँची और उसके हाथों से किताब छीनने लगी।

बहन, मैं यह स्वीकार करती हूँ कि मुझे पुस्तक के लिए इतनी उतावली न करनी चाहिए थीं। ननदजी पढ़ चुकने पर आप ही दे जाती। न भी देती तो उस एक पुस्तक के न पढ़ने से मेरा क्या बिगड़ा जाता था। मगर मेरी शामत कि उनके हाथों से किताब छीनने लगी थीं। अगर इस बात पर आनन्द बाबू मुझे डाँट बताते, तो मुझे जरा भी दुःख न होता मगर उन्होंने उल्टे मेरा ही पक्ष लिया और त्योरियाँ चढ़ाकर बोले—किसी की चीज कोई बिना पूछे लाये ही क्यों? यह तो मामूली शिष्टाचार है।

इतना सुनना था कि अम्माँ के सिर पर भूत-सा सवार हो गया। आनन्द बाबू भी बीच-बीच में फुलझड़ियाँ छोड़ते रहे और मैं अपने कमरे में बैठी रोती रही कि कहाँ-से-कहाँ मैंने किताब माँगी। न अम्माँजी ही ने भोजन किया, न आनन्द बाबू ने ही। और मेरा तो बार-बार यही जी चाहता था कि जहर खा लूँ। रात को जब अम्माँजी लेटी तो मैं अपने नियम के अनुसार उनके पैर दबाने गयी। मुझे देखते ही उन्होंने दुतकार दिया, लेकिन मैंने उनके पाँव पकड़ लिये। मैं पैंताने की ओर तो थीं ही। अम्माजी ने जो पैर से मुझे ढकेला तो मैं चारपाई के नीचे गिर पड़ी। जमीन पर कई कटोरियाँ पड़ी हईं थीं। मैं उन कटोरियों पर गिरी, तो पीट और कमर में बड़ी चोट आयी। मैं चिल्लाना न चाहती थीं, मगर न जाने कैसे मेरे मुँह से चीख निकल गयी। आनन्द बाबू अपने कमरे में आ गये थे, मेरी चीख सुनकर दौड़ पड़े और अम्माँजी के द्वार पर आकर बोले—क्या उसे मारे डालती हो, अम्माँ? अपराधी तो मैं हूँ; उसकी जान क्यों ले रही हो? यह कहते हुए वह कमरे में घुस आये और मेरा हाथ पकड़कर जबरदस्ती खींच ले गये। मैंने बहुत चाहा कि अपना हाथ छुड़ा लूँ पर आनन्द ने न छोड़ा! वास्तव में इस समय उनका हम लोगों के बीच में कूद पड़ना मुझे अच्छा नहीं लगता था। वह न आ जाते, तो मैंने रो-धोकर अम्माँजी को मना लिया होता। मेरे गिर पड़ने से उनका क्रोध कुछ शान्त हो चला था। आनन्द का आ जाना गजब हो गया। अम्माजी कमरे के बाहर निकल आयीं और मुँह चिढ़ाकर बोलीं—हाँ, देखो, मरहम-पट्टी कर दो, कहीं कुछ टूट-फूट न गया हो!

आनन्द ने आँगन में रुककर कहा—क्या तुम चाहती हो कि तुम किसी को मार डालो और मैं न बोलूँ?

'हाँ मैं तो डायन हूँ, आदमियों को मार डालना हो तो मेरा काम है।

ताज्जुब है कि मैंने तुम्हें क्यों न मार डाला।'

'तो पछतावा क्यों हो रहा है, धेले की संखिया में तो काम चलता है।'

'अगर तुम्हें इस तरह औरत को सिर चढ़ाकर रखना है, तो कहीं और ने जाकर रखो। इस घर में तुम्हारा निर्वाह अब न होगा।'

'मैं खुद इसी फिक्र में हूँ, तुम्हारे कहने की जरूरत नहीं।'

'मैं भी समझ लूँगी कि मैंने लड़का ही नहीं जना।'

'मैं भी समझ लूँगा कि मेरी माता मर गयी।'

मैं आनन्द का हाथ पकड़कर जोर से खींच रही थीं कि उन्हें वहाँ से हटा ले जाऊँ, मगर वह बार-बार मेरा हाथ झटक देते थे। आख़िर जब अम्माँजी अपने कमरे में चली गयीं, तो वह अपने कमरे में आये और सिर थामकर बैठ गये।

मैंने कहा—यह तुम्हें क्या सूझी?

आनन्द ने भूमि की ओर ताकते हुए कहा—अम्मा ने आज नोटिस दे दिया।

'तुम खुद ही उलझ पड़े, वह बेचारी तो कुछ बोली नहीं।'

'मैं ही उलझ पड़ा!'

'और क्या। मैंने तो तुमसे फरियाद न की थीं।'

'पकड़ न लाता, तो अम्माँ ने तुम्हें अधमरा कर दिया होता। तुम उनका क्रोध नहीं जानती।'

'यह तुम्हारा भ्राप है। उन्होंने मुझे मारा नहीं, अपना पैर छुड़ा रही थीं। मैं पट्टी पर बैठी थी, जरा-सा धक्का खाकर गिर पड़ी। अम्माँ मुझे उठाने ही जा रही थीं कि तुम पहुँच गये।'

'नानी के आगे ननिहाल का बखान न करो, मैं अम्माँ को ख़ूब जानता हूँ। मैं कल ही दूसरा घर ले लूँगा, यह मेरा निश्चय है। कहीं-न-कहीं नौकरी मिल ही जायगी। ये लोग समझते हैं कि मैं इनकी रोटियों पर पड़ा हुआ हूँ। इसी से यह मिजाज है!'

मैं जितना ही उनको समझाती थी, उतना ही वह और बफरते थे। आख़िर मैंने झुँझलाकर कहा—तो तुम अकेले जाकर दूसरे घर में रहो। मैं न जाऊँगी। मुझे यहीं पड़ी रहने दो।

आनन्द ने मेरी ओर कठोर नेत्रों से देखकर कहा—यही लातें खाना अच्छा लगता है?

'हाँ, मुझे यही अच्छा लगता है।'

'तो तुम खाओ, मैं नहीं खाना चाहता। यही फायदा क्या थोड़ा है कि

तुम्हारी दुर्दशा आँखों से न देखूँगा, न पीड़ा होगी।'

'अलग रहने लगोगे, तो दुनिया क्या कहेगी!'

'इसकी परवाह नहीं। दुनिया अन्धी है।'

'लोग यही कहेंगे कि स्त्री ने यह माया फैलायी है।'

'इसकी भी परवाह नहीं, इस भय से अपना जीवन संकट में नहीं डालना चाहता।'

मैंने रोकर कहा—तुम मुझे छोड़ दोगे, तुम्हें मेरी जरा भी मुहब्बत नहीं है।

बहन, और किसी समय इस प्रेम-आग्रह से भरे हुए शब्दों ने न जाने क्या कर दिया होता। ऐसे ही आग्रहों पर रियासतें मिटती हैं, नाते टूटते हैं, रमणी के पास इससे बढ़कर दूसरा अस्त्र नहीं। मैंने आनन्द के गले में बाँहें डाल दी थीं और उनके कन्धे पर सिर रखकर रो रही थी। मगर इस समय आनन्द बाबू इतने कठोर हो गये थे कि यह आग्रह भी उन पर कुछ असर न कर सका। जिस माता ने जन्म दिया, उसके प्रति इतना रोष! हम अपनी ही माता की एक कड़ी बात नहीं सह सकते, इस आत्माभिमान का कोई ठिकाना है। यही वे आशाएँ हैं, जिन पर माता ने अपने जीवन के सारे सुख-विलास अर्पण कर दिये थे, दिन का चैन और रात की नींद अपने ऊपर हराम कर ली थी! पुत्र पर माता का इतना भी अधिकार नहीं!

आनन्द ने उसी अविचलित कठोरता से कहा—अगर मुहब्बत का यही अर्थ है कि मैं इस घर में तुम्हारी दुर्गति कराऊँ, तो मुझे वह मुहब्बत नहीं है।

प्रातःकाल वह उठकर बाहर जाते हुए मुझसे बोले—मैं जाकर घर ठीक किये आता हूँ। ताँगा भी लेता आऊँगा, तैयार रहना।

मैंने दरवाजा रोककर कहा—क्या अभी तक क्रोध शान्त नहीं हआ?

'क्रोध की बात नहीं, केवल दूसरों के सिर से अपना बोझ हटा लेने की बात है।'

'यह अच्छा काम नहीं कर रहे हो। सोचो, माता जी को कितना दुःख होगा। सुसरजी से भी तुमने कुछ पूछा?'

'उनसे पूछने की कोई जरूरत नहीं। कर्ता-धर्ता जो कुछ हैं, वह अम्मा हैं। दादाजी मिट्टी के लोंदे हैं।'

'घर के स्वामी तो हैं?'

'तुम्हें चलना है या नहीं, साफ कहो।'

'मैं तो अभी न जाऊँमी।'

'अच्छी बात है, लात खाओ।'

मैं कुछ नहीं बोली। आनन्द ने एक क्षण के बाद फिर कहा—तुम्हारे पास कुछ रुपये हों, तो मुझे दो।

मेरे पास रुपये थे, मगर मैंने इनकार कर दिया। मैंने समझा, शायद इसी असमंजस में पड़कर वह रुक जायँ। मगर उन्होंने बात मन में ठान ली थी। खिन्न होकर बोले—अच्छी बात है, तुम्हारे रुपयों के बगैर भी मेरा काम चल जायगा। तुम्हें यह विशाल भुवन, यह सुख-भोग, ये नौकर-चाकर, ये ठाट-बाट मुबारक हों। मेरे साथ क्यों भूखों मरोगी! वहाँ यह सुख कहाँ! मेरे प्रेम का मूल्य ही क्या!

यह कहते हुए वह चले गये। बहन, क्या कहूँ, उस समय अपनी बेबसी पर कितना दुःख हो रहा था। बस, यही जी में आता था कि यमराज आकर मुझे उठा ले जायँ। मुझे कल-कलंकिनी के कारण माता और पुत्र में यह वैमनस्य हो रहा था। जाकर अम्माँजी के पैरों पर गिर पड़ी और रो-रोकर आनन्द बाबू के चले जाने का समाचार कहा। मगर माताजी का हृदय जरा भी न पसीजा। मुझे आज मालूम हुआ कि माता भी इतनी वाज्र-हृदया हो सकती है। फिर आनन्द बाबू का हृदय क्यों न कठोर हो। अपनी माता ही के पुत्र तो हैं।

माताजी ने निर्दयता से कहा—तुम उसके साथ क्यों न चली गयी? जब वह कहता था, तब चला जाना चाहिए था। कौन जाने, यहाँ मैं किसी दिन तुम्हें विष दे दूँ।

मैंने गिड़गिड़ाकर कहा—अम्माँजी, उन्हें बुला भेजिए, आपके पैरों पड़ती हूँ। नहीं तो कहीं चले जायेंगे।

अम्माँ उसी निर्दयता से बोली—जाय चाहे रहे, वह मेरा कौन है। अब तो जो कुछ हो, तुम हो, मुझे कोन गिनता है। आज जरा-सी बात पर यह इतना झल्ला रहा है। और मेरी अम्माँजी ने मुझे सैकड़ों ही बार पीटा होगा। मैं भी छोकरी न थी, तुम्हारी ही उम्र की थी, पर मजाल न थी कि तुम्हारे दादाजी से किसी के सामने बोल सकूँ। कच्चा ही खा जाती! मार खाकर रात-भर रोती रहती थी, पर इस तरह घर छोड़कर कोई न भागता था। आजकल के लौंडे ही प्रेम करना नहीं जानते, हम भी प्रेम करते थे, पर इस तरह नहीं कि माँ-बाप, छोटे-बड़े किसी को कुछ न समझें।

यह कहती हुई माताजी पूजा करने चली गयीं। मैं अपने कमरे में आकर नसीबों को रोने लगी। यही शंका होती थी कि आनन्द किसी तरफ की राह न लें। बार-बार जी मसोसता था कि रुपये क्यों न दे दिये। बेचारे

इधर-उधर मारे-मारे फिरते होंगे। अभी हाय-मुँह भी नहीं धोया, जलपान भी नहीं किया। वक्त पर जलपान न करेंगे तो, जुकाम हो जायगा, और उन्हें जुकाम होता है, तो हरारत भी हो जाती है। महरी से कहा—जरा जाकर देख तो, बाबूजी कमरे में हैं? उसने आकर कहा—कमरे में तो कोई नहीं, खूँटी पर कपड़े भी नहीं हैं।

मैंने पूछा—क्या और भी कभी इस तरह अम्माँजी से रूठे हैं? महरी बोली—कभी नहीं वह, ऐसा सीधा तो मैंने लड़का ही नहीं देखा। मालकिन के सामने कभी सिर नहीं उठाते थे। आज न-जाने क्यों चले गए।

मुझे आशा थी कि दोपहर को भोजन के समय वह आ जायँगे। लेकिन दोपहर कौन कहे; शाम भी हो गयी और उनका पता नहीं। सारी रात जागती रही। द्वार की ओर कान लगे हुए थे। मगर रात भी उसी तरह गुजर गयी। बहन, इस प्रकार पूरे तीन दिन बीत गये। उस वक्त तुम मुझे देखती, तो पहचान न सकतीं। रोते-रोते आँखें लाल हो गयी थीं। इन तीन दिनों में एक पल भी नहीं सोयी और भूख का तो जिक ही क्या, पानी तक न पिया। प्यास ही न लगती थी। मालूम होता था, देह में प्राण ही नहीं है। सारे घर में मातम-सा छाया हुआ था। अम्माँजी भोजन करने दोनों वक्त जाती थीं, पर मुँह जूठा करके चली आती थीं। दोनो ननदों की हँसी और चुहल भी गायब हो गयी थी। छोटी ननदजी तो मुझसे अपना अपराध क्षमा कराने आयीं।

चौथे दिन सबेरे रसोइये ने आकर मुझसे कहा—बाबूजी तो अभी मुझे दशाश्वमेध घाट पर मिले थे। मैं उन्हें देखते ही लपककर उनके पास आ पहुँचा और बोला—भैया, घर क्यों नहीं चलते? सब लोग घबड़ाये हुए हैं। बहूजी ने तीन दिन से पानी तक नहीं पिया। उनका हाल बहुत बुरा है। यह सुनकर वह कुछ सोच में पड़ गये, फिर बोले—बहूजी ने क्यों दाना-पानी छोड़ रखा है? जाकर कह देना, जिस आराम के लिए उस घर को न छोड़ सकी, उससे क्या इतनी जल्द जी भर गया!

अम्माजी उसी समय आँगन में आ गयीं। महाराज की बातों की भनक क़ानों में पड़ गयी, बोलीं—क्या है अलग, क्या आनंन्द मिला था?

महाराज—हाँ, बड़ी बहू, अभी दशाश्वमेध घाट पर मिले थे। मैंने कहा—घर क्यों नहीं चलते, तो बोले—उस घर में मेरा कौन बैठा हुआ है?

अम्माँ—कहा नहीं और कोई अपना नहीं है, तो स्त्री तो अपनी है, उसकी जान क्यों लेते हो?

महाराज—मैंने बहुत समझाया बड़ी बहू, पर वह टस-से-मस न हुए।

अम्माँ—करता क्या है?

महाराज—यह तो मैंने नहीं पूछा, पर चेहरा बहुत उतरा हुआ था।

अम्माँ—ज्यों-ज्यों तुम बूढ़े होते हो, शायद सठियाते जाते हो। इतना तो पूछा होता, कहाँ रहते हो, कहाँ खाते-पीते हो। तुम्हें चाहिए था, उसका हाथ पकड़ लेते और खींचकर ले आते। मगर तुम नमकहरामों को अपने हलवे-माँडे से मतलब, चाहे कोई मरे या जिये। दोनों वक्त बढ़-बढ़कर हाथ मारते हो और मूँछों पर ताव देते हो। तुम्हें इसकी क्या परवाह है कि घर में दूसरा कोई खाता है या नहीं। मैं तो परवाह न करती, वह आये या न आये। मेरा धर्म पालना-पोसना था, पाल पोस दिया। अब जहाँ चाहे रहे। पर इस बहू का क्या करूँ, जो रो-रोकर प्राण दिये डालती है। तुम्हें ईश्वर ने आँखें दी हैं, उसकी हालत देख रहे हो। क्या मुँह से इतना भी न फूटा कि बहू अन्न जल त्याग किये पड़ी हुई॥

महाराज—बहूजी, नारायण जानते हैं, मैंने बहुत तरह समझाया, मगर वह तो जैसे भागे जाते थे। फिर मैं क्या करता।

अम्माँ—समझाया नहीं, अपना सिर। तुम समझाते और वह योंही चला जाता। क्या सारी लच्छेदार बातें मुझी से करने को है? इस बहू को मैं क्या कहूँ। मेरे पति ने मुझसे इतनी बेरुखी की होती, तो मैं उसकी सूरत न देखती। पर, इस पर उसने न-जाने कौन-सा जादू कर दिया है। ऐसे उदासियों को तो कुलटा चाहिए, जो उन्हें तिगनी का नाच नचाये।

कोई आध घंटे बाद कहार ने आकर कहा—बाबूजी आकर कमरे में बैठे हुए हैं।

मेरा कलेजा धक्-धक् करने लगा। जी चाहता था कि जाकर पकड़ लाऊँ, पर अम्माँजी का हृदय सचमुच वज्र है। बोलीं—जाकर कह दे, यहाँ उनका कौन बैठा हुआ है, जो आकर बैठे हैं!

मैंने हाथ जोड़कर कहा—अम्माँजी, उन्हे अन्दर बुला लीजिए, कहीं फिर न चले जाएँ।

अम्माँ—यहाँ उनका कौन बैठा हुआ है, जो आयेगा। मैं तो अन्दर कदम न रखने दूँगी।

अम्माँजी तो बिगड़ रही थीं, उधर छोटी ननदजी जाकर आनन्द बाबू को लायीं। सचमुच उनका चेहरा उतरा हुआ था, जैसे महीनों का मरीज हो। ननदजी उन्हें इस तरह खींचे लाती थीं, जैसे कोई लड़की ससुराल जा रही हो। अम्माँजी ने मुस्कराकर कहा—इसे यहाँ क्यों लायीं? यहाँ इसका कौन बैठा हुआ है?

आनन्द सिर झुकाये अपराधियों की भाँति खड़े थे। जबान न खुलती थी। अम्माँजी ने फिर पूछा—चार दिन से कहाँ थे?

'कहीं नहीं, यहीं तो था।'

'खूब चैन से रहे होगे।'

'जी हाँ, कोई तकलीफ न थी।'

'वह तो सूरत ही से मालूम हो रहा है।'

ननदजी जलपान के लिए मिठाई लायीं। आनन्द मिठाई खाते इस तरह झेंप रहे थे मानों ससुराल आये हों! फिर माता जी उन्हें लिए अपने कमरे में चली गयीं। वहाँ आध घंटे तक माता और पुत्र में बातें होती रहीं। मैं कान लगाये हुए थी, पर साफ कुछ न सुनायी देता था। हाँ, ऐसा मालूम होता था कि कभी माताजी रोती हैं और कभी आनन्द। माताजी जब पूजा करने निकलीं, तो उनकी आँखें लाल थीं। आनन्द वहाँ से निकलें, तो सीधे मेरे कमरे में आये। मैं उन्हें आते देख चटपट मुँह ढाँपकर चारपाई पर रही, मानो बेखबर सो रही हूँ। वह कमरे में आये, मुझे चारपाई पर पड़े देखा, मेरे समीप आकर एक बार धीरे से पुकारा और लौट पड़े। मुझे जगाने की हिम्मत न पड़ी। मुझे जो कष्ट हो रहा था, इसका एकमात्र कारण अपने को समझकर वह मन-ही-मन दुखी हो रहे थे। मैंने अनुमान किया था, वह मुझे उठायेंगे, मैं मान करूँगी, वह मनायेंगे, मगर सारे मंसूबे खाक में मिल गए। उन्हें लौटते देखकर मुझसे न रहा गया। मैं हकबकाकर उठ बैठी और चारपाई से नीचे उतरने लगी, मगर न-जाने क्यों, मेरे पैर लड़-खड़ाये और ऐसा जान पड़ा मैं गिरी जाती हूँ। सहसा आनन्द ने पीछे फिर कर मुझे सँभाल लिया और बोले—लेट जाओ, लेट जाओ, मैं कुरसी पर बैठा जाता हूँ। यह तुमने अपनी क्या गति बना रखी है?

मैंने अपने को सँभालकर कहा—मैं तो बहुत अच्छी तरह हूँ। आपने कैसे कष्ट किया?

'पहले तुम कुछ भोजन कर लो, तो पीछे मैं कुछ बात करूँगा।'

'मेरे भोजन की आपको क्या फिक्र पड़ी है। आप तो सैर-सपाटे कर रहे हैं!'

'जैसे सैर-सपाटे मैंने किये हैं, मेरा दिल ही जानता है। मगर बातें पीछे करूँगा, अभी मुँह-हाथ धोकर खा लो। चार दिन से पानी तक मुँह में नहीं डाला। राम! राम!'

'यह आपसे किसने कहा कि मैंने चार दिन से पानी तक मुँह मैं नहीं डाला। जब आपको मेरी परवाह न थी, तो मैं क्यों दाना-पानी

छोड़ती?

'वह तो सूरत ही कहे देती है। फूल से···मुरझा गये।'

'जरा अपनी सूरत जाकर आईने में देखिए।'

'मैं पहले ही कौन बड़ा सुन्दर था। ठूँठ को पानी मिले तो क्या और न मिले तो क्या। मैं न जानता था कि तुम यह अनशन-व्रत ले लोगी, नहीं तो ईश्वर जानता है, अम्माँ मार-मारकर भगातीं, तो भी न जाता।'

मैंने तिरस्कार की दृष्टि से देखकर कहा—तो क्या सचमुच तुम समझे थे कि मैं यहाँ केवल आराम के विचार से रह गयी?

आनन्द ने जल्दी से अपनी भूल सुधारी—नहीं, नहीं प्रिये, मैं इतना गधा नहीं हूँ, पर यह मैं कदापि न समझता था कि तुम बिलकुल दाना-पानी छोड़ दोगी। बड़ी कुशल हुई कि मुझे महाराज मिल गया, नहीं तो तुम प्राण ही दे देतीं। अब ऐसी भूल कभी न होगी। कान पकड़ता हूँ। अम्माँजी तुम्हारा बखान कर-करके रोती रहीं।

मैंने प्रसन्न होकर कहा—तब तो मेरी तपस्या सफल हो गयी।

'थोड़ा-सा दूध पी लो, तो बातें हों। जाने कितनी बातें करनी हैं।'

'पी लूँगी, ऐसी क्या जल्दी है।'

'जब तक तुम कुछ खा न लोगी, मैं यही समझूँगा कि तुमने मेरा अपराध क्षमा नहीं किया।'

'मैं भोजन जभी करूँगी, जब तुम वह प्रतिज्ञा करो कि फिर कभी इस तरह रूठकर न जाओगे।'

'मैं सच्चे दिल से यह प्रतिज्ञा करता हूँ।'

बहन, तीन दिन कष्ट तो हुआ, पर मुझे उसके लिए जरा भी पछतावा नहीं है। इन तीन दिनों के अनशन ने दिलों में जो सफाई कर दी, वह किसी दूसरी विधि से कदापि न होती। अब मुझे विश्वास है कि हमारा जीवन शांति से व्यतीत होगा। अपने समाचार शीघ्र, अति शीघ्र लिखना।

तुम्हारी,

चन्दा

13

दिल्ली

20-2-26

प्यारी बहन,

तुम्हारा पत्र पढ़कर मुझे तुम्हारे ऊपर दया आयी। तुम मुझे कितना

ही बुरा कहो, पर मैं अपनी यह दुर्गति किसी तरह न सह सकती, किसी तरह नहीं। मैंने या तो अपने प्राण ही दे दिये होते, या फिर उस सास का मुँह न देखती। तुम्हारा सीधापन, तुम्हारी सहनशीलता, तुम्हारी सास-भक्ति तुम्हें मुबारक हो। मैं तो तुरन्त आनन्द के साथ चली जाती और चाहे भीख ही क्यों न माँगनी पड़ती, पर उस घर में कदम न रखती। मुझे तुम्हारे ऊपर दया ही नहीं आती क्रोध भी आता है, इसलिए कि तुममें स्वाभिमान नहीं है। तुम-जैसी स्त्रियों ने ही सासों और पुरुषों का मिजाज आसमान पर चढ़ा दिया है। 'जहन्नुम में जाय ऐसा घर—जहाँ अपनी इज्जत नहीं।' मैं पति-प्रेम भी इन दामों न लूँ। उन्हें उन्नीसवीं सदी में जन्म लेना चाहिए था। उस वक्त तुम्हारे गुणों की प्रशंसा होती। इस स्वाधीनता और नारी-स्वत्व के नवयुग में तुम केवल प्राचीन इतिहास हो। यह सीता और दमयन्ती का युग नहीं। पुरुषों ने बहुत दिनों तक राज्य किया। अब स्त्री-जाति का राज्य होगा। मगर अब तुम्हें अधिक न कोसूँगी।

अब मेरा हाल सुनो। मैंने सोचा था, पत्रों में अपनी बीमारी का समाचार छपवा दूँगी। लेकिन फिर खयाल आया; यह समचार छपते ही मित्रों का ताँता लग जायगा। कोई मिजाज पूछने आयेगा। कोई देखने आयेगा। फिर मैं कोई रानी तो हूँ नहीं, जिसकी बीमारी का बुलेटिन रोजाना छापा जाय। न जाने लोगों के दिल में कैसे-कैसे विचार उत्पन्न हों। यह सोचकर मैंने पत्र में छपवाने का विचार छोड़ दिया। दिन-भर मेरे चित्त की क्या दशा रही, लिख नहीं सकती। कभी मन में आता, जहर खा लूँ; कभी सोचती, कहीं उड़ जाऊँ। विनोद के सम्बन्ध में भाँति-भाँति की शंकाएँ होने लगीं। अब मुझे ऐसी कितनी ही बातें याद आने लगीं, जब मैंने विनोद के प्रति उदासीनता का भाव दिखाया था। मैं उनसे सब कुछ लेना चाहती थी; देना कुछ न चाहती थी। मैं चाहती थी कि वह आठों पहर भ्रमर की भाँति मुझ पर मँडराते रहें, पतंग की भाँति मुझे घेरे रहें। उन्हें किताबों और पत्रों में मग्न बैठे देखकर मुझे झुँझलाहट होने लगती थी। मेरा अधिकांश समय अपने ही बनाव-सिंगार में कटता था, उनके विषय में मुझे कोई चिन्ता ही न होती थी। अब मुझे मालूम हुआ कि सेवा का महत्व रूप से कहीं अधिक है। रूप मन को मुग्ध कर सकता है, पर आत्मा को आनन्द पहुँचाने वाली कोई दूसरी ही वस्तु है।

इस तरह एक हफ्ता गुजर गया। मैं प्रातःकाल मैके जाने को तयारियाँ कर रही थी—यह घर फाड़े खाता था—कि सहसा डाकिये ने मुझे एक पत्र

लाकर दिया। मेरा हृदय धक्-धक् करने लगा। मैंने काँपते हुए हाथों से पत्र लिया, पर सिरनामे पर विनोद की परिचित हस्तलिपि न थी, लिपि किसी स्त्री की थी, इसमें सन्देह न था, पर मैं उससे सर्वथा अपरिचित थी। मैंने तुरन्त पत्र खोला और नीचे की तरफ देखा तो चौंक पड़ी—वह कुसुम का पत्र था। मैंने एक ही साँस में सारा पत्र पढ़ लिया। लिखा था— 'बहन, विनोद बाबू तीन दिन यहाँ रहकर बम्बई चले गये। शायद विलायत जाना चाहते हैं। तीन-चार दिन बम्बई में रहेंगे। मैंने बहुत चाहा कि उन्हें दिल्ली वापस कर दूँ, पर वह किसी तरह न राजी हुए। तुम उन्हें नीचे लिखे पते से तार दे दो। मैंने उनसे यह पता पूछ लिया था। उन्होंने मुझे ताकीद कर दी थी कि इस पते को गुप्त रखना, लेकिन तुमसे क्या परदा। तुम तुरन्त तार दे दो, शायद रुक जायँ। वह बात क्या हुई! मुझसे विनोद ने तो बहुत पूछने पर भी नहीं बताया, पर वह दुखी बहुत थे। ऐसे आदमी को भी तुम अपना न बना सकी, इसका मुझे आश्चर्य है; पर मुझे इसकी पहले ही शंका थी। रूप और गर्व में दीपक और प्रकाश का सम्बन्ध है। गर्व रूप का प्रकाश है।'...

मैंने पत्र रख दिया और उसी वक्त विनोद के नाम तार भेज दिया कि बहुत बीमार हूँ, तुरन्त आओ। मुझे आशा थी कि विनोद तार द्वारा जवाब देंगे, लेकिन सारा दिन गुजर गया और कोई जवाब न आया। बँगले के सामने से कोई साइकिल निकलती, तो मैं तुरन्त उसकी ओर ताकने लगती थी कि शायद तार का चपरासी हो। रात को भी मैं तार का इन्तजार करती रही। तब मैंने अपने मन को इस विचार से शांत किया कि विनोद आ रहे हैं, इसलिए तार भेजने की जरूरत न समझी।

अब मेरे मन में फिर शंकाएँ उठने लगीं। विनोद कुसुम के पास क्यों गये, कहीं कुसुम से उन्हें प्रेम तो नहीं है? कहीं उसी प्रेम के कारण तो वह मुझसे विरक्त नहीं हो गये? कुसुम कोई कौशल तो नहीं कर रही है? उसे विनोद को अपने घर ठहराने का अधिकार ही क्या था? इस विचार से मेरा मन बहुत क्षुब्ध हो उठा। कुसुम पर क्रोध आने लगा। अवश्य दोनों में बहुत दिनों से पत्र-व्यवहार होता रहा होगा। मैंने फिर कुसुम का पत्र पढ़ा और अबकी उसके प्रत्येक शब्द में मेरे लिए कुछ सोचने की सामग्री रखी हुई थी। निश्चय किया कि कुसुम को एक पत्र लिखकर खूब कोसूँ। आधा पत्र लिख भी डाला, पर उसे फाड़ डाला। उसी वक्त विनोद को एक पत्र लिखा। तुमसे कभी भेंट होगी, तो वह पत्र दिखलाऊँगी; जो कुछ मुँह में आया बक डाला। लेकिन इस पत्र की भी वही दशा हुई जो कुसुम के पत्र की हुई थी।

लिखने के बाद मालूम हुआ कि वह किसी विक्षिप्त हृदय की बकवाद है। मेरे मन में यही बात बैठती जाती थी कि वह कुसुम के पास हैं। वही छलिनी उन पर अपना जादू चला रही है। यह दिन भी बीत गया। डाकिया कई बार आया, पर मैंने उसकी ओर आँख भी नहीं उठायी। चन्दा, मैं नहीं कह सकती मेरा हृदय कितना तिलमिला रहा था। अगर कुसुम इस समय मुझे मिल जाती, तो मैं न-जाने क्या कर डालती।

रात को लेटे-लेटे खयाल आया, कहीं वह यूरोप न चले गये हों। जी बेचैन हो उठा। सिर में ऐसा चक्कर आने लगा, मानो पानी में डूबी जाती हैं। अगर वह यूरोप चले गये, तो फिर कोई आशा नहीं—मैं उसी वक्त उठी और घड़ी पर नजर डाली। दो बजे थे। नौकर को जगाया और तार-घर जा पहुँची। बाबूजी कुरसी पर लेटे-लेटे सो रहे थे। बड़ी मुश्किल से उनकी नींद खुली। मैंने रसीदी तार दिया। जब बाबूजी तार दे चुके, तो मैंने पूछा—इसका जवाब कब तक आयेगा?

बाबू ने कहा—यह प्रश्न किसी ज्योतिषी से कीजिए। कौन जानता है, वह कब जवाब दें। तार का चपरासी जबरदस्ती तो उनसे जवाब नहीं लिखा सकता। अगर कोई और कारण न हो, तो आठ-नौ बजे तक जवाब आ जाना चाहिए।

घबराहट में आदमी की बुद्धि पलायन कर जाती है। ऐसा निरर्थक प्रश्न करके मैं स्वयं लज्जित हो गयी। बाबूजी ने अपने मन में मुझे कितना मूर्ख समझा होगा; खैर, मैं वहीं एक बेंच पर बैठ गयी और तुम्हें विश्वास न आयेगा, नौ बजे तक वहीं बैठी रही। सोचो, कितने घंटे हुए? पूरे सात घंटे। सैकड़ों आदमी आये और गये, पर मैं वहीं जमी बैठी रही। जब तार का डमी खटकता, मेरे हृदय में धड़कन होने लगती। लेकिन इस भय से कि बाबूजी झल्ला न उठें, कुछ पूछने का साहस न करती थी। जब दफ्तर की घड़ी में नौ बजे, तो मैंने डरते-डरते बाबू से पूछा—क्या अभी तक जवाब नहीं आया।

बाबू ने कहा—आप तो यहीं बैठी हैं, जवाब आता तो क्या मैं खा डालता? मैंने बेहयाई करके फिर पूछा—तो क्या अब न आवेगा? बाबू ने मुँह फेरकर कहा—और दो-चार घंटे बैठी रहिए।

बहन, यह वाग्बाण शेर के समान हृदय में लगा। आँखें भर आयीं। लेकिन फिर मैं वहाँ से टली नहीं। अब भी आशा बँधी हुई थी कि शायद जवाब आता हो। जब दो घंटे और गुजर गये, तब मैं निराश हो गयी। हाय! विनोद ने मुझे कहीं का न रखा। मैं घर चली, तो आँखों से आँसुओं

की झड़ी लगी हुई थी। रास्ता न सूझता था।

सहसा पीछे से एक मोटर का हार्न सुनायी दिया। मैं रास्ते से हट गयी। उस वक्त मन में आया, इसी मोटर के नीचे लेट जाऊँ और जीवन का अन्त कर दूँ। मैंने आँखें पोंछकर मोटर की ओर देखा भुवन बैठा हुआ था और उसकी बगल में बैठी थी कुसुम! ऐसा जान पड़ा, मानो अग्नि की ज्वाला मेरे पैरों से समाकर सिर से निकल गयी। मैं उन दोनों की निगाहों से बचना चाहती थी, लेकिन मोटर रुक गयी और कुसुम उतर कर मेरे गले से लिपट गयी। भुवन चुपचाप मोटर में बैठा रहा, मानो मुझे जानता ही नहीं। निर्दयी, धूत!

कुसुम ने पूछा—मैं तो तुम्हारे पास जाती थी, बहन? वहाँ से कोई खबर आयी? मैंने बात टालने के लिए कहा—तुम कब आयीं?

भुवन के सामने मैं अपनी विपत्ति-कथा न कहना चाहती थी।

कुसुम—आयो, कार में बैठ जाओ।

'नहीं, मैं चली जाऊँगी। अवकाश मिले, तो एक बार चली आना।'

कुसुम ने मुझसे आग्रह न किया। कार में बैठकर चल दी। मैं खड़ी ताकती रह गयी! यह वही कुसुम है या कोई और? कितना बड़ा अन्तर हो गया है?

मैं घर चली, तो सोचने लगी—भुवन से इसकी जान-पहचान कैसे हुई? कहीं ऐसा तो नहीं है कि विनोद ने इसे मेरी टोह लेने को भेजा हो! भुवन से मेरे विषय में कुछ पूछने तो नहीं आयी है?

मैं घर पहुँचकर बैठी ही थी कि कुसुम आ पहुँची। अब की वह मोटर में अकेली न थी—विनोद बैठे हुए थे। मैं उन्हें देखकर ठिठक गयी! चाहिए तो यह था कि मैं दौड़कर उनका हाथ पकड़ लेती और मोटर से उतार लाती, लेकिन मैं जगह से हिली तक नहीं। मूर्ति की भाँति अचल बैठी रही। मेरी मानिनी प्रकृति अपना उद्दण्ड-स्वरूप दिखाने के लिए विकल हो उठी। एक क्षण में कुसुम ने विनोद को उतारा और उनका हाथ पकड़े हुए ले आयी। उस वक्त मैंने देखा कि विनोद का मुख बिलकुल पीला पड़ गया है और वह इतने अशक्त हो गये हैं कि अपने सहारे खड़े भी नहीं रह सकते, मैंने घबराकर पूछा, क्यों तुम्हारा यह क्या हाल है?

कुसुम ने कहा—हाल पीछे पूछना, जरा इनकी चारपाई चटपट बिछा दो और थोड़ा-सा दूध मँगवा लो।

मैंने तुरन्त चारपाई बिछायी और विनोद को उस पर लेटा दिया। दूध तो रखा ही हुआ था। कुसुम इस वक्त मेरी स्वामिनी बनी हुई थी। मैं

उसके इशारे पर नाच रही थी। चन्दा, इस वक्त मुझे ज्ञात हुआ कि कुसुम पर विनोद को जितना विश्वास है, वह मुझ पर नहीं। मैं इस योग्य हूँ ही नहीं। मेरा दिल सैकड़ों प्रश्न पूछने के लिए तड़फड़ा रहा था, लेकिन कुसुम एक पल के लिए भी विनोद के पास से न टलती थी। मैं इतनी मूर्ख हूँ कि अक्सर पाने पर इस दशा में भी मैं विनोद से पश्नों का ताँता बाँध देती।

विनोद को जब नींद आ गयी, मैंने आँखों में आँसू भरकर कुसुम से पूछा—बहन, इन्हें क्या शिकायत है? मैंने तार भेजा। उसका जवाब नहीं आया। रात दो बजे एक जरूरी और जवाबी तार भेजा। दस बजे तक तार-घर में बैठी जवाब की राह देती रही। वहीं से लौट रही थी, जब तुम रास्ते में मिली। यह तुम्हें कहाँ मिल गये?

कुसुम मेरा हाथ पकड़कर दूसरे कमरे में ले गयी और बोली—पहले तुम यह बताओ कि भुवन का क्या मुआमला था? देखो, साफ कहना।

मैंने आपत्ति करते हुए कहा—कुसुम, तुम यह प्रश्न पूछकर मेरे साथ अन्याय कर रही हो। तुम्हें खुद समझ लेना चाहिये था कि इस बात में कोई सार नहीं है! विनोद को केवल भ्रम हो गया।

'बिना किसी कारण के?'

'हाँ, मेरी समझ में तो कोई कारण न था।'

'मैं इसे नहीं मानती। यह क्यों नहीं कहती कि विनोद को जलाने, चिढ़ाने और जगाने के लिए तुमने यह स्वाँग रचा था।

कुसुम की सूझ पर चकित होकर मैंने कहा—वह तो केवल दिल्लगी थी।

'तुम्हारे लिए दिल्लगी थी, विनोद के लिए वज्रघात था। तुमने इतने बिनों उनके साथ रहकर भी उन्हें नहीं समझा! तुम्हें अपने बनाव-सँवार के आगे उन्हें समझने की कहाँ फुरसत? कदाचित् तुम समझती हो कि तुम्हारी यह मोहनी मूर्ति ही सब कुछ है। मैं कहती हूँ, इसका मूल्य दो-चार महीने के लिए हो सकता है। स्थायी वस्तु कुछ और ही है।'

मैंने अपनी भूल स्वीकार करते हुए कहा—विनोद को मुझसे कुछ पूछना तो चाहिए था?

कुसुम ने हँसकर कहा—यही तो वह नहीं कर-सकते। तुमसे ऐसी बात पूछना उनके लिए असम्भव है। वह उन प्राणियों में हैं, जो स्त्री की आँखों से गिरकर जीते नहीं रह सकते। स्त्री या पुरुष किसी के लिए भी वह किसी प्रकार का धार्मिक या नैतिक बन्धन नहीं रखना चाहते। वह प्रत्येक प्राणी के लिए पूर्ण स्वाधीनता के समर्थक हैं। मन और इच्छा के सिवा वह

और कोई बंधन स्वीकार नहीं करते। इस विषय पर मेरी उनसे खूब बातें हुई हैं। खैर—मेरा पता उन्हें मालूम था ही, यहाँ से सीधे मेरे पास पहुँचे। मैं समझ गई कि आपस में पटी नहीं। मुझे तुम्हीं पर सन्देह हुआ।

मैंने पूछा—क्यों? मुझ पर तुम्हें क्यों सन्देह हुआ?

'इसलिए कि मैं तुम्हें पहले देख चुकी थी।'

'अब तो तुम्हें मुझ पर सन्देह नहीं है।'

'नहीं, मगर इसका कारण तुम्हारा संयम नहीं, परम्परा है। मैं इस समय स्पष्ट बातें कर रही हूं, इसके लिए क्षमा करना।'

'तुम समझती हो कि मुझे विनोद से प्रेम नहीं है!

'नहीं, विनोद से तुम्हें जितना प्रेम है, उससे अधिक अपने-आपसे है। कम-से-कम दस दिन पहले यही बात थी। अन्यथा यह नौबत ही क्यों आती? विनोद यहाँ से सीधे मेरे पास गये और दो-तीन दिन रहकर बम्बई चले गये। मैंने बहुत पूछा, पर कुछ बतलाया नहीं। वहाँ उन्होंने एक दिन विष खा लिया।'

मेरे चेहरे का रंग उड़ गया।

'बम्बई पहुँचते ही उन्होंने मेरे पास एक खत लिखा था। उसमें यहाँ की सारी बातें लिखी थीं और अन्त में लिखा था—मैं इस जीवन से तंग आ गया हूँ, अब मेरे लिए मौत के सिवा और कोई उपाय नहीं है।'

मैंने एक ठंडी साँस ली।

'मैं यह पत्र पाकर घबरा गयी और उसी वक्त बम्बई रवाना हो गयी। जब वहाँ पहुँची, तो विनोद को मरणासन्न पाया। जीवन की कोई आशा नहीं थी। मेरे एक सम्बन्धी वहाँ डाक्टरी करते हैं। उन्हें लाकर दिखाया तो वह बोले—इन्होंने जहर खा लिया है। तुरन्त दवा दी गयी। तीन दिन तक डाक्टर साहब ने दिन-को-दिन और रात-को-रात न समझा, और मैं तो एक क्षण के लिए विनोद के पास से न हटी। बारे तीसरे दिन इनकी आँखें खुलीं। तुम्हारा पहला तार मुझे मिला था, पर उसका जवाब देने की किसे फुरसत थी? तीन दिन और बम्बई रहना पड़ा। विनोद इतने कमजोर हो गये थे कि इतना लम्बा सफर करना उनके लिए असम्भव था। चौथे दिन मैंने जब उनसे यहाँ आने का प्रस्ताव किया, तो बोले—मैं अब वहाँ न जाऊँगा। जब मैंने बहुत समझाया, तब इस शर्त पर राजी हुए कि मैं पहले आकर यहाँ की पारस्थिति देख जाऊँ।'

मेरे मुँह से निकला—'हा! ईश्वर, मैं ऐसी अभागिनी हूँ।'

'अभागिनी नहीं हो बहन, केवल तुमने विनोद को समझा न था। वह चाहते थे कि मैं अकेली जाऊँ, पर मैंने उन्हें इस दशा में वहाँ छोड़ना उचित न समझा। परसों हम दोनों वहाँ से चले। यहाँ पहुँचकर विनोद तो वेटिंग-रूम में ठहर गये, मैं पता पूछती हुई भुवन के पास पहुँची। भुवन को मैंने इतना फटकारा कि वह रो पड़ा। उसने मुझसे यहाँ तक कह डाला कि तुमने उसे बुरी तरह दुत्कार दिया है। आँखों का बुरा आदमी है, पर दिल का बुरा नहीं। उधर से जब मुझे सन्तोष हो गया और रास्ते में तुमसे भेंट हो जाने पर रहा-सहा भ्रम भी दूर हो गया, तो मैं विनोद को तुम्हारे पास लायी। अब तुम्हारी वस्तु तुम्हें सौंपती हूँ। मुझे आशा है, इस दुर्घटना ने तुम्हें इतना सचेत कर दिया होगा कि फिर ऐसी नौबत न आयेगी। आत्म-समर्पण करना सीखो। भूल जाओ कि तुम सुन्दरी हो, आनन्दमय जीवन का यही मूल मंत्र है, मैं डींग नहीं मारती, लेकिन चाहूँ तो आज विनोद को तुमसे छीन सकती हैं। लेकिन रूप में मैं तुम्हारे तलुओं के बराबर भी नहीं। रूप के साथ अगर तुम सेवा-भाव धारण कर सको, तो तुम अजेय हो जाओगी।'

मैं कुसुम के पैरों पर गिर पड़ी और रोती हुई बोली—बहन, तुमने मेरे साथ जो उपकार किया है, उसके लिए मरते दम तक तुम्हारी ऋणी रहूँगी। तुमने न सहायता की होती, तो आज न-जाने मेरी क्या गति होती।

बहन, कुसुम कल चली जायगी। मुझे तो अब वह देवी-सी दीखती है। जी चाहता है, उसके चरण धो-धोकर पीऊँ। उसके हाथों मुझे विनोद ही नहीं मिले हैं, सेवा का सच्चा आदर्श और स्त्री का सच्चा कर्तव्य-ज्ञान भी मिला है। आज से मेरे जीवन का नवयुग आरम्भ होता है, जिसमें भोग और विलास की नहीं, सहृदयता और आत्मीयता की प्रधानता होगी।

तुम्हारी,
पद्मा

सोहाग का शव

मध्यप्रदेश के एक पहाड़ी गाँव में एक छोटे-से घर की छत पर एक युवक मानो संध्या की निस्तब्धता में लीन बैठा था। सामने चन्द्रमा के मलिन प्रकाश में ऊदी पर्वतमालाएँ अनन्त के स्वप्न की भाँति गम्भीर, रहस्यमय, संगीतमय, मनोहर मालूम होती थीं, उन पहाड़ियों के नीचे जल-धारा की एक रौप्य रेखा ऐसी मालूम होती थी, मानो उन पर्वतों का समस्त संगीत, समस्त गाम्भीर्य, सम्पूर्ण रहस्य इसी उज्ज्वल प्रवाह में लीन हो गया हो। युवक की वेषभूषा से प्रकट होता था कि उसकी दशा बहुत सम्पन्न नहीं है। हाँ, उसके मुख से तेज और मनस्विता झलक रही थी। उसकी आँखों पर ऐनक न थी, न मूँछे मुड़ी हुई थीं, न बाल सँवारे हुए थे, कलाई पर घड़ी न थी; यहाँ तक कि कोट के जेब में फाउन्टेनपेन भी न था। या तो वह सिद्धान्तों का प्रेमी था, या आडम्बरों का शत्रु।

युवक विचारों में मौन उसी पर्वतमाला की ओर देख रहा था कि सहसा बादल की गरज से भयंकर ध्वनि सुनायी दी। नदी का मधुर गान उस भीषण नाद में डूब गया। ऐसा मालूम हुआ, मानो उस भयंकर नाद ने पर्वतों को भी हिला दिया है, मानो पर्वतों में कोई घोर संग्राम छिड़ गया है। यह रेलगाड़ी थी, जो नदी पर बने हुए पुल से चली आ रही थी।

एक युवती कमरे से निकल कर छत पर आयी और बोली—आज अभी से गाड़ी आ गयी। इसे भी आज ही वैर निभाना था।

युवक ने युवती का हाथ पकड़ कर कहा—प्रिये! मेरा जी चाहता है; कहीं न जाऊँ; मैंने निश्चय कर लिया है। मैंने तुम्हारी खातिर से हामी भर ली थी, पर अब जाने की इच्छा नहीं होती। तीन साल कैसे कटेंगे।

युवती ने कातर स्वर में कहा—तीन साल के वियोग के बाद फिर तो जीवनपर्यन्त कोई बाधा न खड़ी होगी। एक बार जो निश्चय कर लिया है, उसे पूरा ही कर डालो, अनंत सुख की आशा में मैं सारे कष्ट झेल लूँगी।

यह कहते हुए युवती जलपान लाने के बहाने से फिर भीतर चली गई। आँसुओं का आवेग उसके काबू से बाहर हो गया। इन दोनों प्राणियों के वैवाहिक जीवन की यह पहली ही वर्षगाँठ थी। युवक बम्बई-विश्वविद्यालय से एम० ए० की उपाधि लेकर नागपुर के एक कालेज में अध्यापक था। नवीन युग की नयी-नयी वैवाहिक और सामाजिक क्रांतियों ने उसे लेशमात्र भी विचलित न किया था। पुरानी प्रथाओं से ऐसी प्रगाढ़ ममता कदाचित् वृद्धजनों को भी कम होगी। प्रोफेसर हो जाने के बाद उसके माता-पिता ने इस बालिका से उसका विवाह कर दिया था। प्रथानुसार ही उस आँख-मिचौनी के खेल में उन्हें प्रेम का रत्न मिल गया। केवल छुट्टियों में यहाँ पहली गाड़ी से आता और आख़िरी गाड़ी से जाता। ये दो-चार दिन मीठे स्वप्न के समान कट जाते थे। दोनों बालकों की भाँति रो-रो कर बिदा होते। इसी कोठे पर खड़ी होकर वह उसको देखा करती, जब तक निर्दयी पहाड़ियाँ उसे आड़ में न कर लेतीं। पर अभी साल भी न गुजरने पाया था कि वियोग ने अपना षड्यंत्र रचना शुरू कर दिया। केशव को विदेश जा कर शिक्षा पूरी करने के लिए एक वृत्ति मिल गयी। मित्रों ने बधाइयाँ दीं। किसके ऐसे भाग्य हैं, जिसे बिना माँगे स्वभाग्य-निर्माण का ऐसा अवसर प्राप्त हो। केशव बहुत प्रसन्न न था। वह इसी दुविधा में पड़ा हुआ घर आया। माता-पिता और अन्य सम्बन्धियों ने इस यात्रा का घोर विरोध किया। नगर में जितनी बधाइयाँ मिली थीं, यहाँ उससे कहीं अधिक बाधाएँ मिलीं। किन्तु सुभद्रा की उच्चाकांक्षाओं की सीमा न थी। वह कदाचित् केशव को इन्द्रासन पर बैठा हुआ देखना चाहती थी। उसके सामने तब भी वही पति सेटा का आदर्श होता था। वह तब भी उसके सिर में तेल डालेगी, उसकी धोती छाँटेगी, उसके पाँव दबायेगी और उसके पंखा झलेगी। उपासक की महत्वाकांक्षा उपास्य ही के प्रति होती है। वह उसको सोने का मन्दिर बनदायेगा, उसके सिंहासन को रत्नों से सजायेगा, स्वर्ग से पुष्प लाकर भेंट करेगा; पर वह स्वयं वही उपासक रहेगा। जटा के स्थान पर मुकुट या कौपीन की जगह पिताम्बर की लालसा उसे कभी नहीं सताती। सुभद्रा ने उस वक्त तक दम न लिया जब तक केशव ने विलायत जाने का वादा न कर लिया, माता-पिता ने उसे कलंकिनी और न जाने क्या-क्या कहा, पर अन्त में सहमत हो गए। सब तैयारियां हो गयीं। स्टेशन समीप ही था। यहाँ गाड़ी देर तक खड़ी रहती थी। स्टेशनों के समीपस्थ गाँव के निवासियों के लिए गाड़ी का आना शत्रु का धांवा नहीं, मित्र का पदार्पण है। गाड़ी आ गयी। सुभद्रा जलपान बना कर पति को

हाथ धुलाने आयी थी। इस समय केशव की प्रेम-कातर आपत्ति ने उसे एक क्षण के लिए विचलित कर दिया। हा! कौन जानता है, तीन साल में क्या हो जाय! मन में एक आवेश उठा—कह दूँ, प्यारे मत जाओ। थोड़ा ही खायेंगे, मोटा ही पहनेंगे, रो-रो कर दिन तो न कटेंगे। कभी केशव के आने में एक-आधा महीना लग जाता था, तो वह विकल हो जाया करती थी। यही जी चाहता था, उड़ कर उनके पास पहुँच जाऊँ। फिर ये निर्दयी तीन वर्ष कैसे कटेंगे! लेकिन उसने बड़ी कठोरता से इन निराशाजनक भावों को ठुकरा दिया और काँपते कंठ से बोली—जी तो मेरा भी यही चाहता है। जब तीन साल का अनुमान करती हूँ, तो एक कल्प-सा मालूम होता है। लेकिन जब विलायत में तुम्हारे सम्मान और आदर का ध्यान करती हूँ, तो ये तीन साल तीन दिन से मालूम होते हैं। तुम तो जहाज पर पहुँचते ही मुझे भूल जाओगे। नये-नये दृश्य तुम्हारे मनोरंजन के लिए आ खड़े होंगे। यूरोप पहुँच कर विद्वानों के सत्संग में तुम्हें घर की याद भी न आयेगी। मुझे तो रोने के सिवा और कोई धंधा नहीं है। यही स्मृतियाँ ही मेरे जीवन का आधार होंगी। लेकिन क्या करूँ, जीवन की भोग-लालसा तो नहीं मानती। फिर जिस वियोग का अंत.जीवन की सारी विभूतियाँ अपने साथ लायेगा, वह वास्तव में तपस्या है। तपस्या के बिना तो वरदान नहीं मिलता।

केशव को भी अब ज्ञात हुआ कि क्षणिक मोह के आवेश में स्वभाग्य निर्माण का ऐसा अच्छा अवसर त्याग देना मूर्खता है। खड़े होकर बोले—रोना-धोना मत, नहीं तो मेरा जी न लगेगा।

सुभद्रा ने उसका हाथ पकड़कर हृदय से लगाते हुए उनके मुँह की ओर सजल नेत्रों से देखा और बोली—पत्र बराबर भेजते रहना।

सुभद्रा ने फिर आँखों में आँसू भरे हुए मुस्करा कर कहा—देखना, विलायती मिसों के जाल में न फँस जाना।

केशव फिर चारपाई पर बैठ गया और बोला—अगर तुम्हें यह संदेह है, तो लो, मैं जाऊँगा ही नहीं।

सुभद्रा ने उसके गले में बाँहें डाल कर विश्वास-पूर्ण दृष्टि से देखा और बोली—मैं दिल्लगी कर रही थी।

'अगर इन्द्रलोक की अप्सरा भी आ जाय, तो आँख उठाकर न देखूँ। ब्रह्मा ने ऐसी दूसरी सृष्टि की ही नहीं।'

'बीच में कोई छुट्टी मिले, तो एक बार चले आना।'

'नहीं प्रिये, बीच में शायद छुट्टी न मिलेगी। मगर जो मैंने सुना

कि तुम रो-रो कर घुली जाती हो, दाना-पानी छोड़ दिया है, तो मैं अवश्य चला आऊँगा ये फूल जरा भी कुम्हलाने न पायें।'

दोनों गले मिल कर विदा हो गये। बाहर सम्बन्धियों और मित्रों का एक समूह खड़ा था। केशव ने बड़ों के चरण छुए, छोटों को गले लगाया और स्टेशन की ओर चले। मित्रगण स्टेशन तक पहुँचाने गये। एक क्षण में गाड़ी यात्री को लेकर चल दी

उधर केशव गाड़ी में बैठा हुआ पहाड़ियों की बहार देख रहा था; इधर सुभद्रा भूमि पर पड़ी सिसकियाँ भर रही थी।

2

दिन गुजरने लगे। उसी तरह, जैसे बीमारी के दिन कटते हैं—दिन पहाड़, रात काली बला। रात भर मनाते गुजरती थी कि किसी तरह भोर होता, तो मनाने लगती कि जल्दी शाम हो। मैके गयी कि वहाँ जी बहलेगा। दस-पांच दिन परिवर्तन का कुछ असर हुआ, फिर उससे भी बुरी दशा हुई, भाग कर ससुराल चली आयी। रोगी करवट बदलकर आराम का अनुभव करता है।

पहले पांच-छह महीनों तक तो केशव के पत्र पंद्रहवें दिन बराबर मिलते रहे। उसमें वियोग के दुःख कम, नये-नये दृश्यों का वर्णन अधिक होता था। पर सुभद्रा संतुष्ट थी। पत्र आते हैं, वह प्रसन्न हैं, कुशल से हैं, उसके लिए यही काफी था। प्रतिकूल वह पत्र लिखती, तो विरह-व्यथा के सिवा उसे कुछ सूझता ही न था। कभी-कभी जब जी बेचैन हो जाता, तो पछताती कि व्यर्थ जाने दिया। कहीं एक दिन मर जाऊँ, तो उनके दर्शन भी न हों।

लेकिन छठे महीने से पत्रों में भी विलम्ब होने लगा। कई महीने तक तो महीने में एक पत्र आता रहा, फिर वह भी बंद हो गया। सुभद्रा के चार-छह पत्र पहुँच जाते, तो एक पत्र आ जाता; वह भी बेदिली से लिखा हआ—काम की अधिकता और समय के अभाव के रोने से भरा हुआ। एक वाक्य भी ऐसा नहीं, जिससे हृदय को शांति हो, जो टपकते हुए दिल पर मरहम रखे। हा! आदि से अन्त तक 'प्रिये' शब्द का नाम नहीं। सुभद्रा अधीर हो उठी। उसने योरप-यात्रा का निश्चय कर लिया। वह सारे कष्ट सह लेगी, सिर पर जो कुछ पड़ेगी, सह लेगी; केशव को आँखों से देखती तो रहेगी। वह इस बात को उनसे गुप्त रखेगी, उनकी कठिनाइयों को और न बढ़ायेगी, उनसे बोलेगी भी नहीं! केवल उन्हें कभी-कभी आँख भर कर

देख लेगी। यही उसकी शांति के लिए काफी होगा। उसे क्या मालूम था कि उसका केशव अब उसका नहीं रहा। वह अब एक दूसरी ही कामिनी के प्रेम का भिखारी है।

सुभद्रा कई दिनों तक इस प्रस्ताव को मन में रखे हुए सेती रही। उसे किसी प्रकार की शंका न होती थी। समाचार-पत्रों के पढ़ते रहने से उसे समुद्री यात्रा का हाल मालूम होता रहता था। एक दिन उसने अपने सास-ससुर के सामने अपना निश्चय प्रकट किया। उन लोगों ने बहुत समझाया; रोकने की बहुत चेष्टा की; लेकिन सुभद्रा ने अपना हठ न छोड़ा। आखिर जब लोगों ने देखा कि यह किसी तरह नहीं मानती, तो राजी हो गये। मैकेवाले भी समझा कर हार गये। कुछ रुपये उसने स्वयं जमा कर रखे थे, कुछ ससुराल में मिले। माँ-बाप ने भी मदद की। रास्ते के खर्च की चिंता न रही। इंग्लैंड पहुँचकर वह क्या करेगी, इसका अभी उसने कुछ निश्चय न किया। इतना जानती थी कि परिश्रम करने वाले को रोटियों की कहीं कमी नहीं रहती।

विदा होते समय सास और ससुर दोनों स्टेशन तक आए। जब गाड़ी ने सीटी दी, तो सुभद्रा ने हाथ जोड़कर कहा—मेरे जाने का समाचार वहाँ न लिखिएगा। नहीं तो उन्हें चिन्ता होगी और पढ़ने में उनका जी न लगेगा।

ससुर ने आश्वासन दिया। गाड़ी चल दी।

3

लंदन के उस हिस्से में, जहाँ इस समृद्धि के समय में भी दरिद्रता का राज्य है, ऊपर के एक छोटे से कमरे में सुभद्रा एक कुर्सी पर बैठी है। उसे यहाँ आये आज एक महीना हो गया है। यात्रा के पहले के मन में जितनी शंकाएँ थी, सभी शान्त होती जा रही हैं। बम्बई-बंदर में जहाज पर जगह पाने का प्रश्न बड़ी आसानी से हल हो गया। वह अकेली औरत न थी जो योरोप जा रही हो। पाँच-छह स्त्रियाँ और भी उसी जहाज से जा रही थीं। सुभद्रा को न जगह मिलने में कोई कठिनाई हुई, न मार्ग में। यहाँ पहुँचकर और स्त्रियों से संग छूट गया। कोई किसी विद्यालय में चली गयी; दो-तीन अपने पतियों के पास चली गयीं, जो यहाँ पहले आ गये थे। सुभद्रा ने इस मुहल्ले में एक कमरा ले लिया। जीविका का प्रश्न भी उसके लिए बहुत कठिन न रहा। जिन महिलाओं के साथ वह आयी थी, उनमें कई उच्च-अधिकारियों की पत्नियाँ थीं। कई अच्छे-अच्छे अँगरेज घरानों से

उनका परिचय था। सुभद्रा को दो महिलाओं को भारतीय संगीत और हिन्दी-भाषा सिखाने का काम मिल गया। शेष समय में वह कई भारतीय महिलाओं के कपड़े सीने का काम कर लेती है। केशव का निवास–स्थान यहाँ से निकट है, इसीलिए सुभद्रा ने इस मुहल्ले को पसंद किया है। कल केशव उसे दिखायी दिया था। ओह! उन्हें 'बस' से उतरते देखकर उसका चित्त कितना आतुर हो उठा था। बस यही मन में आता था कि दौड़कर उनके गले से लिपट जाय और पूछे—क्यों जी, तुम यहाँ आते ही बदल गए। याद है, तुमने चलते समय क्या-क्या वादे किये थे? उसने बड़ी मुश्किल से अपने को रोका था। तब से इस वक्त तक उसे मानो नशा-सा छाया हुआ है, वह उनके इतने समीप है! चाहे रोज उन्हें देख सकती है, उनकी बातें सुन सकती है; हाँ, उन्हें स्पर्श तक कर सकती है। अब यह उससे भाग कर कहाँ जायँगे? उनके पत्रों की अब उसे क्या चिन्ता है। कुछ दिनों के बाद सम्भव है वह उनसे होटल के नौकरों से जो चाहे, पूछ सकती है।

संध्या हो गयी थी। धुएँ में बिजली की लालटेनें रोती आँखों की भाँति ज्योतिहीन-सी हो रही थीं। गली में स्त्री-पुरुष सैर करने जा रहे थे। सुभद्रा सोचने लगी—इन लोगों को आमोद से कितना प्रेम है, मानो किसी को चिन्ता ही नहीं, मानो सभी सम्पन्न हैं, जब ही ये लोग इतने एकाग्र होकर सब काम कर सकते हैं। जिस समय जो काम करने हैं, जी-जान से करते हैं। खेलने की उमंग है, तो काम करने की भी उमंग है और एक हम हैं कि न हँसते हैं, न रोते हैं; मौन बने बैठे रहते हैं। स्फूर्ति का कहीं नाम नहीं, काम तो सारे दिन करते हैं, भोजन करने की फुरसत भी नहीं मिलती, पर वास्तव में चौथाई समय भी काम में नहीं लगाते। केवल काम करने का बहाना करते हैं। मालूम होता है, जाति प्राण-शून्य हो गयी है।

सहसा उसने केशव को जाते देखा। हाँ, केशव ही था। कुर्सी से उठकर बरामदे में चली आयी। प्रबल इच्छा हुई कि जाकर उनके गले से लिपट जाय। उसने अगर अपराध किया है, तो उन्हीं के कारण तो। यदि वह बराबर पत्र लिखते जाते, तो वह क्यों आती?

लेकिन केशव के साथ यह युवती कौन है? अरे! केशव उसका हाथ पकड़े हुए है। दोनों मुस्करा-मुस्करा कर बातें करते चले जाते हैं। यह युवती कौन है?

सुभद्रा ने ध्यान से देखा। युवती का रंग साँवला था। वह भारतीय बालिका थी। उसका पहनावा भारतीय था। इससे ज्यादा सुभद्रा को और कुछ न दिखायी दिया। उसने तुरंत जूते पहने, द्वार बन्द किया और एक

क्षण में गली में आ पहुँची! केशव अब दिखायी न देता था, पर वह जिधर गया था, उधर ही वह बड़ी तेजी से लपकी चली जाती थी। यह युवती कौन है? वह उन दोनों की बातें सुनना चाहती थी, उस युवती को देखना चाहती थी, उसके पाँव इतनी तेजी से उठ रहे थे मानो दौड़ रही हो। पर इतनी जल्द दोनों कहाँ अदृश्य हो गये? अब तक उसे उन लोगों के समीप पहुँच जाना चाहिए था। शायद दोनों किसी 'बस' पर जा बैठे।

अब वह गली समाप्त करके एक चौड़ी सड़क पर आ पहुंची थी। दोनों तरफ बड़ी-बड़ी जगमगाती हुई दूकानें थीं, जिनमें संसार की विभूतियाँ गर्व से फूली बैठी थीं। कदम-कदम पर होटल और रेस्ट्राँ थे। सुभद्रा दोनों ओर नेत्रों से ताकती, पग-पग पर भ्रांति के कारण मचलती कितनी दूर निकल गयी, कुछ खबर नहीं।

फिर उसने सोचा—यों कहाँ तक चली जाऊँगी? कौन जाने, किधर गये। चलकर फिर अपने बरामदे से देखूँ। आख़िर इधर से गये हैं, तो इधर से लौटेंगे भी। यह ख्याल आते ही वह घूम पड़ी, और उसी तरह दौड़ती हुई अपने स्थान की ओर चली। जब वहाँ पहुँची, तो बारह बज गये थे। और इतनी देर उसे चलते ही गुजरा! एक क्षण भी उसने कहीं विश्राम नहीं किया!

वह ऊपर पहुँची, तो गृह-स्वामिनी ने कहा—तुम्हारे लिए बड़ी देर से भोजन रखा हुआ है।

सुभद्रा ने भोजन अपने कमरे में मँगा लिया पर खाने की सुधि किसे थी! वह उसी बरामदे में, उसी तरफ टकटकी लगाये खड़ी थी, जिधर से केशव गया।

एक बज गया, दो बजा, फिर भी केशव नहीं लौटा। उसने मन में कहा—वह किसी दूसरे मार्ग से चले गये। मेरा यहाँ खड़ा रहना व्यर्थ है। चलूँ, सो रहूँ। लेकिन फिर ख्याल आ गया, कहीं आ न रहे हों।

मालूम नहीं, उसे कब नींद आ गयी।

4

दूसरे दिन प्रात:काल सुभद्रा अपने काम पर जाने को तैयार हो रही थी कि एक युवती रेशमी साड़ी पहने आकर खड़ी हो गयी और मुस्कराकर बोली—क्षमा कीजिएगा, मैंने बहुत सबेरे आपको कष्ट दिया। आप तो कहीं जाने को तैयार मालूम होती हैं।

सुभद्रा ने एक कुर्सी बढ़ाते हुए कहा—हाँ, एक काम से बाहर जा रही

थी। मैं आपकी क्या सेवा कर सकती हूँ?

यह कहते हुए सुभद्रा ने युवती को सिर से पाँव तक उसी आलोचनात्मक दृष्टि से देखा, जिससे स्त्रियाँ ही देख सकती हैं। सौंदर्य की किसी परिभाषा से भी उसे सुन्दरी न कहा जा सकता था। उसका रंग साँवला, मुँह कुछ चौड़ा, नाक कुछ चिपटी, कद भी छोटा और शरीर भी कुछ स्थूल था। आँखों पर ऐनक लगी हुई थी। लेकिन इन सब कारणों के होते हुए भी उसमें कुछ ऐसी बात थी, जो आँखों को अपनी ओर खींच लेती थी। उसकी वाणी इतनी मधुर, इतनी संयमित, इतनी विनम्र थी कि जान पड़ता था किसी देवी के वरदान हों। एक-एक अंग से प्रतिमा विकीर्ण हो रही थी। सुभद्रा उसके सामने हलकी एवं तुच्छ मालूम होती थी। युवती ने कुर्सी पर बैठते हुए कहा—

'अगर मैं भूलती हूँ, तो मुझे क्षमा कीजिएगा। मैंने सुना है कि आप कुछ कपड़े भी सीती हैं, जिसका प्रमाण यह है कि यहाँ सीविंग मशीन मौजूद है।'

सुभद्रा—मैं दो लेडियों को भाषा पढ़ाने जाया करती हैं शेष समय में कुछ सिलाई भी कर लेती हूँ। आप कपड़े लायी हैं।

युवती—नहीं, अभी कपड़े नहीं लायी। यह कहते हुए उसने लज्जा से सिर झुका कर मुस्कराते हुए कहा—बात यह है कि मेरी शादी होने जा रही है। मैं वस्त्राभूषण सब हिंदुस्तानी रखना चाहती हूँ। विवाह भी वैदिक रीति से ही होगा। ऐसे कपड़े यहाँ आप ही तैयार कर सकती हैं।

सुभद्रा ने हँसकर कहा—मैं ऐसे अवसर पर आपके जोड़े तैयार करके अपने को धन्य समझूंगी। वह शुभ तिथि कब है?

युवती ने सकुचाते हुए कहा—वह तो कहते हैं, इसी सप्ताह में हो जाय; पर मैं उन्हें टालती आती हूँ। मैंने तो चाहा था कि भारत लौटने पर विवाह होता, पर वह इतने उतावले हो रहे हैं कि कुछ कहते नहीं बनता। अभी तो मैंने यही कह कर टाला है कि मेरे कपड़े सिल रहे हैं।

सुभद्रा—तो मैं आपके जोड़े बहुत जल्द दे दूँगी।

युवती ने हँसकर कहा—मैं तो चाहती थी आप महीनों लगा देतीं।

सुभद्रा—वाह, मैं इस शुभ कार्य में क्यों विघ्न डालने लगी? मैं इसी सप्ताह में आपके कपड़े दे दूँगी, और उनसे इसका पुरस्कार लूँगी।

युवती खिलखिलाकर हँसी। कमरे में प्रकाश की लहरें-सी उठ गयीं। बोली—इसके लिए तो पुरस्कार वह देंगे, बड़ी खुशी से देंगे और तुम्हारे

कृतज्ञ होंगे। मैंने प्रतिज्ञा की थी कि विवाह के बंधन में पड़ूँगी ही नहीं; पर उन्होंने मेरी प्रतिज्ञा तोड़ दी। अब मुझे मालूम हो रहा है कि प्रेम की बेड़ियाँ कितनी आनंदमय होती हैं। तुम तो अभी हाल ही में आयी हो। तुम्हारे पति भी साथ होंगे?

सुभद्रा ने बहाना किया। बोली—वह इस समय जर्मनी में हैं। संगीत से उन्हें बहुत प्रेम है। संगीत ही का अध्ययन करने के लिए वहाँ गये हैं।

'तुम भी संगीत जानती हो?'

'बहुत थोड़ा।'

'केशव को संगीत से बड़ा प्रेम है।'

केशव का नाम सुनकर सुभद्रा को ऐसा मालूम हुआ, जैसे बिच्छू ने काट लिया हो। वह चौंक पड़ी।

युवती ने पूछा—आप चौंक कैसे गयीं? क्या केशव को जानती हो?

सुभद्रा ने बात बनाकर कहा—नहीं, मैंने यह नाम कभी नहीं सुना। वह यहाँ क्या करते हैं?

सुभद्रा को ख्याल आया, क्या केशव किसी दूसरे आदमी का नाम नहीं हो सकता? इसलिए उसने यह प्रश्न किया। उसी जवाब पर उसकी जिंदगी का फैसला था।

युवती ने कहा—यहाँ विद्यालय में पढ़ते हैं। भारत सरकार ने उन्हें भेजा है। अभी साल भर भी तो आए नहीं हुआ। तुम देखकर प्रसन्न होगी। तेज और बुद्धि की मूर्ति समझ लो। यहाँ के अच्छे-अच्छे प्रोफेसर उनका आदर करते हैं। ऐसा सुन्दर भाषण तो मैंने किसी के मुँह से सुना ही नहीं। जीवन आदर्श है। मुझसे उन्हें क्यों प्रेम हो गया है, मुझे इसका आश्चर्य है। मुझमें न रूप है, न लावण्य। यह मेरा सौभाग्य है। तो मैं शाम को कपड़े लेकर आऊंगी।

सुभद्रा ने मन में उठते हुए वेग को सँभाल कर कहा—अच्छी बात है।

जब युवती चली गयी, तो सुभद्रा फूट-फूटकर रोने लगी। ऐसा जान पड़ता था, मानो देह में रक्त ही नहीं, मानो प्राण निकल गये हैं वह कितनी निःसहाय, कितनी दुर्बल है, इसका आज अनुभव हुआ। ऐसा मालूम हुआ, मानो संसार में उसका कोई नहीं है। अब उसका जीवन व्यर्थ है। उसके लिए अब जीवन में रोने के सिवा और क्या है? उनकी सारी ज्ञानेंद्रियाँ शिथिल-सी हो गयी थीं मानो वह किसी ऊँचे वृक्ष से गिर पड़ी हो। हा! यह उसके प्रेम और भक्ति का पुरस्कार है। उसने कितना आग्रह करके

केशव को यहाँ भेजा था? इसलिए कि यहाँ आते ही उसका सर्वनाश कर दें?

पुरानी बातें याद आने लगीं। केशव की वह प्रेमातुर आँखें सामने आ गयीं। वह सरल, सहज मूर्ति आँखों के सामने नाचने लगी। उसका जरा सिर धमकता था, तो केशव कितना व्याकुल हो जाता था। एक बार जब उसे फसली बुखार आ गया था, तो केशव घबरा कर, पंद्रह दिन की छुट्टी लेकर घर आ गया था और उसके सिरहाने बैठा रात भर पंखा झलता रहा था। वही केशव अब इतनी जल्द उससे ऊब उठा! उसके लिए सुभद्रा ने कौन-सी बात उठा रखी। वह तो उसी को अपना प्राणाधार, अपना जीवन धन, अपना सर्वस्व समझती थी। नहीं-नहीं, केशव का दोष नहीं, सारा दोष इसी का है। इसी ने अपनी मधुर बातों से उन्हें वशीभूत कर लिया है। इसकी विद्या, बुद्धि और वाक्पटुता ही ने उनके हृदय पर विजय पायी है। हाय! उसने कितनी बार केशव से कहा था, मुझे भी पढ़ाया करो, लेकिन उन्होंने हमेशा यही जवाब दिया, तुम जैसी हो, मुझे वैसी ही पसन्द हो। मैं तुम्हारी स्वाभाविक सरलता को पढ़ा-पढ़ा कर मिटाना नहीं चाहता। केशव ने उसके साथ कितना बड़ा अन्याय किया है! लेकिन यह उनका दोष नहीं, यह इसी यौवन-मतवाली छोकरी की माया है।

सुभद्रा को इस ईर्ष्या और दुःख के आवेश में अपने काम पर जाने की सुध न रही। वह कमरे में इस तरह टहलने लगी, जैसे किसी ने जबरदस्ती उसे बन्द कर दिया हो। कभी दोनों मुट्ठियाँ बँध जातीं, कभी दाँत पीसने लगती, कभी ओंठ काटती। उन्माद की-सी दशा हो गयी। आँखों में भी एक तीव्र ज्वाला चमक उठी। ज्यों-ज्यों केशव के इस निष्ठुर आघात को सोचती, उन कष्टों को याद करती, जो उसने उसके लिए झेले थे, उसका चित्त प्रतिकार के लिए विकल होता जाता था। अगर कोई बात हुई होती, आपस में कुछ मनोमालिन्य का लेश भी होता, तो उसे इतना दुःख न होता। यह तो उसे ऐसा मालूम होता था कि मानो कोई हँसते-हँसते अचानक गले पर चढ़ बैठे। अगर वह उनके योग्य नहीं थी, तो उन्होंने उससे विवाह ही क्यों किया था? विवाह करने के बाद भी उसे क्यों न ठुकरा दिया था? क्यों प्रेम का बीज बोया था? और आज जब वह बीज पल्लवों से लहराने लगा, उसकी जड़ें उसके अन्तस्तल के एक-एक अणु में प्रविष्ट हो गयीं, उसका रक्त, उसका सारा उत्सर्ग वृक्ष को सींचने और पालने में प्रवृत्त हो गया, तो वह आज उसे उखाड़ कर फेंक देना चाहते हैं। क्या हृदय के टुकड़े-टुकड़े हुए बिना वृक्ष उखड़ जायगा?

सहसा उसे एक बात याद आ गयी। हिंसात्मक संतोष से उसका उतेजित मुख-मंडल और भी कठोर हो गया। केशव ने अपने पहले विवाह की बात इस युवती से गुप्त रखी होगी! सुभद्रा इसका भंडाफोड़ करके केशव के सारे मंसूबों को धूल में मिला देगी। उसे अपने ऊपर क्रोध आया कि युवती का पता क्यों न पूछ लिया। उसे एक पत्र लिखकर केशव की नीचता, स्वार्थपरता और कायरता की कलई खोल देती—उसके पांडित्य, प्रतिभा और प्रतिष्ठा को धूल में मिला देती। खैर, संध्या-समय तो वह कपड़े लेकर आयेगी ही। उस समय उससे सारा कच्चा चिट्ठा बयान कर दूँगी।

5

सुभद्रा दिन-भर युवती का इन्तजार करती रही। कभी बरामदे में आकर इधर-उधर निगाह दौड़ाती, कभी सड़क पर देखती, पर उसका कहीं पता न था। मन में झुंझलांती थी कि उसने क्यों उसी वक्त सारा वृत्तांत न कह सुनाया।

केशव का पता उसे मालूम था। उस मकान और गली का नम्बर तक याद था, जहाँ से वह उसे पत्र लिखा करता था। ज्यों-ज्यो दिन ढलने लगा और युवती के आने में विलम्ब होने लगा, उसके मन में एक तरंग-सी उठने लगी कि जाकर केशव को फटकारे, उसका सारा नशा उतार दे, कहे—तुम इतने भयंकर हिंसक हो, इतने महान् धूर्त हो, यह मुझे मालूम न था। तुम यही विद्या सीखने यहाँ आये थे। तुम्हारे पांडित्य का यही फल है! तुम एक अबला को जिसने तुम्हारे ऊपर अपना सर्वस्व अर्पण कर दिया, यों छल सकते हो। तुममें क्या मनुष्यता नाम को भी नहीं रह गयी? आख़िर तुमने मेरे लिए क्या सोचा है। मैं सारी जिंदगी तुम्हारे नाम को रोती रहूँ! लेकिन अभिमान हर बार उसके पैरों को रोक लेता। नहीं, जिसने उसके साथ ऐसा कपट किया है, उसका इतना अपमान किया है, उसके पास वह न जायगी। वह उसे देखकर अपने आँसुओं को रोक सकेगी या नहीं, इसमें उसे संदेह था, और केशव के सामने वह रोना नहीं चाहती थी। अगर केशव उससे घृणा करता है, तो वह भी केशव से घृणा करेगी। संध्या भी हो गयी, पर युवती न आयी। बत्तियाँ भी जलीं, पर उसका पता नहीं।

एकाएक उसे अपने कमरे के द्वार पर किसी के आने की आहट मालूम हुई। वह कूदकर बाहर निकल आई। युवती कपड़ों का एक पुलिंदा लिए सामने खड़ी थी। सुभद्रा को देखते ही बोली—क्षमा करना, मुझे आने में

देर ही गयी। बात यह है कि केशव को किसी बड़े जरूरी काम से जर्मनी जाना है। वहाँ उन्हें एक महीने से ज्यादा लग जायगा। वह चाहते हैं कि मैं भी उनके साथ चलूँ। मुझसे उन्हें अपनी थीसिस लिखने में बड़ी सहायता मिलेगी। बर्लिन के पुस्तकालयों को छानना पड़ेगा। मैंने भी स्वीकार कर लिया है। केशव की इच्छा है कि जर्मनी जाने के पहले हमारा विवाह हो जाय। कल संध्या समय संस्कार हो जायगा। अब ये कपड़े मुझे आप जर्मनी से लौटने पर दीजिएगा। विवाह के अवसर पर हम मामूली कपड़े पहन लेंगे। और क्या करती? इसके सिवा कोई उपाय न था, केशव का जर्मनी जाना अनिवार्य है।

सुभद्रा ने कपड़ों को मेज पर रख कर कहा—आपको धोखा दिया गया है।

युवती ने घबरा कर पूछा—धोखा? कैसा धोखा? मैं बिलकुल नहीं समझती। तुम्हारा मतलब क्या है?

सुभद्रा ने संकोच के आवरण को हटाने की चेष्टा करते हुए कहा—केशव तुम्हें धोखा देकर तुमसे विवाह करना चाहता है।

'केशव ऐसा आदमी नहीं है, जो किसी को धोखा दे। क्या तुम केशव को जानती हो?'

'केशव ने तुमसे अपने विषय में सब-कुछ कह दिया हैं?

'सब-कुछ।'

'कोई भी बात नहीं छिपाई?'

'मेरा तो यही विचार है कि उन्होंने एक बात भी नहीं छिपाई?'

'तुम्हें मालूम है कि उसका विवाह हो चुका है?'

युवती की मुख-ज्योति कुछ मलिन पड़ गयी, उसकी गर्दन लज्जा से झुक गयी। अटक-अटक कर बोली—हाँ, उन्होंने मुझसे... यह बात कही थी।

सुभद्रा परास्त हो गयी। घृणा-सूचक नेत्रों से देखती हुई बोली—यह जानते हुए भी तुम केशव से विवाह करने पर तैयार हो।

युवती ने अभिमान से देखकर कहा—तुमने केशव को देखा है?

'नहीं, मैंने उन्हें कभी नहीं देखा है।'

'फिर, तुम उन्हें कैसे जानती हो?'

'मेरे एक मित्र ने मुझसे यह बात कही है, वह केशव को जानता है।'

'अगर तुम एक बार केशव को देख लेतीं, एक बार उससे बातें कर लेतीं, तो मुझसे यह प्रश्न न करतीं। एक नहीं, अगर उन्होंने एक सौ विवाह

किये होते, तो मैं इनकार न करती। उन्हें देखकर मैं अपने को बिलकुल भूल जाती हूँ। अगर उनसे विवाह न करूँ, तो फिर मुझे जीवन भर अविवाहित ही रहना पड़ेगा। जिस समय वह मुझसे बातें करने लगते हैं, मुझे ऐसा अनुभव होता है कि मेरी आत्मा पुष्प की भाँति खिली जा रही है। मैं उसमें प्रकाश और विकास का प्रत्यक्ष अनुभव करती हूँ। दुनिया चाहे जितना हँसे, चाहे जितनी निन्दा करे, मैं केशव को अब नहीं छोड़ सकती। उनका विवाह हो चुका है, वह सत्य है; पर उस स्त्री से उनका मन कभी न मिला। यथार्थ में उनका विवाह अभी नहीं हुआ है। वह कोई साधारण, अर्द्धशिक्षिता बालिका है। तुम्हीं सोचो, केशव जैसा विद्वान् उदारचेता, मनस्वी पुरुष ऐसी बालिका के साथ कैसे प्रसन्न रह सकता है? तुम्हें कल मेरे विवाह में चलना पड़ेगा।'

सुभद्रा का चेहरा तमतमाया जा रहा था। केशव ने उसे इतने काले रंगों में रंगा है, यह सोच कर उसका रक्त खौल रहा था। जी में आता था, इसी क्षण इसको दुत्कार दूँ, लेकिन उसके मन में कुछ और ही मंसूबे पैदा होने लगे थे। उसने गंभीर, पर उदासीनता के भाव से पूछा—केशव ने कुछ उस स्त्री के विषय में नहीं कहा?

युवती ने तत्परता से कहा—घर पहुँचने पर वह उससे केवल यही कह देंगे कि हम और तुम अब स्त्री और पुरुष नहीं रह सकते। उसके भरण-पोषण का वह उसके इच्छानुसार प्रबंध कर देंगे, इसके सिवा वह और क्या कर सकते हैं। हिन्द-नीति में पति-पत्नी में विच्छेद नहीं हो सकता; पर केवल स्त्री को पूर्ण रीति से स्वाधीन कर देने के विचार से वह ईसाई या मुसलमान होने पर भी तैयार हैं। वह तो अभी उसे इसी आशय का एक पत्र लिखने जा रहे थे, पर मैंने ही रोक लिया। मुझे उस अभागिनी पर बड़ी दया आती है, मैं तो यहाँ तक तैयार हूँ कि अगर उसकी इच्छा हो तो वह भी हमारे साथ रहे। मैं उसे अपनी बहन समझूँगी। किंतु केशव इससे सहमत नहीं होते।

सुभद्रा ने व्यंग्य से कहा—रोटी-कपड़ा देने को तैयार ही हैं, स्त्री को इसके सिवा और क्या चाहिए?

युवती ने व्यंग्य की कुछ परवाह न करके कहा—तो मुझे लौटने पर कपड़े तैयार मिलेंगे न?

सुभद्रा—हाँ, मिल जायँगे।

युवती—कल तुम संध्या समय आओगी?

सुभद्रा—नहीं, खेद है, अवकाश नहीं है।

युवती ने कुछ न कहा। चली गयी।

6

सुभद्रा कितना ही चाहती थी कि समस्या पर शांतचित्त होकर विचार करे, पर हृदय में मानो ज्वाला-सी दहक रही थी! केशव के लिए वह अपने प्राणों का कोई मूल्य नहीं समझी थी। वही केशव उसे पैरों से ठुकरा रहा है। यह आघात इतना आकस्मिक, इतना कठोर था कि उसकी चेतना की सारी कोमलता मूर्च्छित हो गयी! उसका एक-एक अणु प्रतिकार के लिए तड़पने लगा। अगर यही समस्या इसके विपरीत होती, तो क्या सुभद्रा की गरदन पर छुरी न फिर गयी होती? केशव उसके खून का प्यासा न हो जाता? क्या पुरुष हो जाने से ही सभी बातें क्षम्य और स्त्री हो जाने से सभी बातें अक्षम्य हो जाती हैं? नहीं, इस निर्णय को सुभद्रा की विद्रोही आत्मा इस समय स्वीकार नहीं कर सकती। उसे नारियों के ऊँचे आदर्शों की परवाह नहीं है। उन स्त्रियों में आत्माभिमान न होगा? वे पुरुषों के पैरों की जूतियाँ बनकर रहने ही में अपना सौभाग्य समझती होंगी। सुभद्रा इतनी आत्माभिमान-शून्य नहीं है। वह अपने जीते-जी यह नहीं देख सकती थी कि उसका पति उसके जीवन का सर्वनाश करके चैन की वंशी बजाये। दुनिया उसे हत्यारिनी, पिशाचिनी कहेगी, कहे—उसको परवाह नहीं। रह-रहकर उसके मन में भयंकर प्रेरणा होती थी कि इसी समय उसके पास चली जाय, और इसके पहिले कि वह उस युवती के प्रेम का आनन्द उठाये, उसके जीवन का अन्त कर दे। वह केशव की निष्ठुरता को याद करके अपने मन को उत्तेजित करती थी। अपने को धिक्कार-धिक्कार कर नारी सुलभ शंकाओं को दूर करती थी। क्या वह इतनी दुर्बल है? क्या उसमें इतना साहस भी नहीं है? इस वक्त यदि कोई दुष्ट उसके कमरे में घुस आए और उसके सतीत्व का अपहरण करना चाहे, तो क्या वह उसका प्रतिकार न करेगी? आख़िर आत्म-रक्षा ही के लिए तो उसने यह पिस्तौल ले रखी है। केशव ने उसके सत्य का अपहरण ही तो किया है। उसका प्रेम-दर्शन केवल प्रवंचना थी। वह केवल अपनी वासनाओं की तृप्ति के लिए सुभद्रा के साथ प्रेम-स्वांग भरता था। फिर उसका वध करना क्या सुभद्रा का कर्त्तव्य नहीं?

इस अन्तिम कल्पना से सुभद्रा को वह उत्तेजना मिल गयी, जो उसके भयंकर संकल्प को पूरा करने के लिए आवश्यक थी। यही वह अवस्था है, जब स्त्री पुरुष के खून की प्यासी हो जाती है।

उसने खूँटी पर लटकती हुई पिस्तौल उतार ली और ध्यान से देखने

लगी, मानो उसे कभी देखा न हो। कल संध्या-समय जब कार्य-मंदिर में केशव और उसकी प्रेमिका एक दूसरे के सम्मुख बैठे हुए होंगे, उसी समय वह इस गोली से केशव की प्रेम-लीलाओं का अन्त कर देगी। दूसरी गोली अपनी छाती में मार लेगी। क्या वह रो-रो कर अपना अधम जीवन काटेगी?

7

संध्या का समय था। आर्य-मंदिर के आँगन में वर और वधू इष्ट-मित्रों के साथ बैठे हुए थे। विवाह का संस्कार हो रहा था। उसी समय सुभद्रा पहुँची और बरामदे में आकर एक खम्भे की आड़ में इस भाति खड़ी हो गई कि केशव का मुँह उसके सामने था। उसकी आँखों में वह दृश्य खिंच गया,जब आज से तीन साल पहले उसने इसी भाँति केशव को मंडप में बैठे हुए आड़ से देखा था। तब उसका हृदय कितना उछवसित हो रहा था। अंतस्तल में गुदगुदी-सी हो रही थी, कितना अपार अनुराग था, कितनी असीम अभिलाषाएँ थीं, मानो जीवन-प्रभात का उदय हो रहा हो। जीवन मधुर संगीत की भाँति सुखद था, भविष्य उषा-स्वप्न की भाँति सुन्दर। क्या यह वही केशव है? सुभद्रा को ऐसा भ्रम हुआ, मानो यह केशव नहीं है। हाँ, यह वह केशव नहीं था। यह उसी रूप और उसी नाम का कोई दूसरा मनुष्य था। अब उसकी मुस्कराहट में, उनके नेत्रों में, उसके शब्दों में, उसके हृदय को आकर्षित करने वाली कोई वस्तु न थी। उसे देखकर वह उसी भाँति निःस्पंद, निश्चल खड़ी है, मानो कोई अपरिचित व्यक्ति हो। अब तक केशव का-सा रूपवान, तेजस्वी, सौम्य, शीलवान् पुरुष, संसार में न था; पर अब सुभद्रा को ऐसा जान पड़ा कि वहाँ बैठे हुए युवकों में और उसमें कोई अन्तर नहीं है। वह ईर्ष्याग्नि, जिसमें वह जली जा रही थी, वह हिंसा-कल्पना, जो उसे वहाँ तक लायी थी, मानो एकदम शांत हो गयी। विरिक्त हिंसा से भी अधिक हिंसात्मक होती है—सुभद्रा की हिंसा-कल्पना में एक प्रकार का ममत्व था—उसका केशव, उसका प्राणवल्लभ, उसका जीवन-सर्वस्व और किसी का नहीं हो सकता। पर अब वह ममत्व नहीं है। वह उसका नहीं है, उसे अब परवा नहीं, उस पर किसका अधिकार होता है।

विवाह-संस्कार समाप्त हो गया, मित्रों ने बधाइयाँ दीं, सहेलियों ने मंगलगान किया, फिर लोग मेज़ों पर जा बैठे, दावत होने लगी; रात के बारह बज गये; पर सुभद्रा वहीं पाषाण-मूर्ति की भाँति खड़ी रही, मानो कोई विचित्र स्वप्न देख रही हो। हाँ, जैसे कोई बस्ती उजड़ गई हो, जैसे कोई

संगीत बन्द हो गया हो, जैसे कोई दीपक बुझ गया है।

जब लोग मंदिर से निकले, तो वह भी निकल आयी; पर उसे कोई मार्ग न सूझता था। परिचित सड़कें उसे भूली हुई-सी जान पड़ने लगीं। सारा संसार ही बदल गया था। वह सारी रात सड़कों पर भटकती फिरी। घर का कहीं पता नहीं। सारी दुकानें बन्द हो गयीं, सड़कों पर सन्नाटा छा गया, फिर भी वह अपना घर ढुँढ़ती हुई चली जा रही थी। हाय! क्या इसी भाँति उसे जीवन-पथ में भी भटकना पड़ेगा?

सहसा एक पुलिसमैन ने पुकारा—मैडम, तुम कहाँ जा रही हो?

सुभद्रा ने ठिठक कर कहा—कहीं नहीं।

'तुम्हारा स्थान कहाँ है?'

'मेरा स्थान?'

'हाँ, तुम्हारा स्थान कहाँ है? मैं तुम्हें बड़ी देर से इधर-उधर भटकते देख रहा हूँ। किस स्ट्रीट में रहती हो?'

सुभद्रा को उस स्ट्रीट का नाम तक न याद था।

'तुम्हें अपने स्ट्रीट का नाम तक याद नहीं?'

'भूल गयी, याद नहीं आता।'

सहसा उसकी दृष्टि समने के एक साइन बोर्ड की तरफ उठी, ओह! यही तो उसकी स्ट्रीट है। उसने सिर उठाकर इधर-उधर देखा। सामने ही उसका डेरा था। और इसी गली में, अपने ही घर के सामने, न-जाने कितनी देर से वह चक्कर लगा रही थी।

8

अभी प्रातःकाल ही था कि युवती सुभद्रा के कमरे में पहुँची। वह उसके कपड़े सी रही थी। उसका सारा तन-मन कपड़ों में लगा हुआ था। कोई युवती इतनी एकाग्रचित होकर अपना श्रृंगार भी न करती होगी। न-जाने उससे कौन-सा पुरस्कार लेना चाहती थी। उसे युवती के आने की खबर न हुई।

युवती ने पूछा—तुम कल मंदिर में नहीं आयीं?

सुभद्रा ने सिर उठाकर देखा, तो ऐसा जान पड़ा, मानो किसी कवि की कोमल कल्पना मूर्तिमयी हो गयी है। उसको उप छवि अनिंद्य थी। प्रेम की विभूति रोम-रोम से प्रदर्शित्त हो रही थी। सुभद्रा दौड़कर उसके गले से लिपट गई, जैसे उसकी छोटी बहन आ गयी हो, और बोली—हाँ, गयी तो थी।

'मैंने तुम्हें नहीं देखा।'

'हाँ, मैं अलग थी।'

'केशव को देखा?'

'हाँ देखा।'

'धीरे से क्यों बोली? मैंने कुछ झूठ कहा था?

सुभद्रा ने सहृदयता से मुस्कराकर कहा—मैंने तुम्हारी आँखों से नहीं, अपनी आँखों से देखा। मुझे तो वह तुम्हारे योग्य नहीं जँचे। तुम्हें ठग लिया।

युवती खिलखिलाकर हँसी और बोली—वह! मैं समझती हूँ, मैंने उन्हें ठगा है।

एक बार वस्त्राभूषणों से सजकर अपनी छवि आईने में देखी तो मालूम हो।

'तब क्या मैं कुछ और हो जाऊँगी।'

'अपने कमरे से फर्श, तसवीरें, हाँड़ियाँ, गमले आदि निकाल कर देख लो, कमरे की शोभा वही रहती है!'

युवती ने सिर हिला कर कहा—ठीक कहती हो। लेकिन आभूषण कहाँ से लाऊँ। न-जाने अभी कितने दिनों में बनने की नौबत आये।

'मैं तुम्हें अपने गहने पहना दूँगी।'

'तुम्हारे पास गहने हैं?'

'बहुत। देखो, मैं अभी लाकर तुम्हें पहनाती हूँ।'

युवती ने मुँह से तो बहुत 'नहीं-नहीं' किया, पर मन में प्रसन्न हो रही थी। सुभद्रा ने अपने सारे गहने पहना दिये। अपने पास एक छल्ला भी न रखा। युवती को यह नया अनुभव था। उसे इस रूप में निकलते शर्म तो आती थी; पर उसका रूप चमक उठा था। इसमें संदेह न था। उसने आईने में अपनी सूरत देखी तो उसकी सूरत जगमगा उठी, मानो किसी वियोगिनी को अपने प्रियतम का संवाद मिला हो। मन में गुदगुदी होने लगी। वह इतनी रूपवती है, उसे उसकी कल्पना भी न थी।

कहीं केशव इस रूप में उसे देख लेते; वह आकांक्षा उसके मन में उदय हुई, पर कहे कैसे। कुछ देर के बाद लज्जा से सिर झुका कर बोली—केशव, मुझे इस रूप में देख कर बहुत हँसेंगे।

सुभद्रा—हँसेंगे नहीं, बलैया लेंगे, आँखें खुल जायँगी। तुम आज इसी रूप में उसके पास जाना।

युवती ने चकित होकर कहा—सच! आप इसकी अनुमति देती हैं!

सुभद्रा ने कहा—बड़े हर्ष से।

'तुम्हें संदेह न होगा?'

'बिल्कुल नहीं।'

'और जो मैं दो-चार दिन पहने रहूँ?'

'तुम दो-चार महीने पहने रहो। आख़िर, यहाँ पड़े ही तो हैं!'

'तुम भी मेरे साथ चलो।'

'नहीं, मुझे अवकाश नहीं है।'

'अच्छा, लो मेरे घर का पता नोट कर लो।'

'हाँ, लिख दो, शायद कभी आऊँ।'

एक क्षण में युवती यहाँ से चली गयी। सुभद्रा अपनी खिड़की पर उसे इस भाँति प्रसन्न-मुख खड़ी देख रही थी, मानो उसकी छोटी बहन हो, ईर्ष्या या द्वेष का लेश भी उसके मन में न था।

मुश्किल से, एक घंटा गुजरा होगा कि युवती लौट कर बोली—सुभद्रा क्षमा करना, मैं तुम्हारा समय बहुत खराब कर रही हूँ। केशव बाहर खड़े हैं। बुला लूँ?

एक क्षण, केवल एक क्षण के लिए, सुभद्रा कुछ घबड़ा गयी। उसने जल्दी से उठ कर मेज पर पड़ी हुई चीजें इधर-उधर हटा दी, कपड़े करीने से रख दिये, अपने उलझे हुए बाल सँभाल लिये, फिर उदासीन भाव से मुस्करा कर बोली—उन्हें तुमने क्यों कष्ट दिया। जाओ बुला लो।

एक मिनट में केशव ने कमरे में कदम रखा और चौंक कर पीछे हट गये, मानो पाँव जल गया हो। मुँह से एक चीख निकल गयी। सुभद्रा गम्भीर, शांत, निश्चल अपनी जगह पर खड़ी रही। फिर हाथ बढ़ा कर बोली मानो किसी अपरिचित व्यक्ति से बोल रही हो—आइये मिस्टर केशव, मैं आपको ऐसी सुशील, ऐसी सुन्दरी, ऐसी विदुषी रमणी पाने पर बधाई देती हूँ।

केशव के मुँह पर हवाइयाँ उड़ रही थीं। वह पथ-भ्रष्ट-सा बना खड़ा था। लज्जा और ग्लानि से उसके चेहरे पर एक रंग आता था, एक रंग जाता था। यह बात एक दिन होनेवाली थी अवश्य, पर इस तरह अचानक उसकी सुभद्रा से भेंट होगी, इसका उसे स्वप्न में भी गुमान न था। सुभद्रा से यह बात कैसे कहेगा, इसको उसने खूब सोच लिया था। उसके आक्षेपों का उत्तर सोच लिया था, पत्र के शब्द तक मन में अंकित कर लिये थे। ये सारी तैयारियाँ धरी रह गयीं और सुभद्रा से साक्षात् हो गया। सुभद्रा उसे देख कर जरा भी नहीं चौंकी, उसके मुख पर आश्चर्य, घबराहट या दुःख का एक चिह्न भी न दिखायी दिया। उसने उसी भाँति उससे बात की; मानो

वह कोई अजनबी हो। यहाँ कब आयी, कैसे आयी, क्यों आयी, कैसे गुजर करती है; यह और इस तरह के असंख्य प्रश्न पूछने के लिए केशव का चित्त चंचल हो उठा। उसने सोचा था सुभद्रा उसे धिक्कारेगी; विष खाने की धमकी देगी—निष्ठुर; निर्दय और न-जाने क्या-क्या कहेगी। इन सब आपदाओं के लिए वह तैयार था; पर इस आकस्मिक मिलन, इस गर्वयुक्त उपेक्षा के लिए वह तैयार न था। वह प्रेम-व्रतधारिणी सुभद्रा इतनी कठोर, इतनी हृदय-शून्य हो गयी है! अवश्य ही इसे सारी बातें पहले ही मालूम हो चुकी हैं। सब से तीव्र आघात यह था कि इसने अपने सारे आभूषण इतनी उदारता से दे डाले, और कौन जाने वापस भी न लेना चाहती हो। वह परास्त और अप्रतिभ होकर एक कुर्सी पर बैठ गया। उत्तर में एक शब्द भी उसके मुख से न निकला।

युवती ने कृतज्ञता का भाव प्रकट करके कहा—इनके पति इस समय जर्मनी में हैं।

केशव ने आँखें फाड़ कर देखा, पर कुछ बोल न सका।

युवती ने फिर कहा—बेचारी संगीत के पाठ पढ़ा कर और कुछ कपड़े सी कर अपना निर्वाह करती है। वह महाशय यहाँ आ जाते, तो उन्हें उनके सौभाग्य पर बधाई देती।

केशव इस पर भी कुछ न बोल सका, पर सुभद्रा ने मुस्करा कर कहा—वह मुझसे रूठे हुए हैं, बधाई पाकर और भी झल्लाते। युवती ने आश्चर्य से कहा—तुम उन्हीं के प्रेम से यहाँ आयीं, अपना घर बार छोड़ा, यहाँ मेहनत-मजदूरी करके निर्वाह कर रही हो, फिर भी वह तुमसे रूठे हुए हैं? आश्चर्य!

सुभद्रा ने उसी भाँति प्रसन्न-मुख से कहा—पुरुष-प्रकृति ही आश्चर्य का विषय है, चाहे मि॰ केशव इसे स्वीकार न करें।

युवती ने फिर केशव की ओर प्रेरणा-पूर्ण दृष्टि से देखा, लेकिन केशव उसी भाँति अप्रतिभ बैठा रहा। उसके हृदय पर यह नया आघान था। युवती ने उसे चुप देख कर उसकी तरफ से सफाई दी—केशव, स्त्री और पुरुष, दोनों ही को समान अधिकार देना चाहते हैं।

केशव डूब रहा था, तिनके का सहारा पाकर उसकी हिम्मत बँध गयी। बोला—विवाह एक प्रकार का समझौता है। दोनों पक्षों को अधिकार है, जब चाहे उसे तोड़ दें।

युवती ने हामी भरी—सभ्य-समाज में यह आन्दोलन बड़े जोरों पर है।

सुभद्रा ने शंका की—किसी समझौते को तोड़ने के लिए कारण भी तो होना चाहिए?

केशव ने भावों की लाठी का सहारा लेकर कहा—जब इसका अनुभव हो जाय कि हम इस बन्धन से मुक्त होकर अधिक सुखी हो सकते हैं, तो यही कारण काफी है। स्त्री को यदि मालूम हो जाय कि वह दूसरे पुरुष के साथ···

सुभद्रा ने बात काट कर कहा—क्षमा कीजिए मि॰ केशव, मुझमें इतनी बुद्धि नहीं कि इस विषय पर आपसे बहस कर सकूँ। आदर्श समझौता वही है, जो जीवन-पर्यन्त रहे। मैं भारत की नहीं कहती। वहां तो स्त्री पुरुष की लौंडी है, मैं इंग्लैंड की कहती हूँ। यहाँ भी कितनी ही औरतों से मेरी बातचीत हुई है। वे तलाकों की बढ़ती हुई संख्या को देख कर खुश नहीं होती। विवाह का सब से ऊँचा आदर्श उसकी पवित्रता और स्थिरता है। पुरुषों ने सदैव इस आदर्श को तोड़ा है, स्त्रियों ने निबाहा है। अब पुरुषों का अन्याय स्त्रियों को किस ओर ले जायगा, नहीं कह सकती।

इस गम्भीर और संयत कथन ने विवाद का अन्त कर दिया। सुभद्रा ने चाय मँगवायी। तीनों आदमियों ने पी। केवल पूछना चाहता था, अभी आप यहाँ कितने दिनों रहेंगी। लेकिन न पूछ सका। वह यहाँ पंद्रह मिनट और रहा, लेकिन विचारों में डूबा हुआ। चलते समय उससे न रहा गया। पूछ ही बैठा—अभी आप यहाँ कितने दिन और रहेंगी?

'सुभद्रा ने जमीन की ओर ताकते हुए कहा—कह नहीं सकती।

'कोई जरूरत हो, तो मुझे याद कीजिए।'

'इस आश्वासन के लिए आपको धन्यवाद।'

केशव सारे दिन बेचैन रहा। सुभद्रा उसकी आँखों में फिरती रही। सुभद्रा की बातें उसके कानों में गूँजती रहीं। अब उसे इसमें कोई सन्देह न था कि उसी के प्रेम में सुभद्रा यहाँ आयी थी। सारी परिस्थिति उसकी समझ में आ गयी थी। उस भीषण त्याग का अनुमान करके उसके रोयें खड़े हो गये। यहाँ सुभद्रा ने क्या-क्या कष्ट झेले होंगे, कैसी कैसी यातमाएँ सही होंगी, सब उसी के कारण? वह उस पर भार न बनना चाहती थी। इसलिए तो उसने अपने आने की सूचना तक उसे न दी। अगर उसे पहले मालूम होती कि सुभद्रा यहाँ आ गयी है, तो कदाचित् उसे उस युवती की ओर इतना आकर्षण ही न होता। चौकीदार के सामने चोर को घर में घुसने का साहस नहीं होता। सुभद्रा को देखकर उसकी कर्तव्य-चेतना जाग्रत हो गयी। उसके पैरों पर गिर कर उससे क्षमा माँगने के लिए

उसका मन अधीर हो उठा। वह उसके मुँह से सारा वृत्तांत सुनेगा। यह मौन उपेक्षा उसके लिए असह्य थी। दिन तो केशव ने किसी तरह काटा, लेकिन ज्यों ही रात के दस बजे, वह सुभद्रा से मिलने चला। युवती ने पूछा—कहाँ जाते हो?

केशव ने बूट का लेस बाँधते हुए कहा—जरा एक प्रोफेसर से मिलना है, इस वक्त आने का वादा कर चुका हूँ?

'जल्द आना।'

'बहुत जल्द आऊँगा।'

केशव घर से निकला, तो उसके मन में कितनी ही विचार-तरंगें उठने लगीं। कहीं सुभद्रा मिलने से इनकार कर दे, तो? नहीं ऐसा नहीं हो सकता। वह इतनी अनुदार नहीं हैं। हाँ, यह हो सकता है कि वह अपने विषय में कुछ न कहे। उसे शांत करने के लिए उसने एक कृपा की कल्पना कर डाली। ऐसा बीमार था कि बचने की आशा न थी। उर्मिला ने ऐसा तन्मय होकर उसकी सेवा-सुश्रुषा की कि उसे उससे प्रेम हो गया। कथा का सुभद्रा पर जो असर पड़ेगा, इसके विषय में केशव को कोई संदेह न था। परिस्थिति का बोध होने पर वह उसे क्षमा कर देगी। लेकिन इसका फल क्या होगा? क्या वह दोनों के साथ एक-सा प्रेम कर सकता है? सुभद्रा को देख लेने के बाद उर्मिला को शायद उसके साथ-साथ रहने में आपत्ति हो। आपत्ति हो ही कैसे मकती है! उससे यह बात छिपी नहीं है। हाँ, यह देखना है कि सुभद्रा भी इसे स्वीकार करती है कि नहीं। उसने जिस उपेक्षा का परिचय दिया है, उसे देखते हुए तो उसके मानने में संदेह ही जान पड़ता है। मगर वह उसे मनायेगा, उसकी विनती करेगा, उसके पैरों पड़ेगा और अंत में उसे मनाकर ही छोड़ेगा। सुभद्रा से प्रेम और अनुराग का नया प्रमाण पा कर वह मानो एक कठोर निद्रा से जाग उठा था। उसे अब अनुभव हो रहा था कि सुभद्रा के लिए उसके हृदय में जो स्थान था, वह खाली पड़ा हुआ है। उर्मिला उस स्थान पर अपना आधिपत्य नहीं जमा सकती। अब उसे ज्ञात हुआ कि उर्मिला के प्रति उसका प्रेम केवल वह तृष्णा थी, जो स्वादयुक्त पदार्थों को देख कर ही उत्पन्न होती है। वह सच्ची क्षुधा न थी अब फिर उसे सरल सामान्य भोजन की इच्छा हो रही थी। विलासिनी उर्मिला कभी इतना त्याग कर सकती है, इसमें उसे संदेह था।

सुभद्रा के घर के निकट पहुँच कर केशव का मन कुछ कातर होने लगा। लेकिन उसने जी कड़ा करके जीने पर कदम रक्खा और क्षण में सुभद्रा के द्वार पर पहुँचा, लेकिन कमरे का द्वार बंद था। अंदर भी प्रकाश

न था। अवश्य ही वह कहीं गयी है, आती ही होगी। तब तक उसने बरामदे में टहलने का निश्चय किया।

सहसा मालकिन आती हुई दिखायी दी। केशव ने बढ़ कर पूछा—आप बता सकती हैं कि यह महिला कहाँ गयी हैं?

मालकिन ने उसे सिर से पाँव तक देख कर कहा—वह तो आज यहाँ से चली गयीं।

केशव ने हकबका कर पूछा—चली गयीं! कहाँ चली गयीं?

'यह तो मुझसे कुछ नहीं बताया।'

'कब गयीं?'

'वह तो दोपहर को ही चली गयी!'

'अपना असबाब ले कर गयीं?'

'असबाब किसके लिए छोड़ जाती? हाँ, एक छोटा-सा पैकेट अपनी एक सहेली के लिए छोड़ गयी हैं। उस पर मिसेज केशव लिखा हुआ है। मुझसे कहा था कि यदि वह आ भी जायँ, तो उन्हें दे देना, नहीं तो डाक से भेज देना।'

केशव को अपना हृदय इस तरह बैठता हुआ मालूम हुआ जैसे सूर्य का अस्त होना है। एक गहरी साँस ले कर बोला—

'आप मुझे वह पैकेट दिखा सकती हैं? केशव मेरा ही नाम है।'

मालकिन ने मुस्करा कर कहा—मिसेज केशव को कोई आपत्ति तो न होगी?

तो फिर मैं उन्हें बुला लाऊँ?'

'हाँ, उचित तो यही है।'

'बहुत दूर जाना पड़ेगा!'

केशव कुछ ठिठकता हुमा जीने की ओर चला, तो मालकिन ने फिर कहा—मैं समझती हूँ, आप इसे लिये ही जाइए, व्यर्थ आपको क्यों दौड़ाऊँ। मगर कल मेरे पास एक रसीद भेज दीजिएगा। शायद उसकी जरूरत पड़े!

यह कहते हुए उसने एक छोटा सा पैकेट लाकर केशव को दे दिया। केशव पैकेट लेकर इस तरह भागा, मानो कोई चोर भागा जा रहा हो। इस पैकेट में क्या है, यह जानने के लिए उसका हृदय व्याकुल हो रहा था। इसे इतना विलम्ब अंसह्य था कि अपने स्थान पर जाकर उसे खोले। समीप ही एक पार्क था। वहाँ जाकर उसने बिजली के प्रकाश में उस पैकेट को खोल डाला। उस समय उसके हाथ काँप रहे थे और हृदय इतने वेग से धड़क

रहा था, मानो किसी बंधु की बीमारी के समाचार के बाद तार मिला हो।

पैकेट का खुलना था कि केशव की आँखों से आँसुओं की झड़ी लग गयी। उसमें एक पीले रंग की साड़ी थी, एक छोटी-सी सेंदुर की डिबिया और एक केशव का फोटो-चित्र के साथ ही एक लिफाफा भी था। केशव ने उसे खोल कर पढ़ा। उसमें लिखा था—

'बहन' मैं जाती हूँ। यह मेरे सोहाग का शव है। इसे टेम्स नदी में विसर्जित कर देना। तुम्हीं लोगों के हाथों यह संस्कार भी हो जाय, तो अच्छा।

तुम्हारी,
सुभद्रा,

केशव मर्माहत-सा पत्र हाथ में लिये वहीं घास पर लेट गया और फूट-फूट कर रोने लगा।

आत्म-संगीत

आधी रात थी। नदी का किनारा था। आकाश के तारे स्थिर थे और नदी में उनका प्रतिबिम्ब लहरों के साथ चंचल। एक स्वर्गीय संगीत की मनोहर और जीवनदायिनी, प्राण-पोषिणी ध्वनियाँ इस निस्तब्ध और तमो-मय दृश्य पर इस प्रकाश छा रही थीं, जैसे हृदय पर आशाएँ छायी रहती हैं, या मुखमंडल पर शोक।

रानी मनोरमा ने आज गुरु-दीक्षा ली थी। दिन भर दान और व्रत में व्यस्त रहने के बाद मीठी नींद की गोद में सो रही थीं। अकस्मात् उसकी आँखें खुली और ये मनोहर ध्वनियाँ कानों में पहुँचीं। वह व्याकुल हो गयी—जैसे दीपक को देखकर पतंग; वह अधीर हो उठी, जैसे खाँड़ की गंध पाकर चींटी। वह उठी और द्वारपालों, एवं चौकीदारों की दष्टियाँ बचाती हुई राजमहल से बाहर निकल आयी—जैसे वेदनापूर्ण कन्दन सुनकर आँखों से आँसू निकल आते हैं।

सरिता-तट पर कँटीली झाड़ियां थीं। ऊचे कगारे थे। भयानक जंतु थे। और उनकी डरावनी आवाजें! शव थे और उनसे भी अधिक भयंकर उनकी कल्पना। मनोरमा कोमलता और पुकुमारता की मूर्ति थी। परंतु उस मधुर संगीत का आकर्षण उसे तन्मयता की अवस्था में खींचे लिये जाता था। उसे आपदाओं का ध्यान न था।

वह घंटों चलती रही, यहाँ तक कि मार्ग में नदी ने उसका गतिरोध किया।

2

मनोरमा ने विवश होकर इधर-उधर दृष्टि दौड़ायी। किनारे पर एक नौका दिखाई दी। निकट जाकर बोली—माँझी, मैं उस पार जाऊँगी, इस मनोहर राग ने मुझे व्याकुल कर दिया है।

माँझी—रात को नाव नहीं खोल सकता। हवा तेज है और लहरें डरावनी। जान-जोखिम है।

मनोरमा—मैं रानी मनोरमा हूँ। नाव खोल दे, मुँहमाँगी मजदूरी दूँगी।

माँझी—तब तो नाव किसी तरह नहीं खोल सकता। रानियों का इस में निवाह नहीं।

मनोरमा—चौधरी, तेरे पाँव पड़ती हूँ। शीघ्र नाव खोल दे। मेरे प्राण खिंचे चले जाते हैं।

माँझी—क्या इनाम मिलेगा?

मनोरमा—जो तू माँगे।

माँझी—आप ही कह दें, गँवार क्या जानूँ, कि रानियों से क्या चीज माँगनी चाहिए। कहीं कोई ऐसी चीज न माँग बैठूं, जो आपकी प्रतिष्ठा के विरुद्ध हो?

मनोरमा—मेरा यह हार अत्यन्त मूल्यवान् है। मैं इसे खेवे में देती हूँ। मनोरमा ने गले से हार निकाला, उसकी चमक से माँझी का मुख-मंडल प्रकाशित हो गया—वह कठोर, और काला मुख, जिस पर झुर्रियाँ पड़ी हुई थीं।

अचानक मनोरमा को ऐसा प्रतीत हुआ, मानो संगीत की ध्वनि और निकट हो गयी हो। कदाचित् कोई पूर्ण ज्ञानी पुरुष आत्मानंद के आवेश में उस सरिता-तट पर बैठा हुआ उस निस्तब्ध निशा को संगीत-पूर्ण कर रहा है। रानी का हृदय उछलने लगा। आह! कितना मनोमुग्धकर राग था! उसने अधीर होकर कहा —माँझी, अब देर न कर, नाव खोल, मैं एक क्षण भी धीरज नहीं रख सकती।

माँझी—इस हार को लेकर मैं क्या करूँगा?

मनोरमा—सच्चे मोती हैं।

माँझी—यह और भी विपत्ति है। माँझिन गले में पहन कर पड़ोसियों को दिखायेगी, वह सब डाह से जलेंगी, उसे गालियाँ देंगी। कोई चोर देखेगा, तो उसकी छाती पर साँप लोटने लगेगा। मेरी सुनसान झोपड़ी पर दिनदहाड़े डाका पड़ जायगा। लोग चोरी का अपराध लगायेंगे। नहीं, मुझे यह हार न चाहिए।

मनोरमा—तो जो कुछ तू माँग, वही दूँगी। लेकिन देर न कर। मुझे अब धैर्य नहीं है। प्रतीक्षा करने की तनिक भी शक्ति नहीं है। इन राग की एक-एक तान मेरी आत्मा को तड़पा देती है।

माँझो—इससे भी अच्छी कोई चीज दीजिए।

मनोरमा—अरे निर्दयी! तू मुझे बातों में लगाये रखना चाहता है। मैं जो देती हुँ, वह लेता नहीं, स्वयं कुछ माँगता नहीं। तुझे क्या मालूम मेरे ह्रदय की इस समय क्या दशा हो रही है। मैं इस आत्मिक पदार्थ पर अपना सर्वस्व न्यौछावर कर सकती हैं।

माँमी—और क्या दीजिएगा?

मनोरमा—मेरे पास इससे बहुमूल्य और कोई वस्तु नहीं है, लेकिन तू आभी नाव खोल दें, तो प्रतिज्ञा करती हूँ कि तुझे अपना महल दे दूँगी, जिसे देखने के लिए कदाचित तू भी कभी गया हो। विशुद्ध श्वेत पत्थर से बना है, भारत में इसकी तुलना नहीं।

माँझी—(हँस कर) उस महल में रह कर मुझे क्या आनन्द मिलेगा? उलटे मेरे भाई-बंधु शत्रु हो जायेंगे। इस नौका पर अधेरी रात में भी मुझे भय न लगता। आंधी चलती रहती है, और मैं इस पर पड़ा रहता हूँ। किंतु वह महल तो दिन ही में फाड़ खायगा। मेरे घर के आदमी तो उसके एक कोने में समा जायँगे। और आदमी कहाँ से लाऊँगा; मेरे नौकर-चाकर कहाँ? इतना माल-असबाब कहाँ? उसकी सफाई और मरम्मत कहाँ से कराऊँगा? उसकी फुलवारियां सुख जायेंगी, उसकी क्यारियों में गीदड़ बोलेंगे और अटारियों पर कबूतर और अबाबीलें घोंसले बनायेंगी।

मनोरमा अचानक एक तन्मय अवस्था में उछल पड़ी। उसे प्रतीत हुआ कि संगीत निकटतर आ गया है। उसकी सुन्दरता और आनन्द अधिक प्रखर हो गया था—जैसे बत्ती उकसा देने से दीपक अधिक प्रकाशमान हो जाता है। पहले चित्ताकर्षक था, तो अब आवेशजनक हो गया था। मनोरमा ने व्याकुल होकर कहा—आह! तू फिर अपने मुंह से क्यों कुछ नहीं माँगता? आह! कितना विरागजनक राग है, कितना विह्वल करने वाला! मैं अब तनिक धीरज नहीं धर सकती। पानी उतार में जाने के लिए जितना व्याकुल होता है, श्वास हवा के लिए जितनी विकल होती है, गंध उड़ जाने के लिए जितनी उतावली होती है, मैं उस स्वर्गीय संगीत के लिए उतनी व्याकुल हूँ। उस संगीत में कोयल की-सी मस्ती है, पपीहे की-सी वेदना है, श्यामा की-सी विह्वलता है, इससे झरनों का-सा जोर है, आँधी का-मा बल! इसमें यह सब कुष्ट है, इससे विवेकाग्नि प्रज्ज्वलित होती, जिससे आत्मा समाद्रिप्त होती है, और अंतःकरण पवित्र होता है। माँझी, अब एक क्षण का भी विलम्ब मेरे लिए मृत्यु की यंत्रणा है। शीघ्र नौका खोल। जिस सुभन की यह सुगंध है, जिस दीपक की यह दीप्ति है, उस तक मुझे पहुँचा

दे। मैं देख नहीं सकती इस संगीत का रचयिता कहीं निकट ही बैठा हुआ है, बहुत निकट।

माँझी—आपका महल मेरे काम का नहीं है, मेरी झोपड़ी उससे कहीं सुहावनी है।

मनोरमा—हाय! तो अब तुझे क्या दूँ? यह संगीत नहीं है, यह इस सुविशाल क्षेत्र की पवित्रता है, यह समस्त सुमन-समूह का सौरभ है, समस्त मधुरताओं की माधुरी है, समस्त अवस्थाओं का सार है। नौका खोल। मैं जब तक जीऊँगी, तेरी सेवा करूँगी, तेरे लिए पानी भरूँगी, तेरी झोपड़ी बहारूँगी। हाँ, मैं तेरे मार्ग के कंकड़ चुनूँगी, तेरे झोपड़े को फूलों से सजाऊंगी, तेरी माँझिन के पैर मलंगी। प्यारे माँझी, यदि मेरे पास सौ जानें होती, तो मैं इस संगीत के लिए अर्पण करती। ईश्वर के लिए मुझे निराश न कर। मेरे धैर्य का अन्तिम बिंदु शुष्क हो गया। अब इस चाह में दाह है, अब यह सिर तेरे चरणों में है।

यह कहते-कहते मनोरमा एक विक्षिप्त की अवस्था में माँझी के निकट जाकर उसके पैरों पर गिर पड़ी। उसे ऐसा प्रतीत हुआ, मानो वह संगीत आत्मा पर किसी प्रज्ज्वलित प्रदीप की तरह ज्योति बरसाता हुआ मेरी ओर आ रहा है। उसे रोमाँच हो आया। वह मस्त होकर झूमने लगी। ऐसा ज्ञात हुआ कि मैं हवा में उड़ी जाती हूँ। उसे अपने पाश्व-देश में तारे झिलमिलाते हुए दिखायी देते थे। उस पर एक आत्मविस्मत का भावावेश छा गया और अब वही मस्ताना संगीत, वही मनोहर राग उसके मुँह से निकलने लगा। वही अमृत की बूँदें, उसके अधरों से टपकने लगीं। वह स्वयं इस संगीत की स्रोत थी। नदी के पार से आने वाली ध्वनियां, प्राणपोषिणी ध्वनियाँ उसी के मुँह से निकल रही थी।

मनोरमा का सुख-मंडल चन्द्रमा की तरह प्रकाशमान हो गया था, और आँखों से प्रेम की किरणें निकल रही थीं।

ऐक्ट्रेस

रंगमंच का परदा गिर गया। तारा देवी ने शकुंतला का पार्ट खेलकर दर्शकों को मुग्ध कर दिया था। जिस वक्त वह शकुन्तला के रूप में राजा दुष्यन्त के सम्मुख खड़ी ग्लानि, वेदना, और तिरस्कार से उत्तेजित भावों को आग्नेय शब्दों में प्रकट कर रही थी, दर्शक-वृन्द शिष्टता के नियमों की उपेक्षा करके मंच की ओर उन्मत्तों की भाँति दौड़ पड़े थे और तारादेवी का यशोगान करने लगे थे। कितने ही तो स्टेज पर चढ़ गये और तारादेवी के चरणों पर गिर पड़े। सारा स्टेज फूलों से पट गया, आभूषणों की वर्षा होने लगी। यदि उसी क्षण मेनका का विमान नीचे आ कर उसे उड़ान ले जाता, तो कदाचित् उस धक्कम-धक्के में दस-पाँच आदमियों की जान पर बन जाती। मैनेजर ने तुरन्त आकर दर्शकों को गुण-ग्राहकता का धन्यवाद दिया और वादा भी किया कि दूसरे दिन फिर वही तमाशा होगा। तब लोगों का मोहान्माद शांत हुआ। मगर एक युवक उस वक्त भी मंच पर खड़ा रहा। लम्बे कद का था, तेजस्वी मुद्रा, कुन्दन का-सा देवताओं का-सा स्वरूप, गठी हुई देह, मुख से एक ज्योति-सी प्रस्फुटित हो रही थी। कोई राजकुमार मालूम होता था।

जब सारे दर्शकगण बाहर निकल गये, उसने मैनेजर से पूछा—क्या मैं तारादेवी से एक क्षण के लिए मिल सकता हूँ?

भैनेजर ने उपेक्षा के भाव से कहा—हमारे यहाँ ऐसा नियम नहीं है।

युवक ने फिर पूछा—क्या आप मेरा कोई पत्र उसके पास भेज सकते हैं?

मैनेजर ने उसी उपेक्षा के भाव से कहा—जी नहीं। क्षमा कीजिएगा। यह हमारे नियमों के विरुद्ध है।

युवक ने और कुछ न कहा, निराश होकर स्टेज के नीचे उतर पड़ा

और बाहर जाना ही चाहता था कि मैनेज़र ने पूछा—जरा ठहर जाइए, आपका कार्ड?

युवक ने जेब से कागज का एक टुकड़ा निकाल कर कुछ लिखा और दे दिया। मैनेजर ने पुर्जे को उड़ती हुई निगाह से देखा—कुंवर निर्मलकान्त चौधरी ओ॰ बी॰ ई॰। मैनेजर की कठोर मुद्रा कोमल हो गयी। कुंवर निर्मलकान्त—शहर के सबसे बड़े रईस और ताल्लुकेदार, साहित्य के उज्ज्वल रत्न, संगीत के सिद्धहस्त आचार्य, उच्च-कोटि के विद्वान, आठ-दस लाख सालाना के नफेदार, जिनके दान से देश की कितनी ही संस्थाएँ चलती थीं—इस समय एक क्षुद्र प्रार्थी के रूप में खड़े थे। मैनेजर अपने उपेक्षा-भाव पर लज्जित हो गया। विनम्र शब्दों में बोला—क्षमा कीजिएगा, मुझसे बड़ा अपराध हुआ। मैं अभी तारादेवी के पास हुजूर का कार्ड लिए जाता हूँ।

कुंवर साहब ने उससे रुकने का इशारा करके कहा—नहीं, अब रहने ही दीजिए, मैं कल पाँच बजे आऊँगा। इस वक्त तारादेवी को कष्ट होगा। यह उनके विश्राम का समय है।

मैनेजर—मुझे विश्वास है कि वह आपकी खातिर इतना कष्ट सहर्ष सह लेंगी, मैं एक मिनट में आता हूँ।

किन्तु कुंवर साहब अपना परिचय देने के बाद अब अपनी आतुरता पर संयम का परदा डालने के लिए विवश थे। मैनेजर को सज्जनता का धन्यवाद दिया। और कल आने का वादा करके चले गये।

2

तारा एक साफ-सुथरे और सजे हुए कमरे में मेज के सामने किसी विचार में मग्न बैठी थी। रात का वह दृश्य उसकी आँखों के सामने नाच रहा था। ऐसे दिन जीवन में क्या बार-बार आते हैं? कितने मनुष्य उसके दर्शनों के लिए विकल हो रहे थे! बस, एक दूसरे पर फाट पड़ते थे। कितनों को उसने पैरों से ठुकरा दिया था—हाँ, ठुकरा दिया था। मगर उस समूह में केवल एक दिव्यमूर्ति अविचलित रूप से खड़ी थी। उसकी आँखों में कितना गम्भीर अनुराग था, कितना दृढ़ संकल्प! ऐसा जान पड़ता था मानो दोनों नेत्र उसके हृदय में चुभे जा रहे हों। आज फिर उस पुरुष के दर्शन होंगे या नहीं, कौन जानता है। लेकिन यदि आज उनके दर्शन हुए,तो तारा उनसे एक बार बातचीत किये बिना न जाने देगी।

यह सोचते हुए उसने आईने की ओर देखा, कमल का फूल-सा खिला

था, कौन कह सकता था कि यह नव-विकसित पुष्प पैंतीस बसंतों की बहार देख चुका है। वह क्रांति, वह कोमलता, वह चपलता, वह माधुर्य किसी नवयौवना को लज्जित कर सकता था। तारा एक बार फिर हृदय में प्रेम दीपक जला बैठी। आज से बीस साल पहले एक बार उसको प्रेम का कटु अनुभव हुआ था। तब से वह एक प्रकार का वैधव्य-जीवन व्यतीत करती रही। कितने प्रेमियों ने अपना हृदय उसको भेंट करना चाहा था; पर उसने किसी की ओर आँख उठाकर भी न देखा था। उसे उनके प्रेम में कपट की गन्ध आती थी। मगर आह! आज उसका संयम उसके हाथ से निकल गया। एक बार फिर आज उसे हृदय में उसी मधुर वेदना का अनुभव हुआ, जो बीस साल पहले हुआ था। एक पुरुष का सौम्य स्वरूप उसकी आँखों में बस गया, हृदय पट पर खिंच गया। उसे वह किसी तरह भूल न सकती थी। उसी पुरुष को उसने मोटर पर जाते देखा होता, तो कदाचित् उधर ध्यान भी न करती। पर उसे अरने सम्मुख प्रेम का उपहार हाथ में लिए देखकर वह स्थिर न रह सकी।

सहसा दाई ने आकर कहा—बाई जी, रात की सब चीजें रखी हुई हैं, कहिए तो लाऊँ?

तारा ने कहा—नहीं, मेरे पास चीजें लाने की जरूरत नहीं; मगर ठहरो, क्या-क्या चीजें हैं।

'एक ढेर का ढेर तो लगा है बाई जी,कहाँ तक गिनाऊँ—अशफियाँ हैं, ब्रू चेज बाल के पिन, बटन, लाकेट, अँगूठियां सभी तो हैं। एक छोटे-से डिब्बे में एक सुन्दर हार है। मैंने आज तक वैसा हार नहीं देखा। सब संदूक में रख दिया है।'

'अच्छा, वह संदूक मेरे पास ला।' दाई ने सन्दूक लाकर मेज पर रख दिया। उधर एक लड़के ने एक पत्र लाकर तारा को दिया। तारा ने पत्र को उत्सुक नेत्रों से देखा कुंतर निर्मलकान्त ओ॰ बी॰ ई॰। लड़के से पूछा—यह पत्र किसने दिया। वह तो नही, जो रेशमी साफा बांधे हुए थे?

लड़के ने केवल इतना कहा—मनेजर साहब ने दिया है। और लपका हुआ बाहर चला गया।

संदूक में सबसे पहले डिब्बा नजर आया। तारा ने उसे खोला तो सच्चे मोतियों का सुन्दर हार था। डिब्बे में एक तरफ एक कार्ड भी था। तारा, ने लपक कर उसे निकाल लिया और पढ़ा—कुंवर निर्मलकान्त'''। कार्ड उसके हाथ से छूट कर गिर पड़ा। वह झपट कर कुरसी से उठी और बड़े

वेग से कई कमरों और बरामदों को पार करती मैनेजर के सामने आकर खड़ी हो गयी। मैनेजर ने खड़े होकर उसका स्वागत किया और बोला—मैं रात की सफलता पर आपको बधाई देता हूँ।

तारा ने खड़े-खड़े पूछा—कुंवर निर्मलकान्त क्या बाहर हैं? लड़का पत्र दे कर भाग गया। मैं उससे कुछ पूछ न सकी।

'कुँबर साहब का रुक्का तो रात ही तुम्हारे चले आने के बाद मिला था।'

'तो आपने उसी वक्त मेरे पास क्यों न भेज दिया?'

मैनेजर ने दबी जबान से कहा—मैंने समझा, तुम आराम कर रही होगी, कष्ट देना उचित न समझा। और भाई, साफ बात यह है कि मैं डर रहा था, कहीं कुँबर साहब को तुमसे मिला कर तुम्हें खो न बैठूँ। अगर मैं औरत होता, तो उसी वक्त उनके पीछे हो लेता। ऐसा देवरूप पुरुष मैंने आज तक नहीं देखा। वही जो रेशमी साफा बाँधे खड़े थे तुम्हारे सामने। तुमने भी तो देखा था।

तारा ने मानो अर्धनिद्रा की दशा में कहा—हां, देखा तो था—क्या यह फिर आयेंगे?

हाँ, आज पाँच बजे शाम को। बड़े विद्वान आदमी हैं, और इस शहर के सबसे बड़े रईस।'

'आज मैं रिहर्सल में न आऊँगी।'

3

कुँवर साहब आ रहे होंगे। तारा आइने के सामने बैठी है और दाई उसका श्रृंगार कर रही है। श्रृंगार भी इस जमाने में एक विद्या है। पहले परिपाटी के अनुसार ही श्रृंगार किया जाता था। कवियों, चित्रकारों और रसिकों ने श्रृंगार की मर्यादा-सी बांध दी थी। आंखों के लिए काजल लाजमी था, हाथों के लिए मेंहदी, पाँव के लिए महावर। एक-एक अंग एक-एक आभूषण के लिए निर्दिष्ट था। आज वह परिपाटी नहीं रही। आज प्रत्येक रमणी अपनी सुरुचि सुबुद्धि और तुलनात्मक भाव से श्रृंगार करती है। उसका सौंदर्य किस उपाय से आकर्षकता की सीमा पर पहुँच सकता है, यही उसका आदर्श होता है। तारा इस कला में निपुण थी। वह पन्द्रह साल से इस कम्पनी में थी और यह समस्त जीवन उसने पुरुषों के हृदय से खेलने ही में व्यतीत किया था। किस चितवन से, किस मुस्कान से, किस अँगड़ाई से, किस तरह केशों के बिखेर देने से दिलों का कत्लेआम हो जाता है; इस कला

में कौन उससे बढ़ कर हो सकता था! आज उसने चुन-चुन कर आजमाये हुए तीर तरकस से निकाले, और जब अपने अस्त्रों से सज कर वह दीवान-खाने में आयी, तो जान पड़ा मानो संसार का सारा माधुर्य उसकी बलाएँ ले रहा है। वह मेज के पास खड़ी होकर कुँवर साहब का कार्ड देख रही थी, उसके कान मोटर की आवाज की ओर लगे हुए थे। वह चाहती थी कि कुँवर साहब इसी वक्त आ जाएँ और उसे इसी अन्दाज से खड़े देखें। इसी अन्दाज से वह इसके अंग प्रत्यंगों की पूर्ण छवि देख सकते थे। उसने अपनी शृंगार कला से काल पर विजय पा ली थी। कौन कह सकता था कि यह चंचल नवयौवन उस अवस्था को पहुँच चुकी है, जब हृदय को शांति की इच्छा होती है, वह किसी आश्रम के लिए आतुर हो उठता है, और उसका अभिमान ममता के आगे सिर झुका देता है।

तारा देवी को बहुत इन्तजार न करना पड़ा। कुँवर साहब साहव मिलने के लिए उससे भी उत्सुक थे। दस ही मिनट के बाद उनकी मोटर की आवाज आयी। तारा सँभल गयी। एक क्षण में कुँवर साहब ने कमरे में प्रवेश किया। तारा शिष्टाचार के लिए हाथ मिलाना भी भूल गयी, प्रौढ़ावस्था में भी प्रेम की उद्विग्नता और असावधानी कुछ कम नहीं होती। वह किसी सलज्जा युवती की भाँति सिर झुकाए खड़ी रही।

कुँवर साहब की निगाह आते ही उसकी गर्दन पर पड़ी। वह मोतियों का हार, जो उन्होंने रात को भेंट किया था, चमक रहा था। कुँवर साहब को इतना आनन्द और कभी न हुआ। उन्हें एक क्षण के लिए ऐसा जान पड़ा मानो उसके जीवन की सारी अभिलाषा पूरी हो गयी। बोले—मैंने आपको आज इतने सबेरे कष्ट दिया, क्षमा कीजिएगा। यह तो आपके आराम का समय होगा? तारा ने सिर से खिसकती हुई साड़ी को संभाल कर कहा—इससे ज्यादा आराम और क्या हो सकता था कि आपके दर्शन हुए। मैं इस उपहार के लिए और क्या आपको मनों धन्यवाद देती हैं। अब तो कभी-कभी मुलाकात होती रहेगी?

निर्मलकान्त ने मुस्कराकर कहा—कभी-कभी नहीं, रोज। आप चाहे मुझसे मिलना पसन्द न करें, पर एक बार इस ड्योढ़ी पर सिर को झुका ही जाऊँगा।

तारा ने भी मुस्करा कर उत्तर दिया—उसी वक्त तक जब तक कि मनोरंजन की कोई नयी वस्तु नजर न आ जाय! क्यों?

'मेरे लिए यह मनोरंजन का विषय नहीं, जिंदगी और मौत का सवाल है। हाँ, तुम इसे विनोद समझ सकती हो, मगर कोई परवाह नहीं। तुम्हारे

मनोरंजन के लिए यदि मेरे प्राण भी निकल जायें,तो मैं अपना जीवन सफल समझँगा।

दोनों तरफ से इस प्रीति को निभाने के वादे हुए, फिर दोनों ने नाश्ता किया और कल भोज का न्योता दे कर कुँवर साहब विदा हुए।

4

एक महीना गुजर गया, कुँवर साहब दिन में कई-कई बार आते। उन्हें एक क्षण का वियोग भी असह्य था। कभी दोनों बजरे पर दरिया की सैर करते, कभी हरी-हरी घास पर पार्कों में बैठे बातें करते, कभी गाना-बजाना होता, नित्य नये प्रोग्राम बनते थे। सारे शहर में मशहूर था कि ताराबाई ने कुँवर साहब को फाँस लिया और दोनों हाथों से सम्पत्ति लूट रही है। पर तारा के लिए कुँवर साहब का प्रेम ही एक ऐसी सम्पत्ति थी, जिसके सामने दुनिया भर की दौलत देय थी। उन्हें अपने सामने देखकर उसे किसी वस्तु की इच्छा न होती थी।

मगर एक महीने तक इस प्रेम के बाजार में घूमने पर भी तारा को वह वस्तु न मिली, जिसके लिए उसकी आत्मा लोलुप हो रही थी। वह कुंवर साहब से प्रेम की, अपार और अतुल प्रेम की, सच्चे और निष्कपट प्रेम की बातें रोज सुनती थी पर उसमें 'विवाह' का शब्द न आने पाता था, मानों प्यासे को बाजार में पानी छोड़कर और सब कुछ मिलता हो। ऐसे प्यासे को पानी के सिवा और किस चीज से तृप्ति हो सकती है? प्यास बुझाने के बाद, सम्भव है, और चीजों की तरफ उसकी रुचि हो, पर प्यासे के लिए तो पानी सबसे मूल्यवान पदार्थ है। वह जानती थी कि कुँवर साहब उसके इशारे पर प्राण तक दे देंगे, लेकिन विवाह की बात क्यों उनकी जबान से नहीं निकलती? क्या इस विषय का कोई पत्र लिख कर अपना आशय कह देना सम्भव था? फिर क्या वह उसको केवल विनोद की वस्तु बना कर रखना चाहते हैं? यह अपमान उससे न सहा जाएगा। कुँवर के एक इशारे पर वह आग में कूद सकती थी, पर यह अपमान उसके लिए असह्य था। किसी शौकीन रईस के साथ वह इससे कुछ दिन पहले शायद एक-दो महीने रह जाती और उसे नोच-खसोट कर अपनी राह लेती। किंतु प्रेम का बदला प्रेम है, कुँवर साहब के साथ वह यह निर्लज्ज जीवन न व्यतीत कर सकती थी।

उधर कुँवर साहब के भाई बन्द भी गाफिल न थे, वे किसी भाँति उन्हें ताराबाई के पंजे से छुड़ाना चाहते थे। कहीं कुँवर साहब का विवाह ठीक कर देना ही एक ऐसा उपाय था, जिससे सफल होने की आशा थी

और यही उन लोगों ने किया। उन्हें यह भय तो न था कि कुँवर साहब इस ऐक्ट्रेस से विवाह करेंगे। हाँ यह भय अवश्य था कि कहीं रियासत का कोई हिस्सा उसके नाम कर दें, या उसके आने वाले बच्चों को रियासत का मालिक बना दें। कुँवर साहब पर चारों ओर से दबाव पड़ने लगे। यहाँ तक कि योरोपियन अधिकारियों ने भी उन्हें विवाह कर लेने की भी सलाह दी। उस दिन संध्या समय कुँवर साहब ने ताराबाई के पास जाकर कहा—तारा, देखो, तुमसे एक बात कहता हूँ, इनकार न करना। तारा का हृदय उछलने लगा। बोली—कहिए, क्या बात है? ऐसी कौन वस्तु है, जिसे आपकी भेंट करके मैं अपने को धन्य समझूं?

बात मुँह से निकलने की देर थी। तारा ने स्वीकार कर लिया और हर्षोन्माद की दशा में रोती हुई कुँवर साहब के पैरों पर गिर पड़ी।

5

एक क्षण के बाद तारा ने कहा—मैं तो निराश हो चली थी। आपने बड़ी लम्बी परीक्षा ली।

कुंवर साहब ने जबान दाँतों-तले दबाई, मानो कोई अनुचित बात सुन ली हो!

'यह बात नहीं है तारा! अगर मुझे विश्वास होता कि तुम मेरी याचना स्वीकार कर लोगी, तो कदाचित् पहले ही दिन मैंने भिक्षा के लिए हाथ फैलाया होता, पर मैं अपने को तुम्हारे योग्य नहीं पाता था। तुम सद्गुणों की खान हो, और मैं......मैं जो कुछ हूँ, वह तुम जानती ही हो। मैंने निश्चय कर लिया था कि उम्र भर तुम्हारी उपासना करता रहूँगा। शायद कभी प्रसन्न हो कर तुम मुझे बिना माँगे ही वरदान दे दो। बस, यही मेरी अभिलाषा थी! मुझमें अगर कोई गुण है, तो यही कि मैं तुमसे प्रेम करता हूँ। जब तुम साहित्य या संगीत या धर्म पर अपने विचार प्रकट करने लगती हो, तो मैं दंग रह जाता हूँ और अपनी क्षुद्रता पर लज्जित हो जाता हूँ। तुम मेरे लिए सांसारिक नहीं, स्वर्गीय हो। मुझे आश्चर्य यही है कि इस समय मैं मारे खुशी के पागल क्यों नहीं हो जाता।'

कुँवर साहब देर तक अपने दिल की बातें कहते रहे। उनकी वाणी कभी इतनी प्रगल्भ न हुई थी।

तारा सिर झुकाये सुनती थी, पर आनंद की जगह उसके मुख पर एक प्रकार का क्षोभ—लज्जा से मिला हुआ—अंकित हो रहा था। यह पुरुष इतना सरल हृदय, इतना निष्कपट है? इतना विनीत, इतना

उदार!

सहसा कुँवर साहब ने पूछा—तो मेरे भाग्य किस दिन उदय होंगे, तारा? दया करके बहुत दिनों के लिए न टालना।

तारा ने कुँवर साहब की सरलता से परास्त होकर चिंतित स्वर में कहा—कानून का क्या कीजिएगा? कुँवर साहब ने तत्परता से उत्तर दिया—इस विषय में तुम निश्चित रहो तारा, मैंने वकीलों से पूछ लिया है। एक कानून ऐसा है जिसके अनुसार हम और तुम एक प्रेम-सूत्र में बँध सकते हैं। उसे सिविल-मैरिज कहते हैं। बस, आज ही के दिन वह शुभ मुहूर्त आयेगा, क्यों?

तारा सिर झुकाये रही। बोल न सकी।

'मैं प्रातःकाल आ जाऊँगा। तैयार रहना।'

तारा सिर झुकाये रही। मुँह से एक शब्द न निकला।

कुँवर साहब चले गये, पर तारा वहीं मूर्ति की भाँति बैठी रही। पुरुषों के हृदय से क्रीड़ा करनेवाली चतुर नारी क्यों इतनी विमूढ़ हो गयी है!

6

विवाह का एक दिन और बाकी है। तारा को चारों ओर से बधाइयाँ मिल रही हैं। थिएटर के सभी स्त्री-पुरुषों ने अपनी सामर्थ्य के अनुसार उसे अच्छे-अच्छे उपहार दिये हैं, कुँवर साहब ने भी आभूषणों से सजा हुआ एक सिंगारदान भेंट किया है, उनके दो-चार अंतरंग मित्रों ने भाँति-भाँति के सौगात भेजे हैं; पर तारा के सुन्दर मुख पर हर्ष की रेखा भी नहीं नज़र आती। वह क्षुब्ध और उदास है। उसके मन में चार दिनों से निरंतर यही प्रश्न उठ रहा है—क्या कुँवर के साथ विश्वासघात करे? जिस प्रेम के देवता ने उसके लिए अपने कुल-मर्यादा को तिलांजलि दे दी, अपने बंधुजनों से नाता तोड़ा, जिसका हृदय हिमकण के समान निष्कलंक है, पर्वत के समान विशाल, उसी से कपट करे! नहीं, वह इतनी नीचता नहीं कर सकती, अपने जीवन में उसने कितने ही युवकों से प्रेम का अभिनय किया था, कितने ही प्रेम के मतवालों को वह सब्ज बाग दिखा चुकी थी, पर कभी उसके मन में ऐसी दुविधा न हुई थी, कभी उसके हृदय ने उसका तिरस्कार न किया था। क्या इसका कारण इसके सिवा कुछ और था कि ऐसा अनुराग उसे और कहीं न मिला था।

क्या वह कुँवर साहब का जीवन सुखी बना सकती है? हाँ, अवश्य। इस विषय में उसे लेशमात्र भी संदेह नहीं था। भक्ति के लिए ऐसी कौन-सी

वस्तु है, जो असाध्य हो; पर क्या वह प्रकृति को धोखा दे सकती है। ढलते हुए सूर्य में मध्याह्न का-सा प्रकाश हो सकता है? असम्भव। वह स्फूर्ति, वह चपलता, वह विनोद, वह सरल छवि, वह तल्लीनता, वह त्याग, वह आत्मविश्वास वह कहाँ से लायेगी, जिसके सम्मिश्रण को यौवन कहते हैं? नहीं, वह कितना ही चाहे, पर कुँवर साहब के जीवन को सुखी नहीं बना सकती। बूढ़ा बैल कभी जवान बछड़ों के साथ नहीं चल सकता।

आह! उसने यह नौबत ही क्यों आने दी? उसने क्यों कृत्रिम साधनों से, बनावटी सिंगार से कुँवर को धोखे में डाला? अब इतना सब कुछ हो जाने पर वह किस मुँह से कहेगी कि मैं रंगी हुई गुड़िया हूँ, जवानी मुझसे कब की विदा हो चुकी, अब कैवल उसका पद-चिह्न रह गया है।

रात के बारह बज गये थे। तारा मेज के सामने इन्हीं चिंताओं में मग्न बैठी हुई थी। मेज पर उपहारों के ढेर लगे हुए थे; पर वह किसी चीज की ओर आँख उठा कर भी न देखती थी। अभी चार दिन पहले वह इन्हीं चीजों पर प्राण देती थी, उसे हमेशा ऐसी चीजों की तलाश रहती थी, जो काल के चिह्नों को मिटा सकें, पर अब उन्हीं चीजों से उसे घृणा हो रही है। प्रेम सत्य है—और सत्य और मिथ्या, दोनों एक साथ नहीं रह सकते।

तारा ने सोचा—क्यों न यहाँ से कहीं भाग जाय? किसी ऐसी जगह चली जाय, जहाँ कोई उसे जानता भी न हो। कुछ दिनों के बाद जब कुँवर का विवाह हो जाय, तो वह फिर आकर उनसे मिले और यह सारा वृतांत उनसे कह सुनाए। इस समय कुँवर पर वज्रपात-सा होगा—हाय न-जाने उनकी क्या दशा होगी; पर उसके लिए इसके सिवा और कोई मार्ग नहीं है। अब उनके दिन रो-रोकर कटेंगे, लेकिन उसे कितना ही दुःख क्यों न हो, वह अपने प्रियतम के साथ छल नहीं कर सकती। उसके लिए इस स्वर्गीय प्रेम की स्मृति, इसकी वेदना ही बहुत है। इससे अधिक उसका अधिकार नहीं।

दाई ने आकर कहा—बाई जी, चलिए कुछ थोड़ा-सा भोजन कर लीजिए, अब तो बारह बज गए।

तारा ने कहा—नहीं जरा भी भूख नहीं। तुम जाकर खा लो।

दाई—देखिए, मुझे भूल न जाइएगा। मैं भी आपके साथ चलूँगी।

तारा—अच्छे-अच्छे कपड़े बनवा रखे हैं न?

दाई—अरे बाई जी, मुझे अच्छे कपड़े लेकर क्या करना है? आप अपना कोई उतारा दे दीजिएगा।

दाई चली गई। तारा ने घड़ी की ओर देखा। सचमुच बारह बज गए

थे। केवल छह घंटे और हैं। प्रातः काल कुँवर साहब उसे विवाह-मंदिर में लेजाने के लिए आ जायेंगे। हाय! भगवान, जिस पदार्थ से तुमने इतने दिनों तक उसे वंचित रखा, वह आज क्यों सामने लाये? यह भी तुम्हारी क्रीड़ा है।

तारा ने एक सफेद साड़ी पहन ली। सारे आभूषण उतार कर रख दिये। गर्म पानी मौजूद था। साबुन और पानी से मुँह धोया और आइने के सम्मुख जा कर खड़ी हो गयी—कहाँ थी वह छवि, वह ज्योति, जो आँखों को लुभा लेती थी! रूप वही था, पर क्रांति कहाँ? अब भी वह यौवन का स्वाँग भर सकती है?

तारा को अब वहाँ एक क्षण भी और रहना कठिन हो गया। मेज पर फैले हुए आभूषण और विलास की सामग्रियाँ मानो उसे काटने लगीं। यह कृत्रिम जीवन असह्य हो उठा, खस की टट्टियों और बिजली के पंखों से सजा हुआ शीतल भुवन उसे भट्टी के समान तपाने लगा।

उसने सोचा—कहाँ भाग कर जाऊँ। रेल से भागती हूँ, तो भागने ना पाऊँगी। सवेरे ही कुँवर साहब के आदमी छुटेंगे और चारों तरफ मेरी तलाश होने लगेगी। वह ऐसे रास्ते से जायगी, जिधर किसी का ख्याल भी न जाय।

तारा का हृदय इस समय गर्व से छलका पड़ता था। वह दुःखी न थी, निराश न थी। फिर कुँवर साहब से मिलेगी, किंतु वह निस्वार्थ संयोग होगा। प्रेम के बनाये हुए कर्त्तव्य मार्ग पर चल रही है, फिर दुःख क्यों हो और निराशा क्यों हो?

सहसा उसे ख्याल आया—ऐसा न हो, कुँवर साहब उसे वहाँ न पा कर शोक-विह्वलता की दशा में अनर्थ कर बैठे। इस कल्पना से उसके रोंगटे खड़े हो गये। एक क्षण के लिए उसका मन कातर हो उठा। फिर वह मेज पर जा बैठी, और यह पत्र लिखने लगी—

प्रियतम, मुझे प्रेम क्षमा करना। मैं अपने को तुम्हारी दासी बनने के योग्य नहीं पाती। तुमने मुझे प्रेम का वह स्वरूप दिखा दिया, जिसकी इस जीवन में मैं आशा न कर सकती थी। मेरे लिए इतना ही बहुत है। मैं जब जीऊँगी, तुम्हारे प्रेम में मग्न रहूँगी। मुझे ऐसा जान पड़ रहा है कि प्रेम की स्मृति में प्रेम के भोग से कहीं अधिक माधुर्य और आनन्द है। मैं फिर आऊँगी, फिर तुम्हारे दर्शन करूँगी; लेकिन उसी दशा में जब तुम विवाह कर लोगे। यही मेरे लौटने की शर्त है। मेरे प्राणों के प्राण, मुझसे नाराज न होना। ये आभूषण जो तुमने मेरे लिए भेजे थे, अपनी ओर से नववधू के

लिए छोड़े जाती हूँ। केवल वह मोतियों का हार, जो तुम्हारे प्रेम का पहला उपहार है, अपने साथ लिये जाती हूँ। तुमसे हाथ जोड़कर कहती हूँ, मेरी तलाश न करना। मैं तुम्हारी हूँ और सदा तुम्हारी रहूँगी……।

तुम्हारी,
तारा

यह पत्र लिखकर तारा ने मेज पर रख दिया, मोतियों का हार गले में डाला और बाहर निकल आयी। थिएटर हाल से संगीत की ध्वनि आ रही थी। एक क्षण के लिए उसके पैर बँध गये। पन्द्रह वर्षों का पुराना सम्बन्ध आज टूट रहा था। सहसा उसने मैनेजर को आते देखा। उसका कलेजा धक् से हो गया। वह बड़ी तेजी से लपककर दीवार की आड़ में खड़ी हो गयी। ज्यों ही मैनेजर निकल गया, वह हाते के बाहर आयी और कुछ दूर गलियों में चलने के बाद उसने गंगा का रास्ता पकड़ा।

गंगा-तट पर सन्नाटा छाया हुआ था। दस-पाँच साधु-बैरागी धनियों के सामने लेटे थे। दस-पाँच यात्री कम्बल जमीन पर बिछाये सो रहे थे। गंगा किसी विशाल सर्प की भाँति रेंगती चली जाती थीं। एक छोटी-सी नौका किनारे पर लगी हुई थी। मल्लाह नौका में बैठा हुआ था।

तारा ने मल्लाह को पुकारा—ओ माँझी, उस पार नाव लें चलेगा?

माँझी ने जबाव दिया—इतनी रात गये नाव न जाई।

मगर दूनी मजदूरी की बात सुनकर उसने डाँड़ उठाया और नाव को खोलता हुआ बोला—सरकार, उस पार कहाँ जैहैं?

'उस पार एक गाँव में जाना है।'

'मुदा इतनी रात गये कौनों सवारी-सिकारी न मिली।'

'कोई हर्ज नहीं, तुम मुझे उस पार पहुँचा दो।'

माँझी ने नाव खोल दी। तारा उस पार जा बैठी और नौका मंद गति से चलने लगी, मानो जीव स्वप्न-साम्राज्य में विचर रहा हो।

इसी समय एकादशी का चाँद, पृथ्वी से उस पार, अपनी उज्ज्वल नौका खेता हुआ निकला और व्योम-सागर को पार करने लगा।

ईश्वरीय न्याय

कानपुर जिले में पंडित भगुदत्त नामक एक बड़े जमींदार थे। मुंशी सत्यनारायण उनके कारिंदा थे। वह बड़े स्वामिभक्त और सच्चरित्र मनुष्य थे। लाखों रुपये की तहसील और हजारों मन अनाज का लेन-देन उनके हाथ में था; पर कभी उनकी नियत डावाँडोल न होती। उनके सुप्रबंध से रियासत दिनोंदिन उन्नति करती जाती थी। ऐसे कर्तव्यपरायण सेवक का जितना सम्मान होना चाहिए, उससे अधिक ही होता था। दुःख-सुख के प्रत्येक अवसर पर पंडित जी उनके साथ बड़ी उदारता से पेश आते। धीरे-धीरे मुंशी जी का विश्वास इतना बढ़ा कि पंडित जी ने हिसाब-किताब का समझना भी छोड़ दिया। सम्भव है, उनसे आजीवन इसी तरह निभ जाती, पर भावी प्रबल है। प्रयाग में कुम्भ लगा, तो पंडित जी भी स्नान करने गये। वहाँ से लौटकर फिर वे घर न आये। मालूम नहीं, किसी गढ़े में फिसल पड़े या कोई जल-जंतु उन्हें खींच ले गया, उनका फिर कुछ पता ही न चला। अब मुंशी सत्यनारायण के अधिकार और भी बढ़े। एक हतभागिनी विधवा और दो छोटे-छोटे बच्चों के सिवा पंडितजी के घर में और कोई न था। अंत्येष्टि-क्रिया से निवृत्त होकर एक दिन शोकातुर पंडिताइन ने उन्हें बुलाया और रोकर कहा—लाला, पंडित जी हमें मँझधार में छोड़कर सुरपुर को सिधार गये, अब यह नैया तुम्ही पार लगाओगे तो लग सकती है। यह सब खेती तुम्हारी लगायी हुई है, इसे तुम्हारे ही ऊपर छोड़ती हूँ। ये तुम्हारे बच्चे हैं, इन्हें अपनाओ। जब तक मालिक जिये, तुम्हें अपना भाई समझते रहे। मुझे विश्वास है कि तुम उसी तरह इस भार को सँभाले रहोगे।

मत्यनारायण ने रोते हुए जवाब दिया—भाभी, भैया क्या उठ गये, मेरे तो भाग्य ही फूट गये, नहीं तो मुझे आदमी बना देते। मैं उन्हीं का

नमक खाकर जिया हूँ और उन्हीं की चाकरी में मरूँगा भी। आप धीरज रखें। किसी प्रकार की चिंता न करें। मैं जीते-जी आपकी सेवा से मुँह न मोड़ूँगा। आप केवल इतना कीजिएगा कि मैं जिस किसी की शिकायत करूँ, उसे डाँट दीजिएगा; नहीं तो ये लोग सिर चढ़ जायँगे।

2

इस घटना के बाद कई वर्षों तक मुंशीजी ने रियासत को सँभाला। वह अपने काम में बड़े कुशल थे। कभी एक कौड़ी का भी बल नहीं पड़ा। सारे जिले में उनका सम्मान होने लगा। लोग पंडित जी को भूल-सा गये। दरबारों और कमेटियों में वे सम्मिलित होते, जिले के अधिकारी उन्हीं को जमींदार समझते। अन्य रईसों में भी उनका आदर था; पर मान-वृद्धि की महँगी वस्तु है। और भानुकुँवरि, अन्य स्त्रियों के सदृश पैसे को खूब पकड़ती। वह मनुष्य की मनोवृत्तियों से परिचित न थी। पंडित जी हमेशा लाला जी को इनाम इकराम देते रहते थे। वे जानते थे कि ज्ञान के बाद ईमान का दूसरा स्तम्भ अपनी सुदशा है। इसके सिवा वे खुद भी कभी कागजों की जाँच कर लिया करते थे। नाममात्र ही को सही, पर इस निगरानी का डर जरूर बना रहता था; क्योकि ईमान का सबसे बड़ा शत्रु अवसर है। भानुकुँवरि इन बातों को जानती न थी। अतएव अवसर तथा धनाभाव-जैसे प्रबल शत्रुओं के पंजे में पड़ कर मुंशीजी का ईमान कैसे बेदाग बचता?

कानपुर शहर से मिला हुआ, ठीक गंगा के किनारे, एक बहुत आजाद और उपजाऊ गाँव था। पंडित जी इस गाँव को लेकर नदी-किनारे पक्का घाट, मंदिर, बाग, मकान आदि बनवाना चाहते थे; पर उनकी यह कामना सफल न हो सकी। संयोग से अब यह गाँव बिकने लगा। उनके जमींदार एक ठाकुर साहब थे। किसी फौजदारी के मामले में फँसे हुए थे। मुकदमा लड़ने के लिए रुपये की चाह थी। मुंशीजी ने कचहरी में यह समाचार सुना। चटपट मोल-तोल हुआ। दोनों तरफ गरज थी। सौदा पटने में देर न लगी, बैनामा लिखा गया। रजिस्ट्री हुई। रुपये मौजूद न थे, पर शहर में साख थी। एक महाजन के यहाँ से तीस हजार रुपये मँगवाये गये और ठाकुर साहब को नजर किये गये। हाँ, काम-काज की आसानी के खयाल से यह सब लिखा-पढ़ी मुंशीजी ने अपने ही नाम की; क्योंकि मालिक के लड़के अभी नाबालिग थे। उनके नाम से लेने में बहुत झंझट होती और विलम्ब होने से शिकार हाथ से निकल जाता। मुंशीजी बैनामा लिये असीम

आनंद में मग्न भानुकुँवरि के पास आये। पर्दा कराया और यह शुभ-समाचार सुनाया। भानुकुँवरि ने सजल नेत्रों से उनको धन्यवाद दिया। पंडित जी के नाम पर मन्दिर और घाट बनवाने का इरादा पक्का हो गया।

मुंशी जी दूसरे ही दिन उस गाँव में आये। आसामी नजराने ले कर नये स्वामी के स्वागत को हाजिर हुए। शहर के रईसों की दावत हुई। लोगों ने नावों पर बैठ कर गंगा की खूब सैर की। मन्दिर आदि बनवाने के लिए आबादी से हट कर रमणीक स्थान चुना गया।

3

यद्यपि इस गाँव को अपने नाम लेते समय मुंशी जी के मन में कपट का भाव न था, तथापि दो-चार दिन में ही उनका अंकुर जम गया और धीरे-धीरे बढ़ने लगा। मुंशी जी इस गाँव के आय-व्यय का हिसाब अलग रखते और अपने स्वामिनी को उसका ब्योरा समझाने की जरूरत न समझते। मानुकंवरि इन बातों में दखल देना उचित न समझती थीं; पर दूसरे कारिंदों से बातें सुन-सुन कर उसे शंका होती थी कि कहीं मुंशी जी दगा तो न देंगे। अपने मन का भाव मुंशी जी से छिपाती थी, इस खयाल से कि कहीं कारिंदों ने उन्हें हानि पहुँचाने के लिए यह षड्यंत्र न रचा हो।

इस तरह कई साल गुजर गये। अब उस कपट के अंकुर ने वृक्ष का रूप धारण किया। भानुकुँवरि को मुंशी जी के उस मार्ग के लक्षण दिखायी देने लगे। उधर मुंशी जी के मन ने कानून से नीति पर विजय पायी, उन्होंने अपने मन में फैसला किया कि गाँव मेरा है। हाँ, मैं भानुकुंवरि का तीस हजार का ऋणी अवश्य हूँ। वे बहुत करेंगी तो अपने रुपये ले लेंगी और क्या कर सकती हैं? मगर दोनों तरफ यह आग अन्दर ही अन्दर सुलगती रही। मुंशी जी अस्त्रसज्जित हो कर आक्रमण के इंतजार में थे और भानुकुँवरि इसके लिए अवसर ढूँढ़ रही थी। एक दिन उसने साहस करके मुंशी जी को अन्दर बुलाया और कहा—लाला जी 'बरगदा' के मन्दिर का काम कब से लगवाइएगा? उसे लिये आठ साल हो गये, अब काम लग जाय तो अच्छा हो। जिंदगी का कौन ठिकाना है, जो काम करना है; उसे कर ही डालना चाहिए।

इस ढंग से इस विषय को उठा कर भानुकुँवरि ने अपनी चतुराई का अच्छा परिचय दिया। मुंशी जी भी दिल में इसके कायल हो गये। जरा सोच कर बोले—इरादा तो मेरा कई बार हुआ, पर मौके की जमीन नहीं मिलती। गंगातट की जमीन असामियों के जोत में है और वे किसी तरह

छोड़ने पर राजी नहीं।

भानुकुंवरि—यह बात तो आज मुझे मालूम हुई। आठ साल हुए, इस गाँव के विषय में आपने कभी भूल कर भी दी तो चर्चा नहीं की। मालूम नहीं, कितनी तहसील है, क्या मुनाफा है, कैसा गाँव है, कुछ सीर होती है या नहीं। जो कुछ करते हैं आप ही करते हैं और करेंगे। पर मुझे भी तो मालूम होना चाहिए?

मुंशी जी सँभल उठे। उन्हें मालूम हो गया कि इस चतुर स्त्री से बाजी ले जाना मुश्किल है। गाँव लेना ही है तो अब क्या डर। खुल कर बोले—आपको इससे कोई सरोकार न था, इसलिए मैंने व्यर्थ कष्ट देना मुनासिब न समझा।

भानुकुँवरि के हदय में कुठार-सा लगा। पर्दे से निकल आयी और मुंशी जी की तरफ तेज आँखों से देख कर बोली—आप क्या कहते हैं! आपने गाँव मेरे लिये लिया था या अपने लिए? रुपये मैंने दिये या आपने? उस पर जो खर्च पड़ा, वह मेरा था या आपका? मेरी समझ में नहीं आता कि भाप सी पातें करते हैं।

मुंशी जी ने सावधानी से जवाब दिया—यह तो आप जानती हैं कि गाँव हमारे नाम से बसा हुआ है। रुपया जरूर आपका लगा, पर मैं उसका देनदार हूँ। रहा तहसील-वसूल का खर्च, यह सब मैंने अपने पास से दिया है। उसका हिसाब-किताब, आय-व्यय सब रखता गया हूँ।

भानुकुँवरि ने क्रोध से काँपते हुए कहा—इस कपट का फल आपको अवश्य मिलेगा। आप इस निर्दयता से मेरे बच्चों का गला नहीं काट सकते। मुझे नहीं मालूम था कि आपने हृदय में छुरी छिपा रखी है, नहीं तो यह नौबत ही क्यों आती। खैर, अब से मेरी रोकड़ और बही खाता आप कुछ न छुएँ। मेरा जो कुछ होगा, ले लूँगी। जाइए, एकांत में बैठ कर सोचिए। पाप से किसी का भला नहीं होता। तुम समझते होगे कि बालक अनाथ हैं, इनकी सम्पति हजम कर लूँगा। इस भूल में न रहना, मैं तुम्हारे घर की ईंट तक बिकवा लूँगी!

यह कह कर भानुकुँवरि फिर पर्दे की आड़ में आ बैठी और रोने लगी। स्त्रियाँ क्रोध के बाद किसी न किसी बहाने रोया करती हैं। लाला साहब को कोई जवाब न सूझा। यहाँ से उठ आये और दफ्तर जा कर कागज उलट-पलट करने लगे, पर भानुकुँवरि भी उनके पीछे-पीछे दफ्तर में पहुँची और डाँट कर बोली—मेरा कोई कागज मत छूना। नहीं तो बुरा होगा। तुम विषले साँप हो, मैं तुम्हारा मुँह नहीं देखना चाहती।

मुंशी जी कागजों में कुछ काट-छाँट करना चाहते थे, पर विवश हो, गये। खजाने की कुन्जी निकाल कर फेंक दी, बही-खाते पटक दिये, किवाड़ धड़ाके-से बंद किये और हवा की तरह सन्न-से निकल गये। कपट में हाथ तो डाला, पर कपट मन्त्र न जाना।

दूसरे कारिंदों ने यह कैफियत सुनी, तो फूले न समाये। मुंशी जी के सामने उनकी दाल न गलने पाती थी। भानुकुँवरि के पास आकर वे आग पर तेल छिड़कने लगे। सब लोग इस विषय में सहमत थे कि मुंशी सत्यनारायण ने विश्वासघात किया है। मालिक का नमक उनकी हड्डियों से फूट-फूट कर निकलेगा।

दोनों ओर से मुकदमेबाजी की तैयारियाँ होने लगीं! एक तरफ न्याय का शरीर था, दूसरी ओर न्याय की आत्मा। प्रकृति का पुरुष से लड़ने का साहस हुआ।

भानुकुंवरि ने लाला छक्कन लाल से पूछा—हमारा वकील कौन है? छक्कन लाल ने इधर-उधर झाँक कर कहा—वकील तो सेठ जी हैं, पर सत्यनारायण ने उन्हें पहले गाँठ रखा होगा। इस मुकदमे के लिए बड़े होशियार वकील की जरूरत है। मेहरा बाबू की आजकल खूब चल रही है। हाकिम की कलम पकड़ लेते हैं। बोलते हैं तो जैसे मोटरकार छूट जाती है सरकार! और क्या कहें, कई आदमियों को फाँसी से उतार लिया है, उनके सामने कोई वकील जबान तो खोल नहीं सकता। सरकार कहें तो वही कर लिये जायँ।

छक्कनलाल की अत्युक्ति ने संदेह पैदा कर लिया। भानुकुँवरि ने कहा —नहीं, पहले सेठ जी से पूछ लिया जाय। उसके बाद देखा जायगा। आप जाइए, उन्हें बुला लाइए।

छक्कनलाल अपनी तकदीर को ठोंकते हुए सेठ जी के पास गये। सेठ जी पंडित भृगुदत्त के जीवन काल से ही उनका कानून-सम्बन्धी सब काम किया करते थे। मुकदमे का हाल सुना तो सन्नाटे में आ गये। सत्यनारायण को यह बड़ा नेकनीयत आदमी समझते थे। उनके पतन से बड़ा खेद हुआ। उसी वक्त आये। भानुकुँवरि ने रो-रो कर उनसे अपनी विपत्ति की कथा कही और अपने दोनों लड़कों को उनके सामने खड़ा करके बोली—आप इन अनाथों की रक्षा कीजिए! इन्हें मैं आपको सौंपती हूँ।

सेठ जी ने समझौते की बात छेड़ी। बोले—आपस की लड़ाई अच्छी नहीं।

भानुकुंवरि—अन्यायी के साथ लड़ना ही अच्छा है।

सेठ जी—पर हमारा पक्ष निर्बल है।

भानुकूंवरि फिर पर्दे से निकल आयी और विस्मित होकर बोली—क्या हमारा पक्ष निर्बल है? दुनिया जानती है कि गाँव हमारा है। उसे हमसे कौन ले सकता है? नहीं, मैं सुलह कभी न करूँगी, आप कागजों को देखें। मेरे बच्चों की खातिर यह कष्ट उठायें। आपका परिश्रम निष्फल न जायगा। सत्यनारायण की नीयत पहले खराब न थी। देखिए जिस मिती में गाँव लिया गया है, उस मिती में तीस हजार का क्या खर्च दिखाया गया है। अगर उसने अपने नाम उधार लिखा हो, तो देखिए, वार्षिक सूद चुकाया गया या नहीं। ऐसे नरपिशाच से मैं कभी सुलह न करूँगी।

सेठ जी ने समझ लिया कि इस समय समझाने-बुझाने से कुछ काम न चलेगा। कागजात देखे, अभियोग चलाने की तैयारियाँ होने लगी।

4

मुंशी सत्यनारायणलाल खिसियाये हुए मकान पहुँचे। लड़के ने मिठाई माँगी। उसे पीटा स्त्री पर इसलिए बरस पड़े कि उसने क्यों लड़के को उनके पास जाने दिया। अपनी वृद्धा माता को डाँट कर कहा—तुमसे इतना भी नहीं हो सकता कि जरा लड़के को बहलाओ? एक तो मैं दिन भर का थका-माँदा घर आऊँ और फिर लड़के को खेलाऊँ? मुझे दुनिया में न और कोई काम है, न धंधा। इस तरह घर में बावैला मचा कर बाहर आये, सोचने लगे—मुझसे बड़ी भूल हुई। मैं कैसा मूर्ख हूँ। और इतने दिन तक सारे कागज-पत्र अपने हाथ में थे। चाहता, कर सकता था, पर हाथ पर हाथ धरे बैठे रहा। आज सिर पर आ पड़ी , तो सूझी। मैं चाहता तो बही-खाते सब नये बना सकता था, जिसमें इस गाँव का और रुपये का जिक्र ही न होता, पर मेरी मूर्खता के कारण घर में आयी हुई लक्ष्मी रूठी जाती हैं। मुझे क्या मालूम था कि वह चुड़ैल मुझसे इस तरह पेश आयेगी, कागजों में हाथ तक न लगाने देगी।

इसी उधेड़बुन में मुंशी जी एकाएक उछल पड़े। एक उपाय सूझ गया—क्यों न कार्यकर्ताओं को मिला लूँ? यद्यपि मेरी सख्ती के कारण वे सब मुझसे नाराज थे और इस समय सीधे बात भी न करेंगे, तथापि उनमें ऐसा कोई भी नहीं, जो प्रलोभन से मुठ्ठी में न आ जाय। हाँ, इसमें रुपये पानी की तरह बहाना पड़ेगा, पर इतना रुपया आयेगा कहाँ से? हाय दुर्भाग्य! दो-चार दिन पहले चेत गया होता, तो कोई कठिनाई न पड़ती। क्या जानता था कि वह डाइन इस तरह वज्र-प्रहार करेगी। बस, अब एक

ही उपाय है। किसी तरह कागजात गुम कर दूँ। बड़ी जोखिम का काम है, पर करना ही पड़ेगा।

दुष्कामनाओं के सामने एक बार सिर झुकाने पर फिर सँभलना कठिन हो जाता है। पाप के अथाह दलदल में जहाँ एक बार पड़े कि फिर प्रतिक्षण नीचे ही चले जाते हैं। मुंशी सत्यनारायण-सा विचारशील मनुष्य इस समय इस फिक्र में था कि कैसे सेंध लगा पाऊँ!

मुंशी जी ने सोचा—क्या सेंध लगाना आसान है? इसके वास्ते कितनी चतुरता, कितना साहस, कितनी बुद्धि, कितनी वीरता चाहिए! कौन कहता है कि चोरी करना आसान काम है? मैं जो कहीं पकड़ा गया, तो मरने के सिवा और कोई मार्ग न रहेगा।

बहुत सोचने-विचारने पर भी मुंशी जी को अपने ऊपर ऐसा दुस्साहस कर सकने का विश्वास न हो सका। हाँ, इससे सुगम एक दूसरी तदबीर नजर आयी—क्यों न दफ्तर में आग लगा दूँ? एक बोतल मिट्टी का तेल और दियासलाई की जरूरत है। किसी बदमाश को मिला लूँ, मगर यह क्या मालूम कि वही उसी कमरे में रखी है या नहीं। चुड़ैल ने उसे जरूर अपने पास रख लिया होगा। नहीं; आग लगाना गुनाह बेलज्जत होगा।

बहुत देर मुंशी जी करवटें बदलते रहे। नये-नये मनसूबे सोचते; पर फिर अपने ही तर्कों से काट देते। वर्षाकाल में बादलों की नयी-नयी सूरतें बनती और फिर हवा के वेग से बिगड़ जाती हैं; वही दशा इस समय उनके मनसूबों की हो रही थी।

पर इस मानसिक अशांति में भी एक विचार पूर्णरूप से स्थिर था—किसी तरह इन कागजात को अपने हाथ में लाना चाहिए। काम कठिन है—माना! पर हिम्मत न थी, तो रार क्यों मोल ली? क्या तीस हजार की जायदाद दाल-भात का कौर है!—चाहे जिस तरह हो, चोर बने बिना काम नहीं चल सकता। आख़िर जो लोग चोरियाँ करते हैं, वे भी तो मनुष्य ही होते हैं। बस, एक छलाँग का काम है। अगर पार हो गये, तो राज करेंगे, गिर पड़े, तो जान से हाथ धोयेंगे।

5

रात के दस बज गये। मुंशी सत्यनारायण कुंजियों का एक गुच्छा कमर में दबाये घर से बाहर निकले। द्वार पर थोड़ा-सा पुआल रखा हुआ था। उसे देखते ही वे चौंक पड़े। मारे डर के छाती धड़कने लगी। जान पड़ा कि

कोई छिपा बैठा है। कदम रुक गये। पुआल की तरफ ध्यान से देखा। उसमें बिलकुल हरकत न हुई! तब हिम्मत बाँधी, आगे बढ़े और मन को समझाने लगे—मैं कैसा बौखल हूँ।

अपने द्वार पर किसका डर और सड़क पर भी मुझे किसका डर है? मैं अपनी राह जाता है। कोई मेरी तरफ तिरछी आँख से नहीं देख सकता। हाँ, जब मुझे सेंध लगाते देख ले—नहीं, पकड़ ले तब अलबत्ते डरने की बात है। तिस पर भी बचाव की युक्ति निकल सकती है।

अकस्मात उन्होंने भानुकुँवरि के एक चपरासी को आते हुए देखा। कलेजा धड़क उठा। लपक कर एक अंधेरी गली में घुस गये। बड़ी देर तक वहाँ खड़े रहे। जब वह सिपाही आँखों से ओझल हो गया, तब फिर सड़क पर आये। वह सिपाही आज सुबह तक इनका गुलाम था, उसे उन्होंने कितनी ही बार गालियाँ दी थीं, लातें मारी थी, पर आज उसे देखकर उनके प्राण सूख गये।

उन्होंने फिर तर्क की शरण ली। मैं मानो भंग खाकर आया हूँ। इस चपरासी से इतना डरा मानो कि वह मुझे देख लेता, पर मेरा कर क्या सकता था? हजारों आरमी रास्ता चल रहे हैं। उन्हीं में मैं भी एक हूँ। क्या वह अंतर्यामी है? सबके हृदय का हाल जानता है? मुझे देखकर वह अदब से सलाम करता और वहाँ का कुछ हाल भी कहता; पर मैं उससे ऐसा डरा कि सूरत तक न दिखायी। इस तरह मन को समझा कर वे आगे बढ़े। सच है, पाप के पंजों में फैसा हुआ मन पतझड़ का पत्ता है, जो हवा के जरा-से झोंके से गिर पड़ता है।

मुंशी जी बाजार पहुँचे। अधिकतर दूकानें बंद हो चुकी थीं। उनमें साँड़ और गायें बैठी हुई जुगाली कर रही थीं। केवल हलवाइयो की दूकानें खुली थीं और कहीं-कहीं गजरेवाले हार की हाँक लगाते फिरते थे। सब हलवाई मुंशी जी को पहचाते थे, अतएव मुंशी जी ने सिर झुका लिया। कुछ चाल बदली और लपकते हुए चले। एकाएक उन्हें एक बग्घी आती दिखायी दी। यह सेठ बल्लभबास वकील की बग्घी थी। इसमें बैठकर हजारों बार सेठ जी के साथ कचहरी गये थे, पर आज वह बग्घी कालदेव के समान भयंकर मालूम हुई। फौरन एक खाली दूकान पर चढ़ गये। वहाँ विश्राम करने वाले साँड़ ने समझा, वे मुझे पदच्युत करने आये हैं! माथा झुकाये फुंकारता हुआ उठ बैठा; पर इसी बीच में बग्घी निकल गयी और मुंशी जी की जान में जान आयी। अबकी उन्होंने तर्क का आश्रय न लिया। समझ गये कि इस समय इससे कोई लाभ नहीं, खैरियत यह हुई कि वकील

ने देखा नहीं। यह एक घाघ हैं। मेरे चेहरे से ताड़ जाता।

कुछ विद्वानों का कथन है कि मनुष्य की स्वाभाविक प्रवृत्ति पाप की ओर होती है, पर यह कोरा अनुमान ही अनुमान है, अनुभव-सिद्ध बात नहीं। सच बात तो यह है कि मनुष्य स्वभावतः पाप-भीरु होता है और हम प्रत्यक्ष देख रहे हैं कि पाप से उसे कैसी घृणा होती है।

एक फर्लांग आगे चल कर मुंशी जी को एक गली मिली। वह भानुकुंवरि के घर का एक रास्ता था। धुँधली-सी लालटेन जल रही थी। जैसा मुंशी जी ने अनुमान किया था, पहरेदार का पता न था। अस्तबल में चमारों के यहाँ नाच हो रहा था। कई चमारिनें बनाव-सिंगार करके नाच रही थीं। चमार मृदंग बजा-बजा कर गाते थे—

'नाहीं घरे श्याम, घेरि आये बदरा।
सोवत रहेउँ, सपन एक देखेउँ, रामा।
खुलि गयी नींद, ढरक गये कजरा।
नहीं घरे श्याम, घेरि आये बदरा।'

दोनों पहरेदार वहीं तमाशा देख रहे थे। मुंशी जी दबे-पाँव लालटेन के पास गए और जिस तरह बिल्ली चूहे पर झपटती है, उसी तरह उन्होंने झपट कर लालटेन को बुझा दिया। एक पड़ाव पूरा हो गया, पर वे उस कार्य को जितना दुष्कर समझते थे, उतना न जान पड़ा। हृदय कुछ मजबूत हुआ। दफ्तर के बरामदे में पहुँचे और खूब कान लगाकर आहट ली। चारों ओर सन्नाटा छाया हुआ था। केवल चमारों का कोलाहल सुनायी देता था। इस समय मुंशी जी के दिल में धड़कन थी, पर सिर धमधम कर रहा था; हाथ-पाँव काँप रहे थे, साँस बड़े वेग से चल रही थी। शरीर का एक-एक रोम आँख और कान बना हुआ था। वे सजीवता की मूर्ति हो रहे थे। उनमें जितना पौरुष, जितनी चपलता, जितना साहस, जितनी चेतना, जितनी बुद्धि, जितना औसान था, वे सब इस वक्त सजग और सचेत होकर इच्छा- शक्ति की सहायता कर रहे थे।

दफ्तर के दरवाजे पर वही पुराना ताला लगा हुआ था। इसकी कुंजी आज बहुत तलाश करके वे बाजार से लाये थे। ताला खुल गया, किवाड़ों ने बहुत दबी जबान से प्रतिरोध किया। इस पर किसी ने ध्यान न दिया। मुंशी जी दफ्तर में दाखिल हुए। भीतर चिराग जल रहा था। मुंशी जी को देख कर उसने एक दफे सिर हिलाया, मानो उन्हें भीतर आने से रोका।

मुंशी जी के पैर थर-थर काँप रहे थे। एड़ियाँ जमीन से उछली पड़ती थीं। पाप का बोझ उन्हें असह्य था।

पल-भर में मुंशी जी ने बहियों को उलटा-पलटा। लिखावट उनकी आँखों में तैर रही थी। इतना अवकाश कहाँ था कि जरूरी कागजात छाँट लेते। उन्होंने सारी बहियों को समेट कर एक गट्ठर बनाया और सिर पर रख कर तीर के समान कमरे के बाहर निकल आये। उस पाप की गठरी को लादे हुए वह अंधेरी गली से गायब हो गए।

तंग, अँधरी, दुर्गंधपूर्ण कीचड़ से भरी हुई गलियों में वे नंगे पाँव, स्वार्थ, लोभ और कपट का बोझ लिए चले जाते थे। मानो पापमय आत्मा नरक की नालियों में बही चली जाती थी।

बहुत दूर तक भटकने के बाद वे गंगा के किनारे पहुँचे। जिस तरह कलुषित हृदयों में कहीं-कहीं धर्म का धुँधला प्रकाश रहता है, उसी तरह नदी की काली सतह पर तारे झिलमिला रहे थे। तट पर कई साधु धूनी जमाये पड़े थे। ज्ञान की ज्वाला मन की जगह बाहर दहक रही थी। मुंशी जी ने अपना गट्ठर उतारा और चादर से खूब मजबूत बाँध कर बलपूर्वक नदी में फेंक दिया। सोती हुई लहरों में कुछ हलचल हुई और फिर सन्नाटा हो गया।

6

मुंशी सत्यनारायणलाल के घर में दो स्त्रियां थीं—माता और पत्नी। वे दोनों अशिक्षिता थीं। तिस पर भी मुंशी जी को गंगा में डूब मरने या कहीं भाग जाने की जरूरत न होती थी! न वे बॉडी पहनती थीं, न मोजे-जूते, न हारमोनियम पर गा सकती थीं। यहाँ तक कि उन्हें साबुन लगाना भी न आता था। हेयरपिन, ब्रुचेज, जाकेट आदि परमावश्यक चीजों का तो नाम ही नहीं सुना था। बहू में आत्म-सम्मान जरा भी नहीं था; न सास में आत्म-गौरव का जोश। बहू अब तक सास की घुड़कियाँ भीगी बिल्ली की तरह सह लेती थी—हा मूर्ख! सास को बच्चे के नहलाने-धुलाने, यहाँ तक कि घर में झाड़ू देने से भी घृणा न थी, हा ज्ञानांधे! बहू स्त्री क्या थी, मिट्टी का लोंदा थी। एक पैसे की जरूरत होती तो सास से माँगती। सारांश यह कि दोनों स्त्रियाँ अपने अधिकारों से बेखबर, अंधकार में पड़ी हुई पशुवत् जीवन व्यतीत करती थीं। ऐसी फूहड़ थीं कि रोटियां भी अपने हाथों से बना लेती थीं। कंजूसी के मारे दालमोट, समोसे कभी बाजार से न मँगाती। आगरे वाले की दूकान की चीजें खायी होती तो उनका जा जानतीं। बुढ़िया खूसट दवा-दरपन भी जानती थी। बैठीं-बैठी घास-पात कूटा करती।

मुंशी जी ने माँ के पास जाकर कहा—अम्माँ! अब क्या होगा? भानुकुँवरि ने मुझे जवाब दे दिया।

माता ने घबरा कर पूछा—जवाब दे दिया?

मुंशी—हाँ, बिलकुल बेकसूर!

माता—क्या बात हुई? भानुकुँवरि का मिजाज तो ऐसा न था।

मुंशी—बात कुछ न थी। मैंने अपने नाम से जो गाँव लिया था, उसे मैंने अपने अधिकार में कर लिया। कल मुझसे और उनसे साफ-साफ बातें हुई। मैंने कह दिया कि गाँव मेरा है। मैंने अपने नाम से लिया है, उसमें तुम्हारा कोई इजारा नहीं। बस, बिगड़ गयीं, जो मुँह में आया, बकती रहीं। उसी वक्त मुझे निकाल दिया और धमका कर कहा—मैं तुमसे लड़ कर अपना गाँव ले लूँगी। अब आज ही उनकी तरफ से मेरे ऊपर मुकदमा दायर होगा; मगर इससे होता क्या है? गाँव मेरा है। उस पर मेरा कब्जा है। एक नहीं, हजार मुकदमे चलाएं, डिगरी मेरी होगी?

माता ने बहू की तरफ मर्मातक दृष्टि से देखा और बोली—क्यों भैया? वह गाँव लिया तो था तुमने उन्हीं के रुपये से और उन्हीं के वास्ते?

मुंशी—लिया था, तब लिया था। अब मुलसे ऐसा आबाद और मालदार गाँव नहीं छोड़ा जाता। वह मेरा कुछ नहीं कर सकती। मुझसे अपना रुपयां भी नहीं ले सकती। डेढ़ सौ गाँव तो हैं। तब भी हवस नहीं मानती

माना—बेटा, किसी के धन ज्यादा होता है, तो वह उसे फेंक थोड़े ही देता है? तुमने अपनी नीयत बिगाड़ी, यह अच्छा काम नहीं किया। दुनिया तुम्हें क्या कहेगी? और दुनिया चाहे कहे या न कहे, तुमको भला ऐसा करना चाहिए कि जिसकी गोद में इतने दिन पले, जिसका इतने दिनों तक नमक खाया, अब उसी से दगा करो? नारायण ने तुम्हें क्या नहीं दिया? मजे से खाते हो, पहनते हो, घर में नारायण का दिया चार पैसा है, बाल-बच्चे हैं, और क्या चाहिए? मेरा कहना मानो, इस कलंक का टीका अपने माथे न लगाओ। यह अपजस मत लो। बरक्कत अपनी कमाई में होती है; हराम की कौड़ी कभी नहीं फलती।

मुंशो—ऊँह! ऐसी बातें बहुत सुन चुका हूँ। दुनिया उन पर चलने। लगे, तो सारे काम बन्द हो जायँ। मैंने इतने दिनों इनकी सेवा की, मेरी ही बदौलत ऐसे-ऐसे चार-पाँच गाँव बढ़ गए। जब तक पंडित जी थे, मेरी नीयत का मान था। मुझे आँख में धूल डालने की जरूरत न थी, वे आप ही मेरी खातिर कर दिया करते थे। उन्हें मरे आठ साल हो गए; मगर मुसम्मात के एक बीड़े पान की कसम खाता हूँ; मेरी जात से उनको हजारों

रुपये-मासिक की बचत होती थी। क्या उनको इतनी भी समझ न थी कि यह बेचारा, जो इतनी ईमानदारी से मेरा काम करता है, इस नफे में कुछ उसे भी मिलना चाहिए? यह कह कर न दो, इनाम कह कर दो, किसी तरह दो तो, मगर वे तो समझती थी कि मैंने इसे बीस रुपये महीने पर मोल ले लिया है। मैंने आठ साल तक सब किया, अब क्या इसी बीस रुपये में गुलामी करता रहूँ और अपने बच्चों को दूसरों का मुँह ताकने के लिए छोड़ जाऊँ? अब मुझे यह अवसर मिला है। इसे क्यों छोड़ूँ? जमींदारी की लालसा लिये हुए क्यों मरूँ? जब तक जीऊँगा, खुद खाऊँगा। मेरे पीछे मेरे बच्चे चैन उड़ायेंगे।

माता की आँखों में आँसू भर आये। बोली—बेटा, मैंने तुम्हारे मुँह से ऐसी बातें कभी नहीं सुनी थीं, तुम्हें क्या हो गया है? तुम्हारे आगे बाल-बच्चे हैं। आग में हाथ न डालो।

'बहू ने सास की ओर देख कर कहा—हमको ऐसा धन न चाहिए, हम अपनी दाल-रोटी में मगन हैं।

मुंशी—अच्छी बात है, तुम लोग रोटी-दाल खाना, गाढ़ा पहनना, मुझे अब हल्वे-पूरा की इच्छा है।

माता—यह अधर्म मुझसे न देखा जायगा। मैं गंगा में डूब मरूँगी।

पत्नी—तुम्हें यह सब काँटा बोना है, तो मुझे मायके पहुँचा दो, मैं अपने बच्चों को लेकर इस घर में न रहूँगी!

मुंशी ने झँझुला कर कहा—तुम लोगों की बुद्धि तो भाँग खा गयी है। लाखों सरकारी नौकर रात-दिन दूसरों का गला दबा-दबा कर रिश्वतें लेते हैं और चैन करते हैं। न उनके बाल-बच्चों ही को कुछ होता है, न उन्हीं को हैजा पकड़ता है। अधर्म उनको क्यों नहीं खा जाता, जो मुझी को खा जायगा। मैंने तो सत्यवादियों को सदा दुःख झेलते ही देखा है। मैंने जो कुछ किया है, सुख लुटूँगा। तुम्हारे मन में जो आये, करो।

प्रातःकाल दफ्तर खुला तो कागजात सब गायब थे। मुंशी छक्कनलाल बौखलाये से घर में गये और मालकिन से पूछा—कागजात आपने उठवा लिए हैं।

भानुकुँवरि ने कहा—मुझे क्या खबर, जहाँ आपने रखे होंगे, वहीं होंगे।

फिर सारे घर में खलबली पड़ गयी। पहरेदारों पर मार पड़ने लगी। भानुकुँवरि को तुरन्त मुंशी सत्यनारायण पर संदेह हुआ, मगर उनकी समझ में छक्कनलाल की सहायता के बिना यह काम होना असम्भव था। पुलिस

में रपट हुई। एक ओझा नाम निकालने के लिए बुलाया गया। मौलवी साहब ने कुर्रा फेंका। ओझा ने बताया, यह किसी पुराने बैरी का काम है। मौलवी साहब ने फरमाया, किसी घर के भेदिये ने यह हरकत की है। शाम तक यह दौड़-धूप रही। फिर यह सलाह होने लगी कि इन कागजातों के बगैर मुकदमा कैसे चले। पक्ष तो पहले से ही निवाल था। जो कुछ बल था, वह इसी बही-खाते का था। अब तो सबूत भी हाथ से गये। दावे में कुछ जान ही न रही, मगर भानुकुँवरि ने कहा—बला से हार जाएँगे। हमारी चीज कोई छीन ले, तो हमारा धर्म है कि उससे यथाशक्ति लड़ें, हार कर बैठना कायरों का काम है। सेठ जी (वकील) को इस दुर्घटना का समाचार मिला तो उन्होंने भी यही कहा कि अब दावे में जरा भी जान नहीं है। केवल अनुमान और तर्क का भरोसा है। अदालत ने माना तो माना, नहीं तो हार माननी पड़ेगी। पर भानुकुँवरि ने एक न मानी। लखनऊ और इलाहाबाद से दो होशियार बैरिस्टिर बुलाये। मुकदमा शुरू हो गया।

सारे शहर में इस मुकदमे की धूम थी। कितने ही रईसों को भानु-कुंवरि ने साथी बनाया था। मुकदमा शुरू होने के समय हजारों आदमियों की भीड़ हो जाती थी। लोगों के इस खिंचाव का मुख्य कारण यह था कि भानुकुँवरि एक पर्दे की आड़ में बैठी हुई अदालत की कारवाई देखा करती थी, क्योंकि उसे अब अपने नौकरों पर जरा भी विश्वास न था।

वादी बैरिस्टर ने एक बड़ी मार्मिक वक्तृता दी। उसने सत्यनारायण की पूर्वावस्था का खूब अच्छा चित्र खींचा। उसने दिखलाया कि वे कैसे स्वामिभक्त, कैसे कार्य-कुशल, कैसे कर्म-शील थे; और स्वर्गवासी पंडित भृगुदत्त का उस पर पूर्ण विश्वास हो जाना किस तरह स्वाभाविक था। इसके बाद उसने सिद्ध किया कि मुंशी सत्यनारायण की आर्थिक व्यवस्था कभी ऐसी न थी कि वे इतना धन-संचय करते। अंत में उसने मुंशी जी की स्वार्थपरता, कूटनीति, निर्दयता और विश्वास-घातकता का ऐसा घृणोत्पा-दक चित्र खींचा कि लोग मुंशी जी को गालियाँ देने लगे। इसके साथ ही उसने पंडित जी के अनाथ बालकों की दशा का बड़ा ही करुणोत्पादक वर्णन किया—कैसे शोक और लज्जा की बात है कि ऐसा चरित्रवान्, ऐसा नीति-कुशल मनुष्य इतना गिर जाय कि अपने स्वामी के अनाथ बालकों की गर्दन पर छुरी चलाने का संकोच न करे। मानव-पतन का ऐसा करुण, ऐसा हृदय-विदारक उदाहरण मिलना कठिन है। इस कुटिल कार्य के परिणाम की दृष्टि से इस मनुष्य के पूर्व परिचित सद्‌गुणों का गौरव लुप्त हो जाता है। क्योंकि वे असली मोती नहीं, नकली काँच के दाने थे, जो केवल विश्वास

जमाने के निमित्त दर्शाये गये थे। वह केवल सुंदर जाल था, जो एक सरल हृदय मोर छल-छंद से दूर रहने वाले रईस को फैसाने के लिए फैलाया गया था। इस नर-पशु का अंतःकरण कितना अंधकारमय, कितना कपट-पूर्ण, कितना कठोर है; और इसकी दुष्टता कितनी घोर, कितनी अपावन है। अपने शत्रु के साथ दया करना एक बार तो क्षम्य है, मगर इस मलिन हृदय मनुष्य ने उन बेकसों के साथ दगा दिया है, जिन पर मानव-स्वभाव के अनुसार दया करना उचित है! यदि आज हमारे पास बही-खाते मौजूद होते, अदालत पर सत्यनारायण की सत्यता स्पष्ट रूप से प्रकट हो जाती, पर मुंशी जी के बरखास्त होते ही दफ्तर से उनका लुप्त हो जाना भी अदालत के लिए एक बड़ा सबूत है।

शहर में कई रईसों ने गवाही दी, पर सुनी-सुनायी बातें जिरह में उखड़ गयीं। दूसरे दिन फिर मुकदमा पेश हुआ।

प्रतिवादी के वकील ने अपनी वक्तृता शुरू की। उसमें गंभीर विचारों की अपेक्षा हास्य का आधिक्य था—यह एक विलक्षण न्याय-सिद्धान्त है कि किसी धनाढ्य मनुष्य का नौकर जो कुछ खरीदे, वह उसके स्वामी की चीज समझी जाय। इस सिद्धांत के अनुसार हमारी गवर्नमेंट को अपने कर्मचारियों की सारी सम्पत्ति पर कब्जा कर लेना चाहिए। यह स्वीकार करने में हमको कोई आपत्ति नहीं कि हम इतने रुपयों का प्रबंध न कर सकते थे और यह धन हमने स्वामी ही से ऋण लिया; पर हमसे ऋण चुकाने का कोई तकाजा न करके वह जायदाद ही माँगी जाती है। यदि हिसाब के कागजात दिखलाये जायँ, तो वे साफ बता देंगे कि मैं सारा ऋण दे चुका। हमारे मित्र ने कहा है कि ऐसी अवस्था में बहियों का गुम हो जाना भी अदालत के लिये एक सबूत होना चाहिए। मैं भी उनकी युक्ति का समर्थन करता हूँ। यदि मैं आपसे ऋण ले कर अपना विवाह करूँ, तो क्या आप मुझसे मेरी नव-विवाहित वधू को छीन लेंगे?

'हमारे सुयोग मित्र ने हमारे ऊपर अनाथों के साथ दगा करने का दोष लगाया है। अगर मुंशी सत्यनारायण की नीयत खराब होती, तो उनके लिए सबसे अच्छा अवसर वह था, जब पंडित भृगुदत्त का स्वर्गवास हुआ था। इतने बिलम्ब की क्या जरूरत थी? यदि आप शेर को फँसा कर उसके बच्चे को उसी वक्त नहीं पकड़ लेते, उसे बढ़ने और सबल होने का अवसर देते हैं, तो मैं आपको बुद्धिमान न कहूँगा। यथार्थ बात यह है कि मुंशी सत्यनारायण ने नमक का जो कुछ हक था, वह पूरा कर दिया। आठ वर्ष तक तन-मन से स्वामी के संतान की सेवा की। आज उन्हें अपनी साधुता

का जो फल मिल रहा है, वह बहुत ही दुःखजनक और हृदय-विदारक है। इसमें भानुकुँवरि का दोष नहीं। वे एक गुण-सम्पन्न महिला हैं; मगर अपनी जाति के अवगुण उनमें भी विद्यमान हैं! ईमानदार मनुष्य स्वभावतः स्पष्ट-भाषी होता है; उसे अपनी बातों में नमक-मिर्च लगाने की जरूरत नहीं होती। यही कारण है कि मुंशी जी के मृदुभाषी मातहतों को उन पर आक्षेप करने का मौका मिल गया। इस दावे की जड़ केवल इतनी ही है, और कुछ नहीं। भानुकुँवरि यहाँ उपस्थित हैं। क्या वे कह सकती हैं कि इस आठ वर्ष की मुद्दत में कभी इस गाँव का जिक्र उनके सामने आया? कभी उसके हानि-लाभ, आय-व्यय, लेन-देन की चर्चा उनसे की गयी? मान लीजिए कि मैं गवर्नमेंट का मुलाजिम हूँ। यदि मैं आज दफ्तर में आकर अपनी पत्नी के आय-व्यय और अपने टहलुओं के टैक्सों का पचड़ा गाने लगूँ, तो शायद मुझे शीघ्र ही अपने पद से पृथक् होना पड़े, और सम्भव है, कुछ दिनों तक बरेली की अथितिशाला में भी रखा जाऊँ। जिस गाँव से भानुकुँवरि का सरोवार न था, उसकी चर्चा उनसे क्यों की जाती?'

इसके बाद बहुत से गवाह पेश हुए; जिनमें अधिकांश आस-पास के देहातों के जमींदार थे। उन्होंने बयान किया कि हमने मुंशी सत्यनारायण असामियों को अपनी दस्तखती रसीदें देते और अपने नाम से खजाने में रुपया दाखिल करते देखा है।

इतने में संध्या हो गयी। अदालत ने एक सप्ताह में फैसला सुनाने का हुक्म दिया।

7

सत्यनारायण को अब अपनी जीत में कोई सन्देह न था। वादी पक्ष के गवाह भी उखड़ गये थे और बहस भी सबूत से खाली थी। अब इनकी गिनती भी जमींदारों में होगी और असम्भव है, यह कुछ दिनों में रईस कहलाने लगेंगे। पर किसी न किसी कारण से अब शहर के गणमान्य पुरुषों से आँखें मिलाते शर्माते थे। उन्हें देखते ही उनका सिर नीचा हो जाता था। वह मन में डरते थे कि वे लोग कहीं इस विषय पर कुछ पूछ-ताछ न कर बैठे। वह बाजार में निकलते तो दुकानदारों में कुछ कानाफूसी होने लगती और लोग उन्हें तिरछी दृष्टि से देखने लगते। अब तक लोग उन्हें विवेकशील और सच्चरित्र मनुष्य समझते थे, शहर के धनी-मानी उन्हें इज्जत की निगाह से देखते और उनका बड़ा आदर करते थे। यद्यपि मुंशी जी को अब तक इनसे टेढ़ी-तिरछी सुनने का संयोग न पड़ा था, तथापि

उनका मन कहता था कि सच्ची बात किसी से छिपी नहीं है। चाहे अदालत से उनकी जीत हो जाय, पर उनकी साख अब जाती रही। अब उन्हें लोग स्वार्थी, कपटी और दगाबाज समझेंगे। दूसरों की बात तो अलग रही, स्वयं उनके घरवाले उनकी उपेक्षा करते थे। बूढ़ी माता ने तीन दिन से मुँह में में पानी नहीं डाला! स्त्री बार-बार हाथ जोड़ कर कहती थी कि अपने प्यारे बालकों पर दया करो। बुरे काम का फल कभी अच्छा नहीं होता! नहीं तो पहले मुझी को विष खिला दो।

जिस दिन फैसला सुनाया जानेवाला था, प्रातःकाल एक कुंजड़िन तरकारियाँ लेकर आयी और मुंशियाइन से बोली—

'बहू जी! हमने बाजार में एक बात सुनी है। बुरा न मानो तो कहूँ? जिसको, देखो, उसके मुँह से यही बात निकलती है कि लाला बाबू ने जालसाजी से पंडिताइन का कोई हलका ले लिया। हमें तो इस पर यकीन नहीं आता। लाला बाबू ने न सँभाला होता, तो अब तक पंडिताइन का कहीं पता न लगता। एक अंगुल जमीन न बचती। इन्हीं में एक सरदार था कि सबको सँभाल लिया। तो क्या अब उन्हीं के साथ बदी करेंगे? अरे बहू! कोई कुछ साथ लाया है कि ले जायगा? यही नेकी-बदी रह जाती है। बुरे का फल बुरा होता है। आदमी न देखे, पर अल्लाह सब कुछ देखता है।'

बहू जी पर घड़ों पानी पड़ गया। जी चाहता था कि धरती फट जाती, तो उसमें समा जाती। स्त्रियाँ स्वभावतः लज्जावती होती हैं। उनमें आत्माभिमान की मात्रा अधिक होती है। निन्दा-अपमान उनसे सहन नहीं हो सकता है। सिर झुकाये हुए बोली—बुआ! मैं इन बातों को क्या जानूँ? मैंने तो आज ही तुम्हारे मुँह से सुनी है। कौन-सी तरकारियाँ हैं?

मुंशी सत्यनारायण अपने कमरे में लेटे हुए कुंजड़िन की बातें सुन रहे थे, उसके चले जाने के बाद आकर स्त्री से पूछने लगे—यह शैतान की खाला क्या कह रही थी।

स्त्री ने पति की ओर से मूंह फेर लिया और जमीन की ओर ताकते हुए बोली—क्या तुमने नहीं सुना? तुम्हारा गुन-गान कर रही थी। तुम्हारे पीछे देखो, किस-किसके मुँह से ये बातें सुननी पड़ती हैं और किस-किससे मुँह छिपाना पड़ता है।

मुंशी जी अपने कमरे में लौट आये। स्त्री को कुछ उत्तर नहीं दिया। आत्मा लज्जा से परास्त हो गयी। जो मनुष्य सदैव सर्व-सम्मानित रहा हो; जो सदा आत्माभिमान से सिर उठा कर चलता रहा हो, जिसकी सुकृति की सारे शहर में चर्चा होती हो, वह कभी सर्वथा लज्जाशून्य नहीं हो सकता;

लज्जा कुपथ की सबसे बड़ी शत्रु है। कुवासनाओं के भ्रम में पड़ कर मुंशी जी ने समझा था, मैं इस काम को ऐसी गुप्त-रीति से पूरा कर ले जाऊँगा कि किसी को कानों-कान खबर न होगी, पर उनका यह मनोरथ सिद्ध न हुआ। बाधाएँ आ खड़ी हुई। उनके हटाने में उन्हें बड़े दुस्साहस से काम लेना पड़ा; पर यह भी उन्होंने लज्जा से बचने के निमित्त किया। जिसमें यह कोई न कहे कि अपनी स्वामिनी को धोखा दिया। इतना यत्न करने पर भी वह निन्दा से बच सके। बाजार का सौदा बेचनेवालियाँ भी अब अपमान करती हैं। कुवासनाओं से दबी हुई लज्जा-शक्ति इस कड़ी चोट को सहन न कर सकी। मुंशी जी सोचने लगे, अब मुझे धन-सम्पति मिल जायगी, ऐश्वर्यवान् हो जाऊँगा, परन्तु निन्दा से मेरा पीछा न छूटेगा। अदालत का फैसला मुझे लोक-निन्दा से न बचा सकेगा। ऐश्वर्य का फल क्या है?—मान और मर्यादा। उससे हाथ धो बैठा, तो ऐश्वर्य को लेकर क्या करूँगा? चित्त की शक्ति खोकर, लोक-लज्जा सहकर, जनसमुदाय में नीच बन कर और अपने घर में कलह का बीज बोकर यह सम्पत्ति मेरे किस काम आयेगी? और यदि वास्तव में कोई न्याय-शक्ति हो और वह मुझे इस कुकृत्य का दंड दे, तो मेरे लिए सिवा मुख में कालिख लगा कर निकल जाने के और कोई मार्ग न रहेगा। सत्यवादी मनुष्य पर कोई विपत्ति पड़ती है, तो लोग उनके साथ सहानुभूति करते है। दुष्टों की विपत्ति लोगों के लिए व्यंग्य की सामग्री बन जाती है। उस अवस्था में ईश्वर अन्यायी ठहराया जाता है; मगर दुष्टों की विपत्ति ईश्वर के न्याय को सिद्ध करती है। परमात्मन्! इस दुर्दशा से किसी तरह मेरा उद्धार करो! क्यों न जाकर मैं भानुकुँवरि के पैरों पर गिर पड़ूँ और विनय करूँ कि यह मुकदमा उठा लो? शोक! पहले यह बात मुझे क्यों न सूझी? अगर कल तक मैं उनके पास चला गया होता, तो बात बन जाती; पर अब क्या हो सकता है। आज तो फैसला सुनाया जायगा।

मुंशी जी देर तक इसी विचार में पड़े रहे, पर कुछ निश्चय न कर सके कि क्या करें।

भानुकुँवरि को भी विश्वास हो गया कि अब गाँव हाथ से गया। बेचारी हाथ मल कर रह गयी। रात भर उसे नींद न आयी, रह-रह कर मुंशी सत्यनारायण पर क्रोध आता था। हाय पापी! ढोल बजा कर मेरा पचास हजार का माल लिए जाता है और मैं कुछ नहीं कर सकती। आज-कल के न्याय करने वाले बिलकुल आँख के अंधे हैं। जिस बात को सारी दुनिया जानती है, उसमें भी उनकी दृष्टि नहीं पहुँचती। बस, दूसरों की आँखों से देखते हैं। कोरे कागजों के गुलाम हैं। न्याय वह है जो दूध का

दूध, पानी का पानी कर दे; यह नहीं कि खुद ही कागजों के धोखे में आ जाय, खुद ही पाखंडियों के जाल में फँस जाय। इसी से तो ऐसी छली, कपटी, दगाबाज और दुरात्माओं का साहस बढ़ गया है। खैर, गाँव जाता है तो जाय; लेकिन सत्यनारायण, तुम शहर में कहीं मुँह दिखाने के लायक भी न रहे।

इस खयाल से भानुकुँवरि को कुछ शान्ति हुई। शत्रु की हानि मनुष्य को अपने लाभ से भी अधिक प्रिय होती है, मानव-स्वभाव ही कुछ ऐसा है। तुम हमारा एक गाँव ले गये, नारायण चाहेंगे तो तुम भी इससे सुख न पाओगे। तुम आप नरक की आग में जलोगे, तुम्हारे घर में कोई दिया जलाने वाला न रह जायगा।

फैसले का दिन आ गया। आज इजलास में बड़ी भीड़ थी। ऐसे-ऐसे महानुभाव उपस्थित थे, जो बगुलों की तरह अफसरों की बधाई और बिदाई के अवसरों ही में नजर आया करते हैं। वकीलों और मुखतारों की पलटन भी जमा थी। नियत समय पर जज साहब ने इजलास सुशोभित किया। विस्तृत न्याय भुवन में सन्नाटा छा गया। अहलमद ने संदूक से तज-वीज निकाली। लोग उत्सुक होकर एक-एक कदम और आगे खिसक गए।

जज ने फैसला सुनाया—मुद्दई का दावा खारिज। दोनों पक्ष अपना-अपना खर्च सह लें।

यद्यपि फैसला लोगों के अनुमान के अनुसार ही था,तथापि जज के मुँह से उसे सुन कर लोगों में हलचल-सी मच गयी। उदासीन भाव से फैसले पर आलोचनाएँ करते हुए लोग धीरे-धीरे कमरे से निकलने लगे।

एकाएक भानुकुँवरि घूँघट निकाले इजलास पर आ कर खड़ी हो गयी। जानेवाले लौट पड़े। जो बाहर निकल गये थे, दौड़ कर आ गये। और कौतूहल-पूर्वक भानुकुँवरि की तरफ ताकने लगे।

भानुकुँवरि ने कंपित स्वर में जज से कहा—सरकार, यदि हुक्म दें, तो मैं मुंशी जी से कुछ पूछूँ।

यद्यपि यह बात नियम के विरुद्ध थी, तथापि जज ने दयापूर्वक आज्ञा दे दी।

तब भानुकुँवरि ने सत्यनारायण की तरफ देख कर कहा—लाला जी, सरकार ने तुम्हारी डिग्री तो कर ही दी। गाँव तुम्हें मुबारक रहे; मगर ईमान आदमी का सब कुछ है। ईमान से कह दो, गाँव किसका है?

हजारों आदमी यह प्रश्न सुन कर कौतूहल से सत्यनारायण की तरफ देखने लगे। मुंशी जी विचार-सागर में डूब गये। हृदय में संकल्प और विकल्प

में घोर संग्राम होने लगा। हजारों मनुष्यों की आँखें उनकी तरफ जमी हुई थी। यथार्थ बात अब किसी से छिपी न थी। इतने आदमियों के सामने असत्य बात मुँह से निकल न सकी। लज्जा से जबान बंद कर ली—'मेरा' कहने में काम बनता था। कोई बात न थी; किंतु घोरतम पाप का दंड समाज दे सकता है, उसके मिलने का पूरा भय था। 'आपका' कहने से काम बिगड़ता था। जीती-जितायी बाजी हाथ से निकली जाती थी, सर्वोत्कृष्ट काम के लिए समाज से जो इनाम मिल सकता है, उसके मिलने की पूरी आशा थी। आशा ने भय को जीत लिया। उन्हें ऐसा प्रतीत हुआ, जैसे ईश्वर ने मुझे अपना मुख उज्वल करने का यह अंतिम अवसर दिया है। मैं अब भी मानव-सम्मान का पात्र बन सकता हूँ। अब अपनी आत्मा की रक्षा कर सकता हूँ। उन्होंने आगे बढ़ कर भानुकुँवरि को प्रणाम किया और काँपते हुए स्वर में बोले—आपका!

हजारों मनुष्यों के मुँह से एक गगनस्पर्शी ध्वनि निकली—सत्य की जय!

जज ने खड़े हो कर कहा—यह कानून का न्याय नहीं, ईश्वरीय न्याय है! इसे कथा न समझिएगा; यह सच्ची घटना है। भानुकुँवरि और सत्य नारायण अब भी जीवित हैं। मुंशी जी के इस नैतिक साहस पर लोग मुग्ध हो गए। मानवीय न्याय पर ईश्वरीय न्याय ने जो विलक्षण विजय पायी, उसकी चर्चा शहर भर में महीनों रही। भानुकुँवरि मुंशी जी के घर गयीं, उन्हें मना कर लायीं। फिर अपना सारा कारोबार उन्हें सौंपा और कुछ दिनों उपरांत यह गाँव उन्हीं के नाम हिब्बा कर दिया। मुंशी जी ने भी उसे अपने अधिकार में रखना उचित न समझा, कृष्णार्पण कर दिया। अब इसकी आमदनी दीन-दुखियों और विद्यार्थियों की सहायता में खर्च होती है।

ममता

बाबू रामरक्षादास दिल्ली के एक ऐश्वर्यशाली खत्री थे, बहुत ही ठाठ-बाट से रहनेवाले। बड़े-बड़े अमीर उनके यहाँ नित्य आते-जाते थे। वे आये हुओं का आदर-सत्कार ऐसे अच्छे ढंग से करते थे कि इस बात की धूम सारे मुहल्ले में थी। नित्य उनके दरवाजे पर किसी न किसी बहाने से इष्ट-मित्र एकत्र हो जाते, टेनिश खेलते, ताश उड़ता, हारमोनियम के मधुर स्वरों से जी बहलाते, चाय-पानी से हृदय प्रफुल्लित करते, अधिक और क्या चाहिए? जाति की ऐसी अमूल्य सेवा कोई छोटी बात नहीं है। नीची जातियों के सुधार के लिये दिल्ली में एक सोयायटी थी। बाबू साहब उसके सेक्रेटरी थे, और इस कार्य को असाधारण उत्साह से पूर्ण करते थे। जब-उनका बूढ़ा कहार बीमार हुआ और क्रिश्चियन मिशन के डाक्टरों ने उसकी सुश्रुषा की, जब उसकी विधवा स्त्री ने निर्वाह की कोई आशा न देख कर क्रिश्चियन-समाज का आश्रय लिया, तब इन दोनों अवसरों पर बाबू साहब ने शोक के रेजल्यूशन्स पास किये। ससार जानता है कि सेक्रेटरी का काम सभाएँ करना और रेजल्यूशन बनाना है। इससे अधिक वह कुछ नहीं कर सकता।

मिस्टर रामरक्षा का जातीय उत्साह यहीं तक सीमाबद्ध न था। वे सामाजिक कुप्रथाओं तथा अंध-विश्वास के प्रबल शत्रु थे। होली के दिनों में, जब कि मुहल्ले में चमार और कहार शराब से मतवाले होकर फाग गाते और डफ बजाते हुए निकलते, तो उन्हें बड़ा शोक होता। जाति की इस मूर्खता पर उनकी आँखों में आँसू भर आते और वे प्रातः इस कुरीति का निवारण अपने हंटर से किया करते। उनके हंटर में जाति-हितैषिता की उमंग उनकी वक्तृता से भी अधिक थी। यह उन्हीं के प्रशंसनीय प्रयत्न थे, जिन्होंने मुख्य होली के दिन दिल्ली में हलचल मचा दी, फाग गाने के

अपराध में हजारों आदमी पुलिस के पंजे में आ गये। सैकड़ों घरों में मुख्य होली के दिन मुहर्रम का-सा शोक फैल गया। इधर उनके दरवाजे पर हजारों पुरुष-स्त्रियाँ अपना दुखड़ा रो रही थीं। उधर बाबू साहब के हितैषी मित्रगण अपने उदारशील मित्र के सद्व्यवहार की प्रशंसा करते। बाबू साहब दिन-भर में इतने रंग बदलते थे कि उस पर 'पेरिस' की परियों को भी ईर्ष्या हो सकती थी। कई बैंको में उनके हिस्से थे। कई दुकानें थीं; किंतु बाबू साहब को इतना अवकाश न था कि उनकी कुछ देखभाल करते। अतिथि-सत्कार एक पवित्र धर्म है। वे सच्ची देशहितैषिता की उमंग से कहा करते थे—अतिथि-सत्कार आदिकाल से भारतवर्ष के निवासियों का एक प्रधान और सराहनीय गुण है। अभ्यागतों का आदर-सम्मान करने में हम अद्वितीय हैं। हम इससे संसार में मनुष्य कहलाने योग्य हैं। हम सब कुछ खो बैठे हैं, किन्तु जिस दिन हममें यह गुण शेष न रहेगा; वह दिन हिंदू-जाति के लिए लज्जा, अपमान और मृत्यु का दिन होगा।

मिस्टर रामरक्षा जातीय आवश्यकताओं से भी बेपरवाह न थे। वे सामाजिक और राजनीतिक कार्यों में पूर्णरूपेण से योग देते थे। यहाँ तक कि प्रतिवर्ष दो, बल्कि कभी-कभी तीन वक्तृताएँ अवश्य तैयार कर लेते। भाषणों की भाषा अत्यंत उपयुक्त, ओजस्वी और सर्वांग सुंदर होती थी। उपस्थित जन और इष्टमित्र उनके एक-एक शब्द पर प्रशंसासूचक शब्दों की ध्वनि प्रकट करते, तालियाँ बजाते, यहाँ तक कि बाबू साहब को व्याख्यान का क्रम स्थिर रखना कठिन हो जाता। व्याख्यान समाप्त होने पर उनके मित्र उन्हें गोद में उठा लेते और आश्चर्यचकित होकर कहते—तेरी भाषा में जाबू है! सारांश यह कि बाबू साहब को यह जातीय प्रेम और उद्योग केवल बनावटी, सहायता-शून्य तथा फैशनेबिल था। यदि उन्होंने किसी सदुद्योग में भाग लिया था, तो वह सम्मिलित कुटुम्ब का विरोध था। अपने पिता के पश्चात् वे अपनी विधवा माँ से अलग हो गए थे। इस जातीय सेवा में उनकी स्त्री विशेष सहायक थी। विधवा माँ अपने बेटे और बहू के साथ नहीं रह सकती थी। इससे बहू की स्वाधीनता में विघ्न पड़ने से मन दुर्बल और मस्तिष्क शक्तिहीन हो जाता है। बहू को जलाना और कुढ़ाना सास की आदत है। इसलिए बाबू रामरक्षा अपनी माँ से अलग हो गये थे। इसमें संदेह नहीं कि उन्होंने मात-ऋण का विचार करके दस हजार रुपये अपनी माँ के नाम जमा कर दिये थे, कि उसके ब्याज से उनका निर्वाह होता रहे; किंतु बेटे के इस उत्तम आचरण पर माँ का दिल ऐसा टूटा कि वह दिल्ली छोड़कर अयोध्या जा रहीं। तब से वहीं रहती हैं। बाबू

साहब कभी-कभी मिसेज रामरक्षा से छिपकर उससे मिलने अयोध्या जाया करते थे, किंतु वह दिल्ली आने का कभी नाम न लेतीं। हाँ, यदि कुशल-क्षेम की चिट्ठी पहुँचने में कुछ देर हो जाती, तो विवश होकर समाचार पूछ लेती थीं।

2

उसी मुहल्ले में एक सेठ गिरधारी लाल रहते थे। उनका लाखों का लेन-देन था। वे हीरे और रत्नों का व्यापार करते थे। बाबू रामरक्षा के दूर के नाते में साढ़ू होते थे। पुराने ढंग के आदमी थे—प्रातःकाल यमुना-स्नान करनेवाले तथा गाय को अपने हाथों से झाड़ने-पोंछनेवाले! उनसे मिस्टर रामरक्षा का स्वभाव न मिलता था; परन्तु जब कभी रुपयों की आवश्यकता होती, तो वे सेठ गिरधारी लाल के यहाँ से बेखटके मँगा लिया करते थे। आपस का मामला था, केवल चार अंगुल के पत्र पर रुपया मिल जाता था, न कोई दस्तावेज, न स्टाम्प, न साक्षियों की आवश्यकता। मोटरकार के लिए दस हजार की आवश्यकता हुई, वह वहाँ से आया। घुड़दौड़ के लिए एक आस्ट्रेलियन घोड़ा डेढ़ हजार में लिया गया। उसके लिए भी रुपया सेठ जी के यहाँ से आया। धीरे-धीरे कोई बीस हजार का मामला हो गया। सेठ जी सरल हृदय के आदमी थे। समझते थे कि उसके पास दुकानें हैं, बैंकों में रुपया है। जब जी चाहेगा, रुपया वसूल कर लेंगे; किन्तु जब दो-तीन वर्ष व्यतीत हो गये और सेठ जी के तकाजों की अपेक्षा मिस्टर रामरक्षा की माँग ही का आधिक्य रहा तो गिरधारी लाल को सन्देह हुआ। वह एक दिन रामरक्षा के मकान पर आये और सभ्य-भाव से बोले—भाई साहब, मुझे एक हुण्डी का रुपया देना है, यदि आप मेरा हिसाब कर दें तो बहुत अच्छा हो। यह कह कर हिसाब के कागजात और उनके पत्र दिखलाये। मिस्टर रामरक्षा किसी गार्डन-पार्टी में सम्मिलित होने के लिए तैयार थे। बोले—इस समय क्षमा कीजिए; फिर देख लूँगा, जल्दी क्या है?

गिरधारी लाल को बाबू साहब की रुखाई पर क्रोध आ गया, वे रुष्ट होकर बोले—आपको जल्दी नहीं है, मुझे तो है! दो सौ रुपये मासिक की मेरी हानि हो रही है! मिस्टर रामरक्षा ने असंतोष प्रकट करते हुए घड़ी देखी। पार्टी का समय बहुत करीब था। वे बहुत विनीत भाव से बोले—भाई साहब, मैं बड़ी जल्दी में हूँ। इस समय मेरे ऊपर कृपा कीजिए। मैं कल स्वयं उपस्थित हूँगा।

सेठ जी एक माननीय और धन-सम्पन्न आदमी थे। वे रामरक्षा के कुरुचिपूर्ण व्यवहार पर जल गए। मैं इनका महाजन हूँ—इनसे धन में, मान में, ऐश्वर्य में, बढ़ा हुआ, चाहूँ तो ऐसों को नौकर रख लूँ, इनके दरवाजे पर आऊँ और आदर-सत्कार की जगह उलटे ऐसा रूखा बर्ताव? वह हाथ बाँधे मेरे सामने न खड़ा रहे; किन्तु क्या मैं पान, इलायची, इत्र आदि से भी सम्मान करने के योग्य नहीं? वे तिनक कर बोले—अच्छा, तो कल हिसाब साफ हो जाय।

रामरक्षा ने अकड़ कर उत्तर दिया—हो जायगा।

रामरक्षा के गौरवशील हृदय पर सेठ जी के इस बर्ताव के प्रभाव का कुछ खेद-जनक असर न हुआ। इस काठ के कुन्दे ने आज मेरी प्रतिष्ठा धूल में मिला दी। वह मेरा अपमान कर गया। अच्छा, तुम भी इसी दिल्ली में रहते हो और हम भी यहीं हैं। निदान दोनों में गाँठ पड़ गयी। बाबू साहब की तबीयत ऐसी गिरी और हृदय में ऐसी चिन्ता उत्पन्न हुई कि पार्टी में जाने का ध्यान जाता रहा, वे देर तक इसी उलझन में पड़े रहे। फिर सूट उतार दिया और सेवक से बोले—जा, मुनीम जी को बुला ला। मुनीम जी आये, उनका हिसाब देखा गया, फिर बैंकों का एकाउंट देखा; किन्तु ज्यों-ज्यों इस घाटी में उतरते गये, त्यों-त्यों अँधेरा बढ़ता गया। बहुत कुछ टटोला, कुछ हाथ न आया। अन्त में निराश होकर वे आराम-कुर्सी पर पड़ गए और उन्होंने एक ठंडी साँस ले ली। दुकानों का माल बिका; किन्तु रुपया बकाया में पड़ा हुआ था। कई ग्राहकों की दुकानें टूट गयीं। और उन पर जो नकद रुपया बकाया था, यह डूब गया। कलकत्ते के आढ़तियों से जो माल मँगाया था, रुपये चुकाने की तिथि सिर पर आ पहुँची और यहाँ रुपया वसूल न हुआ। दुकानों का यह हाल, बैंकों का इससे भी बुरा। रात भर वे इन्हीं चिंताओं में करवटें बदलते रहे। अब क्या करना चाहिए? गिरधारी लाल सज्जन पुरुष हैं। यदि सारा हाल उसे सुना दूँ, तो अवश्य मान जायगा, किन्तु यह कष्टप्रद कार्य होगा कैसे? ज्यों-ज्यों प्रात:काल समीप आता था, त्यों-त्यों उनका दिल बैठा जाता था। कच्चे विद्यार्थी की जो दशा परीक्षा के सन्निकट आने पर होती है, वही हाल इस समय रामरक्षा का था। वे पलंग से न उठे। मुँह-हाथ भी न धोया, खाने को कौन कहे। इतना जानते थे कि दुःख पड़ने पर कोई किसी का साथी नहीं होता। इसलिए एक आपत्ति से बचने के लिए कई आपत्तियों का बोझा न उठाना पड़े, इस खयाल से मित्रों को इन मामलों की खबर तक न दी। जब दोपहर हो गया और उनकी दशा ज्यों की त्यों रही, तो उनका छोटा लड़का बुलाने आया। उसने

बाप का हाथ पकड़ कर कहा—लाला जी, आज दाने क्यों नहीं तलते?

रामरक्षा—भूखा नहीं है।

'क्या काया है?'

'मन की मिठाई।'

'और क्या काया है?'

'मार।'

'किसने मारा है?'

'गिरधारीलाल ने।'

लड़का रोता हुआ घर में गया और इस मार की चोट से देर तक रोता रहा। अन्त में तश्तरी में रखी हुई दूध की मलाई ने उसकी चोट पर मरहम का काम दिया।

3

रोगी को जब जीने की आशा नहीं रहती, तो औषधि छोड़ देता है। मिस्टर रामरक्षा जब इस गुत्थी को न सुलझा सके, तो चादर तान ली और मुँह लपेट कर सो रहे। शाम को एकाएक उठ कर सेठ जी के यहाँ पहुँचे और कुछ असावधानी से बोले—महाशय, मैं आपका हिसाब नहीं कर सकता।

सेठ जी घबरा कर बोले—क्यों?

रामरक्षा—इसलिए कि मैं इस समय दरिद्र-निहंग हूँ। मेरे पास एक कौड़ी भी नहीं है। आप अपना रुपया जैसे चाहें वसूल कर लें।

सेठ—यह आप कैसी बातें कहते हैं?

रामरक्षा—बहुत सच्ची।

सेठ—दुकानें नहीं हैं?

रामरक्षा—दुकानें आप मुफ्त ले जाइए।

सेठ—बैंक के हिस्से?

रामरक्षा—वह कब के उड़ गये।

सेठ—जब यह हाल था, तो आपको उचित नहीं था कि मेरे गले पर छुरी फेरते?

रामरक्षा—(अभिमान से) मैं आपके यहाँ उपदेश सुनने के लिए नहीं आया हूँ।

यह कह कर मिस्टर रामरक्षा वहाँ से चल दिए। सेठ जी ने तुरन्त नालिश कर दी। बीस हजार मूल, पाँच हजार ब्याज। डिगरी हो गयी।

मकान नीलाम पर चढ़ा। पन्द्रह हजार की जायदाद पाँच हजार में निकल गयी। दस हजार की मोटर चार हजार में बिकी। सारी सम्पत्ति उड़ जाने पर कुल मिला कर सोलह हजार से अधिक रकम न खड़ी हो सकी। सारी गृहस्थी नष्ट हो गयी, तब भी दस हजार के ऋणी रह गये। मान-बड़ाई, धन-दौलत सभी मिट्टी में मिल गये। बहुत तेज दौड़ने वाला मनुष्य प्रायः मुँह के बल गिर पड़ता है।

4

इस घटना के कुछ दिनों पश्चात् दिल्ली म्युनिसिपैलिटी के मेम्बरों का चुनाव आरम्भ हुआ। इस पद के अभिलाषी वोटरों की जाएँ करने लगे। दलालों के भाग्य उदय हुए। सम्मतियाँ मोतियों की तोल बिकने लगीं। उम्मेदवार मेम्बरों के सहायक अपने-अपने मुवक्किल के गुण गान करने लगे। चारों ओर चहल-पहल मच गयी। एक वकील महाशय ने भरी सभा में मुवक्किल साहब के विषय में कहा—

'मैं जिस बुजरुग का पैरोकार हूँ, वह कोई मामूली आदमी नहीं है। यह वह शख्स है, जिसने फरजंद अकबर की शादी में पचीस हजार रुपया सिर्फ रक्स व सरूर में सर्फ कर दिया था।'

उपस्थित जनों में प्रशंसा की उच्च ध्वनि हुई।

एक दूसरे महाशय ने अपने मुहल्ले के वोटरों के सम्मुख मुवक्किल की प्रशंसा यों की—

"मैं यह नहीं कह सकता कि आप सेठ गिरधारीलाल को अपना मेम्बर बनाइए। आप अपना भला-बुरा स्वयं समझते हैं, और यह भी नहीं कि सेठ जी मेरे द्वारा अपनी प्रशंसा के भूखे हों। मेरा निवेदन केवल यही है कि आप जिसे मेम्बर बनायें, पहले उसके गुण-दोषों का भली-भांति परिचय ले लें। दिल्ली में केवल एक मनुष्य है, जो गत दस वर्षों से आपकी सेवा कर रहा है। केवल एक आदमी है, जिसने पानी पहुँचाने और स्वच्छता-प्रबंधों में हार्दिक धर्म-भाव से सहायता दी है। केवल एक पुरुष है, जिसको श्रीमान् वायसराय के दरबार में कुर्सी पर बैठने का अधिकार प्राप्त है, और आप सन महाशय उसे जानते भी हैं।"

उपस्थित जनों ने तालियाँ बजायीं।

सेठ गिरधारीलाल के मुहल्ले में उनके एक प्रतिवादी थे। नाम था मुंशी फैजुलरहमान खाँ। बड़े जमींदार और प्रसिद्ध वकील थे। बाबू राम-रक्षा ने अपनी दृढ़ता, साहस, बुद्धिमत्ता और मृदु भाषण से मुंशी जी साहब

की सेवा करनी आरम्भ की। सेठ जी को परास्त करने का यह अपूर्व अवसर हाथ आया। वे रात और दिन इसी धुन में लगे रहते। उनकी मीठी और रोचक बातों का प्रभाव उपस्थित जनों पर बहुत अच्छा पड़ता। एक बार आपने असाधारण श्रद्धा-उमंग में आ कर कहा—मैं डंके की चोट पर कहता हूँ कि मुंशी फैजुल रहमान से अधिक योग्य आदमी आपको दिल्ली में न मिल सकेगा। यह वह आदमी है, जिसकी गजलों पर कविजनों में 'वाह-वाह' मच जाती है। ऐसे श्रेष्ठ आदमी की सहायता करना मैं अपना जातीय और सामाजिक धर्म समझता हूँ। अत्यंत शोक का विषय है कि बहुत-से लोग इस जातीय और पवित्र काम को व्यक्तिगत लाभ का साधन बनाते हैं; धन और वस्तु है, श्रीमान् वायसराय के दरबार में प्रतिष्ठित होना और वस्तु, किंतु सामाजिक सेवा तथा जातीय चाकरी और ही चीज है। वह मनुष्य, जिसका जीवन ब्याज-प्राप्ति, बेईमानी, कठोरता तथा निर्दयता और सुख-विलास में व्यतीत होता हो, इस सेवा के योग्य कदापि नहीं है।

5

सेठ गिरधारीलाल इस अन्योक्तिपूर्ण भाषण का हाल सुन कर क्रोध से आग हो गए। मैं बेईमान हूँ! ब्याज का धन खानेवाला हूँ! विषयी हूँ! कुशल हुई, जो तुमने मेरा नाम नहीं लिया; किंतु अब भी तुम मेरे हाथ में हो। मैं अब भी तुम्हें जिस तरह चाहूँ, नचा सकता हूँ। खुशामदियों ने आग पर तेल डाला। इधर रामरक्षा अपने काम में तत्पर रहे। यहाँ तक कि 'वोटिंग-डे' आ पहुँचा। मिस्टर रामरक्षा को उद्योग में बहत कुछ सफलता प्राप्त हुई थी। आज वे बहुत प्रसन्न थे। आज गिरधारीलाल को नीचा दिखाऊँगा, आज उसको जान पड़ेगा कि धन संसार के सभी पदार्थों को इकठ्ठा नहीं कर सकता। जिस समय फैजुलरहमान के वोट अधिक निकलेंगे और मैं तालियाँ बजाऊँगा, उस समय गिरधारीलाल का चेहरा देखने योग्य होगा, मुँह का रंग बदल जायगा, हवाइयाँ उड़ने लगेगी, आँखें न मिला सकेगा। शायद, फिर मुझे मुँह न दिखा सके। इन्हीं विचारों में मग्न रामरक्षा शाम को टाउनहाल में पहुँचे। उपस्थित जनों ने बड़ी उमंग के साथ उनका स्वागत किया। थोड़ी देर बाद 'वोटिंग' आरम्भ हुआ। मेम्वरी मिलने की आशा रखनेवाले महानुभाव अपने-अपने भाग्य का अंतिम फल सुनने के लिए आतुर हो रहे थे। छह बजे चेयरमैन ने फैसला सुनाया। सेठ जी की हार हो गयी। फैजुलरहमान ने मैदान मार लिया। रामरक्षा ने हर्ष

के आवेग में टोपी हवा में उछाल दी और स्वयं भी कई बार उछल पड़े। मुहल्लेवालों को अचम्भा हुआ। चाँदनी चौक से सेठ जी को हटाना मेरु को स्थान से उखाड़ना था। सेठ जी के चेहरे से रामरक्षा को जितनी आशाएँ थीं, वे सब पूरी हो गयीं। उनका रंग फीका पड़ गया था। खेद और लज्जा की मूर्ति बने हुए थे। एक वकील साहब ने उनसे सहानभूति प्रकट करते हुए कहा—सेठ जी, मुझे आपकी हार का बहुत बड़ा शोक है। मैं जानता कि खुशी के बदले रंज होगा, तो कभी यहाँ न आता। मैं तो केवल आपके ख्याल से यहाँ आया था। सेठ जी ने बहुत रोकना चाहा, परंतु आँखों में आँसू डबहबा ही गये। वे निःस्पृह बनाने का व्यर्थ प्रयत्न करके बोले—वकील साहब, मुझे इसकी कुछ चिंता नहीं, कौन रियासत निकल गयी? व्यर्थ उलझन, चिंता तथा झंझट रहती थी, चलो, अच्छा हुआ। गला छूटा। अपने काम में हरज होता था। सत्य कहता हूँ, मुझे तो हृदय से प्रसन्नता ही हुई। यह काम तो बेकाम वालों के लिए है, घर न बैठे रहे, यही बेगार की। मेरी मूर्खता थी कि मैं इतने दिनों तक आँखें बंद किये बैठा रहा। परंतु सेठ जी की मुखाकृति ने इन विचारों का प्रमाण न दिया। मुखमंडल हृदय का दर्पण है, इसका निश्चय अलबत्ता हो गया।

किंतु बाबू रामरक्षा बहुत देर तक इस आनन्द का मजा न लूटने पाये और न सेठ जी को बदला लेने के लिए बहुत देर तक प्रतीक्षा करनी पड़ी। सभा विसर्जित होते ही जब बाबू रामरक्षा सफलता की उमंग में ऐंठते, मोंछ पर ताव देते और चारों ओर गर्व की दृष्टि डालते हुए बाहर आये, तो दीवानी के तीन सिपाहियों ने आगे बढ़ कर उन्हें गिरफ्तारी का वारंट दिखा दिया। अबकी बाबू रामरक्षा के चेहरे का रंग उतर जाने की, और सेठ जी के इस मनोवांछित दृश्य से आनन्द उठाने की बारी थी। गिरधारी-लाल ने आनन्द की उमंग में तालियाँ तो न बजायीं, परंतु मुस्करा कर मुँह फेर लिया। रंग में भंग पड़ गया।

आज इस विषय के उपलक्ष्य में मुंशी फैजुलरहमान ने पहले ही से एक बड़े समारोह के साथ गार्डन पार्टी की तैयारियां की थीं। मिस्टर रामरक्षा इसके प्रबंधकर्ता थे। आज की 'आफ्टर डिनर' स्पीच उन्होंने बड़े परिश्रम से तैयार की थी; किंतु इस वारंट ने सारी कामनाओं का सत्यानाश कर दिया। यों तो बाबू साहब के मित्रों में ऐसा कोई भी न था, जो दस हजार रुपये जमानत दे देता; अदा कर देने का तो जिक्र ही क्या; किंतु कदाचित् ऐसा होता भी तो सेठ जी अपने को भाग्यहीन समझते। दस हजार रुपये और म्युनिस्पैलिटी की प्रतिष्ठित मेम्बरी खो कर इन्हें इस समय यह हर्ष प्राप्त

हुआ था।

मिस्टर रामरक्षा के घर पर ज्यों ही यह खबर पहुँची, कुहराम मच गया। उनकी स्त्री पछाड़ खा कर पृथ्वी पर गिर पड़ी। जब कुछ होश में आयी तो रोने लगी। और रोने से छुट्टी मिली तो उसने गिरधारीलाल को कोसना आरम्भ किया। देवी-देवता मनाने लगी। उन्हें रिश्वतें देने पर तैयार हुई कि ये गिरधारीलाल को किसी प्रकार निगल जाये। इस बड़े भारी काम में वह गंगा और यमुना से सहायता माँग रही थी, प्लेग और विसूचिका की खुशामदें कर रही थी कि ये दोनों मिल कर उस गिरधारीलाल को हड़प ले जायँ! किंतु गिरधारी का कोई दोष नहीं। दोष तुम्हारा है। बहुत अच्छा हुआ! तुम इसी पूजा के देवता थे। क्या अब दावतें न खिलाओगे? मैंने तुम्हें कितना समझाया, रोयी, रूठी, बिगड़ी; किन्तु तुमने एक न सुनी। गिरधारीलाल ने बहुत अच्छा किया। तुम्हें शिक्षा तो मिल गयी; किन्तु तुम्हारा भी दोष नहीं। यह सब आग मैंने ही लगायी। मखमली स्लीपरों के बिना मेरे पाँव ही नहीं उठते थे। बिना जड़ाऊ कड़ों के मुझे नींद न आती थी। सेजगाड़ी मेरे ही लिए मँगवायी थी। अंगरेजी पढ़ने के लिए मेम साहब को मैंने ही रखा। ये सब काँटे मैंने ही बोये हैं।

मिसेज रामरक्षा बहुत देर तक इन्हीं विचारों में डूबी रही। जब रात भर करवटें बदलने के बाद वह सवेरे उठी, तो उसके विचार चारों ओर से ठोकर खा कर केवल एक केन्द्र पर जम गये। गिरधारीलाल बड़ा बदमाश और घमंडी है। मेरा सब कुछ ले कर भी उसे संतोष नहीं हुआ। इतना भी इस निर्दयी कसाई से न देखा गया। भिन्न-भिन्न प्रकार के विचारों ने मिल कर एक रूप धारण किया और क्रोधाग्नि को दहला कर प्रबल कर दिया। ज्वालामुखी शीशे में जब सूर्य की किरणें एक होती हैं, तब अग्नि प्रकट हो जाती है। इस स्त्री के हृदय में रह-रह कर क्रोध की एक असाधारण लहर उत्पन्न होती थी। बच्चे ने मिठाई के लिए हठ किया; उस पर बरस पड़ी; महरी ने चौका-बरतन करके चूल्हे में आग जला दी, उसके पीछे पड़ गयी—मैं तो अपने दुःखों को रो रही हूँ, इस चुड़ैल को रोटियों की धुन सवार है। निदान नौ बजे उससे न रहा गया। उसने यह पत्र लिख कर अपने हृदय की ज्वाला ठंडी की—

'सेठ जी, तुम्हें अब अपने धन के घमंड ने अंधा कर दिया है, किन्तु किसी का घमंड इसी तरह सदा नहीं रह सकता। कभी न कभी सिर अवश्य नीचा होता है। अफसोस कि कल शाम को, जब तुमने मेरे प्यारे पति को पकड़वाया है, मैं वहाँ मौजूद न थी; नहीं तो अपना और तुम्हारा रक्त

एक कर देती। तुम धन के मद में भूले हुए हो। मैं उसी दम तुम्हारा नशा उतार देती। एक स्त्री के हाथों अपमानित हो कर तुम फिर किसी को मुँह दिखाने लायक न रहते। अच्छा, इसका बदला तुम्हें किसी न किसी तरह जरूर मिल जायगा। मेरा कलेजा उस दिन ठंडा होगा, जब तुम निर्वंश हो जाओगे और तुम्हारे कुल का नाम मिट जायगा।'

सेठ जी पर यह फटकार पड़ी तो वे क्रोध से आग हो गये। यद्यपि क्षुद्र हृदय के मनुष्य न थे, परंतु क्रोध के आवेग में सौजन्य का चिह्न भी शेष नहीं रहता। यह ध्यान न रहा कि यह एक दुःखिनी की कंदन-ध्वनि है, एक सतायी हुई स्त्री की मानसिक दुर्बलता का विचार है। उसकी धन-हीनता और विवशता पर उन्हें तनिक भी दया न आयी। मरे हुए को मारने का उपाय सोचने लगे।

6

इसके तीसरे दिन सेठ गिरधारीलाल पूजा के आसन पर बैठे हुए थे, महरा ने आकर कहा—सरकार, कोई स्त्री आप से मिलने आयी है। सेठ जी ने पूछा—कौन स्त्री है? महरा ने कहा—सरकार, मुझे क्या मालूम? लेकिन है कोई भलेमानुस! रेशमी साड़ी पहने हुए। हाथ में सोने के कड़े हैं। पैरों में टाट के स्लीपर हैं। बड़े घर की स्त्री जान पड़ती है।

यों साधारणतः सेठ जी पूजा के समय किसी से नहीं मिलते थे। चाहे कैसा ही आवश्यक काम क्यों न हो, ईश्वरोपासना में सामाजिक बाधाओं को घुसने नहीं देते थे। किन्तु ऐसी दशा में जब कि किसी बड़े घर की स्त्री मिलने के लिए आये, तो थोड़ी देर के लिए पूजा में विलम्ब करना निंदनीय नहीं कहा जा सकता, ऐसा विचार करके वे नौकर से बोले—उन्हें बुला लाओ।

जब वह स्त्री आयी तो सेठ जी स्वागत के लिए उठ कर खड़े हो गये। तत्पश्चात् अत्यंत कोमल वचनों से कारुणिक शब्दों में बोले—माता, कहाँ से आना हुआ? और जब यह उत्तर मिला कि वह अयोध्या से आयी है, तो आपने उसे फिर से दंडवत किया और चीनी तथा मिश्री से भी अधिक मधुर और नवनीत से भी अधिक चिकने शब्दों में कहा—अच्छा, आप श्री अयोध्या जी से आ रही हैं? उस नगरी का क्या कहना! देवताओं की पुरी है। बड़े भाग्य थे कि आपके दर्शन हुए। यहाँ आपका आगमन कैसे हुआ? स्त्री ने उत्तर दिया—घर तो मेरा यहीं है। सेठ जी का मुख पुनः मधुरता का चित्र बना। वे बोले—अच्छा, तो मकान आपका इसी शहर में है? तो

आपने माया-जजाल को त्याग दिया? यह तो मैं पहले ही समझ गया था। ऐसी पवित्र आत्माएँ संसार में बहुत थोड़ी हैं। ऐसी देवियों के दर्शन दुर्लभ होते हैं। आपने मुझे दर्शन दिया, बड़ी कृपा की। मैं इस योग्य नहीं, जो आप-जैसी विदुषियों की कुछ सेवा कर सकूँ? किंतु जो काम मेरे योग्य हो—जो कुछ मेरे किए हो सकता हो—उसे करने के लिए मैं सब भाँति से तैयार हूँ। यहाँ सेठ-साहूकारों ने मुझे बहुत बदनाम कर रखा है, मैं सब की आँखों में खटकता हूँ। उसका कारण सिवा इसके और कुछ नहीं कि जहाँ वे लोग लाभ का ध्यान रखते हैं, वहाँ मैं भलाई पर रखता हूँ। यदि कोई बड़ी अवस्था का वृद्ध मनुष्य मुझसे कुछ कहने-सुनने के लिए आता है, तो विश्वास मानो, मुझसे उसका वचन टाला नहीं जाता। कुछ बुढ़ापे का विचार; कुछ उसके दिल टूट जाने का डर; कुछ यह ख्याल कि कहीं यह विश्वासघातियों के फंदे में न फँस जाय, मुझे उसकी इच्छाओं की पूर्ति के लिए विवश कर देता है। मेरा यह सिद्धान्त है कि अच्छी जायदाद और कम ब्याज। किंतु इस प्रकार बातें आपके सामने करना व्यर्थ है। आप से तो घर का मामला है। मेरे योग्य जो कुछ काम हो, उसके लिए मैं सिरआँखो से तैयार हूँ।

वृद्ध स्त्री—मेरा काम आप ही से हो सकता है।

सेठ जी—(प्रसन्न हो कर) बहुत अच्छा; आज्ञा दो।

स्त्री—मैं आपके सामने भिखारिन बन कर आयी हूँ। आपको छोड़कर कोई मेरा सवाल पूरा नहीं कर सकता।

सेठ जी—कहिए, कहिए।

स्त्री—आप रामरक्षा को छोड़ दीजिए।

सेठ जी के मुख का रंग उतर गया। सारे हवाई किले जो अभी-अभी तैयार हुए थे, गिर पड़े। वे बोले—उसने मेरी बहुत हानि की है। उसका घमंड तोड़ डालूँगा, तब छोडूँगा।

स्त्री—तो क्या कुछ मेरे बुढ़ापे का, मेरे हाथ फैलाने का, कुछ अपनी बड़ाई का विचार न करोगे? बेटा, ममता बुरी होती है। संसार से नाता टूट जाय; धन जाय; धर्म जाय, किंतु लड़के का स्नेह हृदय से नहीं जाता। संतोष सब कुछ कर सकता है। किंतु बेटे का प्रेम माँ के हृदय से नहीं निकल सकता। इस पर हाकिम का, राजा का, यहाँ तक कि ईश्वर का भी बस नहीं है। तुम मुझ पर तरस खाओ। मेरे लड़के की जान छोड़ दो, तुम्हें बड़ा यश मिलेगा। मैं जब तक जीऊँगी, तुम्हें आशीर्वाद देती रहूँगी।

सेठ जी का हृदय कुछ पसीजा। पत्थर की तह में पानी रहता है; किंतु तत्काल ही उन्हें मिसेज रामरक्षा के पत्र का ध्यान आ गया। वे बोले—मुझे रामरक्षा से कोई उतनी शत्रुता नहीं थी, यदि उन्होंने मुझे न छेड़ा होता, तो मैं न बोलता। आपके कहने से मैं अब भी उनका अपराध क्षमा कर सकता हूँ! परन्तु उसकी बीबी साहबा ने जो पत्र मेरे पास भेजा है, उसे देखकर शरीर में आग लग जाती है। दिखाऊँ आपको! रामरक्षा की माँ ने पत्र ले कर पढ़ा तो उनकी आँखों में आँस भर आये। वे बोलीं—बेटा, उस स्त्री ने मुझे बहुत दु:ख दिया है। उसने मुझे देश से निकाल दिया। उसका मिजाज और जबान उसके वश में नहीं; किंतु इस समय उसने जो गर्व दिखाया है; उसका तुम्हें ख्याल नहीं करना चाहिए। तुम इसे भुला दो। तुम्हारा देश-देश में नाम है। यह नेकी तुम्हारे नाक को और भी फैला देगी। मैं तुमसे प्रण करती हूँ कि सारा समाचार रामरक्षा से लिखवा कर किसी अच्छे समाचार-पत्र में छपवा दूँगी। रामरक्षा मेरा कहना नहीं टालेगा। तुम्हारे इस उपकार को वह कभी न भूलेगा। जिस समय ये समाचार संवादपत्रों में छपेंगे, उस समय हजारों मनुष्यों को तुम्हारे दर्शन की अभिलाषा होगी। सरकार में तुम्हारी बड़ाई होगी और मैं सच्चे हृदय से कहती हूँ कि शीघ्र ही तुम्हें कोई न कोई पदवी मिल जायगी। रामरक्षा की अँगरेजों से बहुत मित्रता है, वे उसकी बात कभी न टालेंगे।

सेठ जी के हृदय में गुदगुदी पैदा हो गयी। यदि इस व्यवहार में वह पवित्र और माननीय स्थान प्राप्त हो जाय—जिसके लिए हजारों खर्च किये, हजारों डालियाँ दीं, हजारों अनुनय-विनय कीं, हजारों खुशामदें की, खानसामों की झिड़कियाँ सहीं, बँगलों के चक्कर लगाये—तो इस सफलता के लिए ऐसे कई हजार मैं खर्च कर सकता हूँ। नि:संदेह मुझे इस काम में रामरक्षा से बहुत कुछ सहायता मिल सकती है; किंतु इन विचारों को प्रकट करने से क्या लाभ? उन्होंने कहा—माता, मुझे नाम-नमूद की बहुत चाह नहीं है। बड़ों ने कहा है—नेकी कर दरिया में डाल। मुझे तो आपकी बात का ख्याल है। पदवी मिले तो लेने से इनकार नहीं; न मिले तो तृष्णा नहीं, परंतु यह तो बताइए कि मेरे रुपयों का क्या प्रबंध होगा? आपको मालूम होगा कि मेरे दस हजार रुपये आते हैं।

रामरक्षा की माँ ने कहा—तुम्हारे रुपये की जमानत मैं करती हूँ। यह देखो, बंगाल-बैंक की पास बुक है। उसमें मेरा दस हजार रुपया जमा है। उस रुपये से तुम रामरक्षा को कोई व्यवसाय करा दो। तुम उस दुकान के मालिक रहोगे, रामरक्षा को उसका मैनेजर बना देना। जब तक तुम्हारे

कहे पर चले, निभाना; नहीं तो दूकान तुम्हारी है। मुझे उसमें से कुछ नहीं चाहिए। मेरी खोज-खबर लेनेवाला ईश्वर है। रामरक्षा अच्छी तरह रहे, इससे अधिक मुझे और न चाहिए। यह कहकर पास-बुक सेठ जी को दे दी। माँ के इस अथाह प्रेम ने सेठ जी को विह्वल कर दिया। पानी उबल पड़ा, और पत्थर के नीचे ढँक गया। ऐसे पवित्र दृश्य देखने के लिए जीवन में कम अवसर मिलते हैं। सेठ जी के हृदय में परोपकार की एक लहर-सी उठी; उनकी आँखें डबडबा आयीं। जिस प्रकार पानी के बहाव से कभी-कभी बाँध टूट जाता है; उसी प्रकार परोपकार की इस उमंग ने स्वार्थ और माया के बाँध को तोड़ दिया। वे पास-बुक वृद्ध स्त्री को वापस दे कर बोले—माता, यह अपनी किताब लो। मुझे अब अधिक लज्जित न करो। यह देखो, रामरक्षा का नाम बही से उड़ा देता हूँ। मुझे कुछ नहीं चाहिए, मैंने अपना सब कुछ पा लिया। आज तुम्हारा रामरक्षा तुम को मिल जायगा।

इस घटना के दो वर्ष उपरांत टाउनहाल में फिर एक बड़ा जलसा हुआ। बैंड बज रहा था, झंडियाँ और ध्वजाऐ वायु-मंडल में लहरा रही थीं। नगर के सभी माननीय पुरुष उपस्थित थे। लैंडो, फिटन और मोटरों से सारा हाता भरा हुआ था। एकाएक मुश्की घोड़ों की एक फिटन ने हाते में प्रवेश किया। सेठ गिरधारीलाल बहुमूल्य वस्त्रों से सजे हुए उसमें से उतरे। उनके साथ एक फैशनेबुल नवयुयक अंग्रेजी सूट पहने मुस्कराता हुआ उतरा। ये मिस्टर रामरक्षा थे। वे अब सेठ जी की एक खास दुकान के मैनेजर हैं। केवल मैनेजर ही नहीं, किंतु उन्हें मैनेजिंग प्रोप्राइटर समझना चाहिए। दिल्ली-दरबार में सेठ जी को रायबहादुर का पद मिला है। आज डिस्ट्रिक्ट मैजिस्ट्रेट नियमानुसार इसकी घोषणा करेंगे और सूचित करेंगे कि नगर के माननीय पुरुषों की ओर से सेठ जी को धन्यवाद देने के लिए बैठक हुई है। सेठ जी की ओर से धन्यवाद का वक्तव्य रामरक्षा करेंगे। जिन लोगों ने उनकी वक्तृताऐ सुनी हैं, वे बहुत उत्सुकता से उस अवसर की प्रतीक्षा कर रहे हैं।

बैठक समाप्त होने पर सेठ जी रामरक्षा के साथ अपने भुवन पर पहुँचे, तो मालूम हुआ कि आज वही वृद्धा स्त्री उनसे फिर मिलने आयी है। सेठ जी दौड़ कर रामरक्षा की माँ के चरणों से लिपट गये। उनका हृदय इस समय नदी की भाँति उमड़ा हुआ था।

'रामरक्षा ऐंड फ्रेंड्स' नामक चीनी बनाने का कारखाना बहुत उन्नति पर है। रामरक्षा अब भी उसी ठाट-बाट से जीवन व्यतीत कर रहे हैं; किंतु पार्टियाँ कम देते हैं और दिन भर में तीन से अधिक सूट नहीं बदलते।

वे अब उस पत्र को, जो उनकी स्त्री ने सेठ जी को लिखा था, संसार की एक बहुत अमूल्य वस्तु समझते हैं और मिसेज रामरक्षा को भी अब सेठ जी के नाम को मिटाने की अधिक चाह नहीं है। क्योंकि अभी हाल में जब लड़का पैदा हुआ था, मिसेज रामरक्षा ने अपना सुवण-कंकण धाय को उपहार दिया था और मनों मिठाई बाँटी थी।

यह सब हो गया; किंतु वह बात, जो अब होनी चाहिए थी, न हुई। रामरक्षा की माँ अब भी अयोध्या में रहती हैं और अपनी पुत्रवधू की सूरत नहीं देखना चाहतीं।

मंत्र

संध्या का समय था। डाक्टर चड्ढा गोल्फ खेलने के लिए तैयार हो रहे थे। मोटर द्वार के सामने खड़ी थी कि दो कहार एक डोली लिये आते दिखायी दिये। डोली के पीछे एक बूढ़ा लाठी टेकता चला आता था। डोली औषधालय के सामने आ कर रुक गयी। बूढ़े ने धीरे-धीरे आकर द्वार पर पड़ी हुई चिक से झाँका। ऐसी साफ-सुथरी जमीन पर पैर रखते हुए भय हो रहा था कि कोई घुड़क न बैठे। डाक्टर साहब को सामने खड़े देख कर भी उसे कुछ कहने का साहस न हुआ।

डाक्टर साहब ने चिक के अंदर से गरज कर कहा—कौन है? क्या चाहता है?

बूढ़े ने हाथ जोड़कर कहा—हुजूर बड़ा गरीब आदमी हूँ। मेरा लड़का कई दिन से........

डाक्टर साहब ने सिगार जला कर कहा—कल सबेरे आओ, कल सबेरे, हम इस वक्त मरीजों को नहीं देखते।

बूढ़े ने घुटने टेक कर जमीन पर सिर रख दिया और बोला—दुहाई है सरकार की, लड़का मर जायगा! हुजूर, चार दिन से आँखें नहीं......

डाक्टर चड्ढा ने कलाई पर नजर डाली। केवल दस मिनट समय और बाकी था। गोल्फ-स्टिक खूँटी से उतारते हुए बोले—कल सबेरे आओ, कल सबेरे; यह हमारे खेलने का समय है।

बूढ़े ने पगड़ी उतार कर चौखट पर रख दी और रो कर बोला—हुजूर, एक निगाह देख लें। बस, एक निगाह! लड़का हाथ से चला जायगा हुजूर, सात लड़कों में यही एक बच रहा है, हुजूर। हम दोनों आदमी रो-रो कर मर जायेंगे, सरकार! आपकी बढ़ती होय, दीनबंधु!

ऐसे उजड्ड देहाती यहाँ प्राय: रोज आया करते थे। डाक्टर साहब

उनके स्वभाव से खूब परिचित थे। कोई कितना ही कुछ कहे; पर वे अपनी ही रट लगाते जायँगे। किसी की सुनेंगे नहीं। धीरे से चिक उठाई और बाहर निकल कर मोटर की तरफ चले। बूढ़ा यह कहता हुआ उनके पीछे दौड़ा—सरकार, बड़ा धरम होगा। हुजूर, दया कीजिए, बड़ा दीन-दुखी हू; संसार में कोई और नहीं है, बाबू जी!

मगर डाक्टर साहब ने उसकी ओर मुँह फेर कर देखा तक नहीं। मोटर पर बैठ कर बोले—कल सबेरे आना।

मोटर चली गयी। बूढ़ा कई मिनट तक मूर्ति की भाँति निश्चल खड़ा रहा। संसार में ऐस मनुष्य भी होते हैं, जो अपने आमोद-प्रमोद के आगे किसी की जान की भी परवाह नहीं करते, शायद इसका उसे अब भी विश्वास न आता था। सभ्य संसार इतना निर्मम, इतना कठोर है, इसका ऐसा मर्मभेदी अनुभव अब तक न हुआ था। वह उन पुराने जमाने के जीवों में था, जो लगी हुई आग को बुझाने, मुर्दे को कंधा देने, किसी के छप्पर को उठाने और किसी कलह को शांत करने के लिए सदैव तैयार रहते थे। जब तक बूढ़े को मोटर दिखायी दी, वह खड़ा टकटकी लगाये उस ओर ताकता रहा। शायद उसे अब भी डाक्टर साहब के लौट आने की आशा थी। फिर उसने कहारों से डोली उठाने को कहा। डोली जिधर से आयी थी, उधर ही चली गयी। चारों ओर से निराश हो कर वह डाक्टर चड्ढा के पास आया था। इनकी बड़ी तारीफ सुनी थी। यहाँ से निराश हो कर फिर वह किसी दूसरे डाक्टर के पास न गया। किस्मत ठोक ली!

उसी रात उसका हँसता-खेलता सात साल का बालक अपनी बाल-लीला समाप्त करके इस संसार से सिधार गया। बूढ़े माँ-बाप के जीवन का यही एक आधार था। इसी का मुँह देख कर जीते थे। इस दीपक के बुझते ही जीवन की अँधेरी रात भाँय-भाँय करने लगी। बुढ़ापे की विशाल ममता टूटे हुए हृदय से निकल कर अंधकार में आर्त-स्वर से रोने लगी।

2

कई साल गुजर गये। डाक्टर चड्ढा ने खूब यश और धन कमाया; लेकिन इसके साथ ही अपने स्वास्थ्य की रक्षा भी की, जो एक असाधारण बात थी। यह उनके नियमित जीवन का आशीर्वाद था कि पचास वर्ष की अवस्था में उनकी चुस्ती और फुर्ती युवकों को भी लज्जित करती थी। उनके हरएक काम का समय नियत था, इस नियम से वह जौ-भर भी न टलते थे। बहुधा लोग स्वास्थ्य के नियमों का पालन उस समय करते हैं, जब

रोगी हो जाते हैं। डाक्टर चड्ढा उपचार और संयम का रहस्य खूब समझते थे। उनकी संतान-संख्या भी इसी नियम के अधीन थी। उनके केवल दो बच्चे हुए, एक लड़का और एक लड़की। तीसरी संतान न हुई, इसीलिए श्रीमती चड्ढा भी अभी जवान मालूम होती थीं। लड़की का तो विवाह हो चुका था। लड़का कालेज में पढ़ता था। वही माता-पिता के जीवन का आधार था। शील और विनय का पुतला, बड़ा ही रसिक, बड़ा ही उदार, विद्यालय का गौरव, युवक-समाज की शोभा। मुखमंडल से तेज की छटा-सी निकलती थी। आज उसकी बीसवीं सालगिरह थी।

संध्या का समय था। हरी-हरी घास पर कुर्सियाँ बिछी हुई थीं। शहर के रईस और हुक्काम एक तरफ, कालेज के छात्र दूसरी तरफ बैठे भोजन कर रहे थे। बिजली के प्रकाश से सारा मैदान जगमगा रहा था। आमोद-प्रमोद का सामान भी जमा था। छोटा-सा प्रहसन खेलने की तैयारी थी। प्रहसन स्वयं कैलाशनाथ ने लिखा था। वही मुख्य ऐक्टर भी था। इस समय वह एक रेशमी कमीज पहने, नंगे सिर, नंगे पांव, इधर से उधर मित्रों की आव भगत में लगा हुआ था। कोई पुकारता—कैलाश, जरा इधर आना; कोई उधर से बुलाता—कैलाश, क्या उधर ही रहोगे? सभी उसे छेड़ते थे, चहलें करते थे, बेचारे को जरा दम मारने का अवकाश न मिलता था। सहसा एक रमणी ने उसके पास आ कर कहा—क्यों कैलाश, तुम्हारे साँप कहाँ हैं? जरा मुझे दिखा दो।

कैलाश ने उससे हाथ मिला कर कहा—मृणालिनी, इस वक्त क्षमा करो, कल दिखा दूँगा।

मृणालिनी ने आग्रह किया—जी नहीं, तुम्हे दिखाना पड़ेगा, मैं आज नहीं मानने की। तुम रोज 'कल-कल' करते हो।

मृणालिनी और कैलाश दोनों सहपाठी थे और एक दूसरे के प्रेम में पगे हुए। कैलाश को साँपों के पालने, खेलाने और नचाने का शौक था। तरह-तरह के साँप पाल रखे थे। उनके स्वाभव और चरित्र की परीक्षा करता रहता था। थोड़े दिन हुए, उसने विद्यालय में 'साँपों' पर एक मार्के का व्याख्यान दिया था। साँपों को नचा कर दिखाया भी था! प्राणिशास्त्र के बड़े-बड़े पंडित भी यह व्याख्यान सुन कर दग रह गये थे! यह विद्या उसने एक बड़े सँपेरे से सीखी थी। साँपों की जड़ी-बूटियाँ जमा करने का उसे मरज था। इतना पता भर मिल जाय कि किसी व्यक्ति के पास कोई अच्छी जड़ी है, फिर उसे चैन न जाता था। उसे ले कर ही छोड़ता था। यही व्यसन था। इस पर हजारों रुपये फूँक चुका था। मृणालिनी कई

बार आ चुकी थी; पर कभी साँपों को देखने के लिए इतनी उत्सुक न हुई थी। कह नहीं सकते, आज उसकी उत्सुकता सचमुच जाग गयी थी, या वह कैलाश पर अपने अधिकार का प्रदर्शन करना चाहती थी; पर उसका आग्रह बेमौका था। उस कोठरी में कितनी भीड़ लग जायगी, भीड़ को देख कर साँप कितने चौंकेंगे और रात के समय उन्हें छेड़ा जाना कितना बुरा लगेगा, इन बातों का उसे जरा भी ध्यान न आया।

कैलाश ने कहा—नहीं, कल जरूर दिखा दूँगा। इस वक्त अच्छी तरह दिखा भी तो न सकूँगा, कमरे में तिल रखने को भी जगह न मिलेगी।

एक महाशय ने छेड़ कर कहा—दिखा क्यों नहीं देते, जरा-सी बात के लिए इतना टाल-मटोल कर रहे हो? मिस गोविंद, हर्गिज न मानना। देखें कैसे नहीं दिखाते!

दूसरे महाशय ने और रद्दा चढ़ाया—मिस गोविन्द इतनी सीधी और भोली हैं, तभी आप इतना मिजाज करते हैं; दूसरी सुंदरी होती, तो इसी बात पर बिगड़ खड़ी होती।

तीसरे साहब ने मजाक उड़ाया—अजी बोलना छोड़ देती। भला, कोई बात है! इस पर आपका दावा है कि मृणालिनी के लिए जान हाजिर है।

मृणालिनी ने देखा कि ये शोहदे उसे रंग पर चढ़ा रहे हैं, तो बोली—आप लोग मेरी वकालत न करें, मैं खुद अपनी वकालत कर लूँगी। मैं इस वक्त साँपों का तमाशा नहीं देखना चाहती। चलो, छुट्टी हुई।

इस पर मित्रों ने ठट्ठा लगाया। एक साहब बोले—देखना तो आप सब कुछ चाहें, पर कोई दिखाये भी तो?

कैलाश को मृणालिनी की झेंपी हुई सूरत देखकर मालूम हुआ कि इस वक्त उनका इनकार वास्तव में उसे बुरा लगा है। ज्योंही प्रीति-भोज समाप्त हुआ और गाना शुरू हुआ, उसने मृणालिनी और अन्य मित्रों को साँपों के दरबे के सामने ले जाकर महुअर बजाना शुरू किया। फिर एक-एक खाना खोलकर एक-एक साँप को निकालने लगा। वाह! क्या कमाल था! ऐसा जान पड़ता था कि वे कीड़े उसकी एक-एक बात, उसके मन का एक-एक भाव समझते हैं। किसी को उठा लिया, किसी को गरदन में डाल लिया, किसी को हाथ में लपेट लिया। मृणालिनी बार-बार मना करती कि इन्हें गर्दन में न डालो, दूर ही से दिखा दो। बस, जरा नचा दो। कैलाश की गरदन में साँपों को लिपटते देख कर उसकी जान निकली जाती

थी। पछता रही थी कि मैंने व्यर्थ ही इनसे साँप दिखाने को कहा; मगर कैलाश एक न सुनता था। प्रेमिका के सम्मुख अपने सर्प-कला-प्रदर्शन का ऐसा अवसर पाकर वह कब चूकता! एक मित्र ने टीका की—दाँत तोड़ डाले होंगे।

कैलाश हँसकर बोला—दाँत तोड़ डालना मदारियों का काम है। किसी के दाँत नहीं तोड़े गये। कहिए तो दिखा दूँ? कह कर उसने एक काले साँप को पकड़ लिया और बोला—'मेरे पास इससे बड़ा और जहरीला साँप दूसरा नहीं है, अगर किसी को काट ले, तो आदमी आनन-फानन में मर जाय। लहर भी न आये। इसके काटे पर मन्त्र नहीं। इसके दाँत दिखा दूँ?'

मृणालिनी ने उसका हाथ पकड़ कर कहा—नहीं-नहीं, कैलाश, ईश्वर के लिए इसे छोड़ दो। तुम्हारे पैरों पड़ती हूँ।

इस पर एक दूसरे मित्र बोले—मुझे तो विश्वास नहीं आता, लेकिन तुम कहते हो, तो मान लूँगा।

कैलाश ने साँप की गरदन पकड़कर कहा—नहीं साहब, आप आँखों से देख कर मानिए। दाँत तोड़कर वश में किया, तो क्या किया। साँप बड़ा समझदार होता है! अगर उसे विश्वास हो जाय कि इस आदमी से मुझे कोई हानि न पहुँचेगी, तो वह उसे हर्गिज न काटेगा।

मृणालिनी ने जब देखा कि कैलाश पर इस वक्त भूत सवार है, तो उसने यह तमाशा न करने के विचार से कहा—अच्छा भाई, अब यहाँ से चलो। देखो गाना शुरू हो गया है। आज मैं भी कोई चीज सुनाऊँगी। यह कहते हुए उसने कैलाश का कंधा पकड़ कर चलने का इशारा किया और कमरे से निकल गयी; मगर कैलाश विरोधियों का शंका-समाधान करके ही दम लेना चाहता था। उसने साँप की गरदन पकड़ कर जोर से दबायी, इतनी जोर से दबायी कि उसका मुँह लाल हो गया, देह की सारी नसें तन गयीं। साँप ने अब तक उसके हाथों ऐसा व्यवहार न देखा था। उसकी समझ में न आता था कि यह मुझसे क्या चाहते हैं। उसे शायद भ्रम हुआ कि मुझे मार डालना चाहते हैं, अतएव वह आत्मरक्षा के लिए तैयार हो गया।

कैलाश ने उसकी गर्दन खूब दबा कर मुँह खोल दिया और उसके जहरीले दाँत दिखाते हुए बोला—जिन सज्जनों को शक हो, आकर देख लें। आया विश्वास या अब भी कुछ शक है? मित्रों ने आकर उसके दाँत देखे और चकित हो गये। प्रत्यक्ष प्रमाण के सामने सन्देह को स्थान कहाँ।

मित्रों का शंका-निवारण करके कैलाश ने साँप की गर्दन ढीली कर दी और उसे जमीन पर रखना चाहा, पर वह काला गेहूँवन क्रोध से पागल हो रहा था। गर्दन नरम पड़ते ही उसने सिर उठा कर कैलाश की उँगली में जोर से काटा और वहाँ से भागा। कैलाश की उँगली से टप-टप खून टपकने लगा। उसने जोर से उँगली दबा ली और अपने कमरे की तरफ दौड़ा। वहाँ मेज की दराज में एक जड़ी रखी हुई थी, जिसे पीस कर लगा देने से घातक विष भी रफू हो जाता था। मित्रों में हलचल पड़ गई। बाहर महफिल में भी खबर हुई। डाक्टर साहब घबरा कर दौड़े। फौरन उँगली की जड़ कस कर बाँधी गयी और जड़ी पीसने के लिए दी गयी। डाक्टर साहब जड़ी के कायल न थे। वह उँगली का डसा भाग नश्तर से काट देना चाहते थे, मगर कैलाश को जड़ी पर पूर्ण विश्वास था। मृणालिनी प्यानो पर बैठी हुई थी। यह खबर सुनते ही दौड़ी, और कैलाश की उँगली से टपकते हुए खून को रूमाल से पोंछने लगी। जड़ी पीसी जाने लगी; पर उसी एक मिनट में कैलाश की आँखें झपकने लगीं, ओठों पर पीलापन दौड़ने लगा। यहाँ तक कि वह खड़ा न रह सका। फर्श पर बैठ गया। सारे मेहमान कमरे में जमा हो गए। कोई कुछ कहता था, कोई कुछ। इतने में जड़ी पीसकर आ गयी। मृणालिनी ने उँगली पर लेप किया। एक मिनट और बीता। कैलाश की आँखें बन्द हो गयीं। वह लेट गया और हाथ से पंखा झलने का इशारा किया। माँ ने दौड़कर उसका सिर गोद में रख लिया और बिजली का टेबुल-फैन लगा दिया।

डाक्टर साहब ने झुक कर पूछा—कैलाश, कैसी तबीयत है? कैलाश ने धीरे से हाथ उठा दिया; पर कुछ बोल न सका। मृणालिनी ने करुण स्वर में कहा—क्या जड़ी कुछ असर न करेगी? डाक्टर साहब ने सिर पकड़ कर कहा—क्या बतलाऊँ, मैं इसकी बातों में आ गया। अब तो नश्तर से भी कुछ फायदा न होगा।

आध घंटे तक यही हाल रहा। कैलाश की दशा प्रतिक्षण बिगड़ती जाती थी। यहाँ तक कि उसकी आँखें पथरा गयीं, हाथ-पाँव ठंडे हो गये, मुख की कांति मलिन पड़ गयी, नाड़ी का कहीं पता नहीं। मौत के सारे लक्षण दिखायी देने लगे। घर में कुहराम मच गया। मृणालिनी एक ओर सिर पीटने लगी; माँ अलग पछाड़ें खाने लगी। डाक्टर चड्ढा को मित्रों ने पकड़ लिया, नहीं तो वह नश्तर अपनी गर्दन पर मार लेते।

एकर शय बोले—कोई मंत्र झाड़ने वाला मिले, तो सम्भव है, अब भी जान बच जाय।

एक मुसलमान सज्जन ने इसका समर्थन किया—अरे साहब क़ब्र में पड़ी हुई लाशें जिन्दा हो गयी हैं। ऐसे-ऐसे बाकमाल पड़े हुए हैं।

डाक्टर चड्ढा बोले—मेरी अक्ल पर पत्थर पड़ गया था कि इसकी बातों में आ गया। नश्तर लगा देता, तो यह नौबत ही क्यों आती। बार-बार समझाता रहा कि बेटा, साँप न पालो, मगर कौन सुनता था! बुलाइए, किसी झाड़-फूँक करनेवाले ही को बुलाइए। मेरा सब कुछ ले ले, मैं अपनी सारी जायदाद उसके पैरों पर रख दूँगा। लँगोटी बाँध कर घर से निकल जाऊँगा; मगर मेरा कैलाश, मेरा प्यारा कैलाश उठ बैठे। ईश्वर के लिए किसी को बुलवाइए।

एक महाशय का किसी झाड़नेवाले से परिचय था। वह दौड़कर उसे बुला लाये; मगर कैलाश की सूरत देखकर उसे मंत्र चलाने की हिम्मत न पड़ी। बोला—अब क्या हो सकता है, सरकार? जो कुछ होना था, हो चुका!

अरे मूर्ख, यह क्यों नहीं कहता कि जो कुछ न होना था, हो चुका। जो कुछ होना था, वह कहाँ हुआ? माँ-बाप ने बेटे का सेहरा कहाँ देखा? मृणालिनी का कामना-तरु क्या पल्लव और पुष्प से रंजित हो उठा? मन के वह स्वर्ण-स्वप्न जिनसे जीवन आनंद का स्रोत बना हुआ था, क्या पूरे हो गये? जीवन के नृत्यमय तारिका-मंडित सागर में आमोद की बहार लूटते हुए क्या उनकी नौका जलमग्न नहीं हो गयी? जो न होना था, वह हो गया।

वही हरा-भरा मैदान था, वही सुनहरी चाँदनी एक निःशब्द संगीत की भाँति प्रकृति पर छायी हुई थी; वही मित्र-समाज था। वही मनोरंजन के सामान थे। मगर जहाँ हास्य की ध्वनि थी, वहाँ करुण क्रन्दन और अश्रु-प्रवाह था।

3

शहर से कई मील दूर एक छोटे-से घर में एक बूढ़ा और बूढ़िया अगीठी के सामने बैठे जाड़े की रात काट रहे थे। बूढ़ा नारियल पीता था और बीच-बीच में खाँसता था। बुढ़िया दोनों घुटनियों में सिर डाले आग को ओर ताक रही थी। एक मिट्टी के तेल की कुप्पी ताक पर जल रही थी। घर में न चारपाई थी, न बिछौना। एक किनारे थोड़ी-सी पुआल पड़ी हुई थी। इसी कोठरी में एक चूल्हा था। बुढ़िया दिन-भर उपले और सूखी लकड़ियाँ बटोरती थी। बूढ़ा रस्सी बट कर बाजार में बेच आता था। यही

उनकी जीविका थी। उन्हें न किसी ने रोते देखा, न हँसते। उनका सारा समय जीवित रहने में कट जाता था। मौत द्वार पर खड़ी थी, रोने या हँसने की कहाँ फुरसत! बुढ़िया ने पूछा—कल के लिए सन तो है नहीं, काम क्या करोगे?

'जा कर झगड़ू साह से दस सेर सन उधार लाऊँगा।'

'उसके पहले के पैसे तो दिये ही नहीं, और उधार कैसे देगा?"

'न देगा न सही। घास तो कहीं नहीं गयी है। दोपहर तक क्या दो आने की भी न काटूँगा?'

इतने में एक आदमी ने द्वार पर आवाज दो—भगत, भगत, क्या सो गये? जरा किवाड़ खोलो।

भगत ने उठकर किवाड़ खोल दिये। एक आदमी ने अन्दर आकर कहा —कुछ सुना, डाक्टर चड्ढा बाबू के लड़के को साँप ने काट लिया।

भगत ने चौंक कर कहा—चड्ढा बाबू के लड़के को! वही चढड्ा बाबू हैं न, जो छावनी में बँगले में रहते हैं?

'हाँ-हाँ वही। शहर में हल्ला मचा हुआ है। जाते हो तो जाओ, आदमी बन जाओगे।

बूढ़े ने कठोर भाव से सिर हिला कर कहा—मैं नहीं जाता! मेरी बला जाय! वही चड्ढा है। खूब जानता हूँ। भैया लेकर उन्हीं के पास गया था। खेलने जा रहे थे। पैरों पर गिर पड़ा कि एक नजर देख लीजिए; मगर सीधे मुँह से बात तक न की। भगवान् बैठे सुन रहे थे। अब जान पड़ेगा कि बेटे का गम कैसा होता है। कई लड़के हैं।

'नहीं जी, यही तो एक लड़का था। सुना है, सबने जवाब दे दिया है।'

'भगवान् बड़ा कारसाज है। उस बखत मेरी आँखों से आँसू निकल पड़े थे, पर उन्हें तनिक भी दया न आयी थी। मैं तो उनके द्वार पर होता, तो भी बात न पूछता।'

'तो न जाओगे? हमने जो सुना था, सो कह दिया।'

'अच्छा किया—अच्छा किया। कलेजा ठंडा हो गया, आँखें ठंडी हो गयीं। लड़का भी ठंडा हो गया होगा! तुम जाओ। आज चैन की नींद सोऊँगा। (बुढ़िया से) जरा तम्बाखू ले ले! एक चिलम और पीऊँगा। अब मालूम होगा लाला को! सारी साहबी निकल जायगी, हमारा क्या बिगड़ा। लड़के के मर जाने से कुछ राज तो नहीं चला गया? जहाँ छः बच्चे गये थे, वहाँ एक और चला गया, तुम्हारा तो राज सूना हो जायगा। उसी के वास्ते सबका गला दबा-दबा कर जोड़ा था न। अब क्या करोगे? एक

बार देखने जाऊँगा; पर कुछ दिन बाद मिजाज का हाल पुछूँगा।'

आदमी चला गया। भगत ने किवाड़ बन्द कर लिये, तब चिलम पर तम्बाखू रख कर पीने लगा।

बुढ़िया ने कहा—इतनी रात गए जाड़े-पाले में कौन जायगा?

'अरे, दोपहर ही होता तो मैं न जाता। सवारी दरवाजे पर लेने आती, तो भी न जाता। भूल नहीं गया हूँ। पन्ना की सूरत आज भी आँखों में फिर रही है। इस निर्दयी ने उसे एक नजर देखा तक नहीं। या मैं न जानता था कि वह न बचेगा? खूब जानता था। चड्ढा भगवान् नहीं थे, कि उनके एक निगाह देख लेने से अमृत बरस जाता। नहीं, खाली मन की दौड़ थी। जरा तसल्ली हो जाती। बस, इसीलिए उनके पास गया था। अब किसी दिन जाऊँगा और कहूँगा—क्यों साहब, कहिए, क्या रंग है? दुनिया बुरा कहेगी, कहे; कोई परवाह नहीं। छोटे आदमियों में तो सब ऐब हैं। बड़ों में कोई ऐब नहीं होता, देवता होते हैं।'

भगत के लिए यह जीवन में पहला अवसर था कि ऐसा समाचार पा कर वह बैठा रह गया हो। अस्सी वर्ष के जीवन में ऐसा कभी न हुआ था कि साँप की खबर पाकर वह दौड़ न गया हो। माघ-पूस की अँधेरी रात, चैत-बैसाख की धूप और लू, सावन-भादों की चढ़ी हुई नदी और नाले, किसी की उसने कभी परवाह न की। वह तुरन्त घर से निकल पड़ता था—निःस्वार्थ; निष्काम! लेन-देन का विचार कभी दिल में आया नहीं। यह ऐसा काम ही न था। जान का मूल्य कौन दे सकता है? यह एक पुण्य-कार्य था। सैकड़ों निराशों को उसके मंत्रों ने जीवन-दान दे दिया था; पर आज वह घर से कदम नहीं निकाल सका। यह खबर सुन कर सोने जा रहा है।

बुढ़िया ने कहा—तमाखू अँगीठी के पास रखी हुई है। उसके भी आज ढाई पैसे हो गये। देती ही न थी।

बुढ़िया यह कर लेटी।बूढ़े ने कुप्पी बुझायी, कुछ देर खड़ा रहा, फिर बैठ गया। अन्त को लेट गया; पर यह खबर उसके हृदय पर बोझे की भाँति रखी हुई थी। उसे मालूम हो रहा था, उसकी कोई चीज खो गयी है, जैसे सारे कपड़े गीले हो गये हैं या पैरों में कीचड़ लगा हुआ है, जैसे कोई उसके मन में बैठा हुआ उसे घर से निकालने के लिए कुरेद रहा है। बुढ़िया जरा देर में खर्राटे लेने लगी। बूढ़े बातें करते-करते सोते हैं और जरा-सा खटका होते ही जागते हैं। तब भगत उठा, अपनी लकड़ी उठा ली, और धीरे से किवाड़ खोले।

बुढ़िया ने पूछा—कहाँ जाते हो?

'कहीं नहीं, देखता था कि कितनी रात है।'

'अभी बहुत रात है, सो जाओ।

'नींद, नहीं आती।'

'नींद काहे को आवेगी? मन तो चड्ढा के घर पर लगा हुआ है।'

'चड्ढा ने मेरे साथ कौन-सी नेकी कर दी है, जो वहाँ जाऊँ? वह आ कर पैरों पड़े, तो भी न जाऊँ।'

'उठे तो तुम इसी इरादे से ही?'

'नहीं री, ऐसा पागल नहीं हूँ कि जो मुझे काँटे बोये, उसके लिए फूल बोता फिरूँ।

बुढ़िया फिर सो गयी। भगत ने किवाड़ लगा दिए और फिर आ कर बैठा। पर उसके मन की कुछ ऐसी दशा थी, जो बाजे की आवाज कान में पड़ते ही उपदेश सुनने वालों की होती है। आँखें चाहे उपदेशक की ओर हों; पर कान बाजे ही की ओर होते हैं। दिल में भी बाजे की ध्वनि गूँजती रहती है। शर्म के मारे जगह से नहीं उठता। निर्दयी प्रतिघात का भाव भगत के लिए उपदेशक था, पर ह्रदय उस अभागे युवक की ओर था, जो इस समय मर रहा था, जिसके लिए एक-एक पल का विलम्ब घातक था।

उसने फिर किवाड़ खोले, इतने धीरे से कि बुढ़िया को खबर भी न हुई। बाहर निकल आया। उसी वक्त गाँव का चौकीदार गश्त लगा रहा था, बोला—कैसे उठे भगत? आज तो बड़ी सरदी है! कहीं जा रहे हो क्या?

भगत ने कहा—नहीं जी, जाऊँगा कहाँ! देखता था, अभी कितनी रात है। भला, के बजे होंगे?

चौकीदार बोला—एक बजा होगा और क्या, अभी थाने से आ रहा था, तो डाक्टर चड्ढा बाबू के बँगले पर बड़ी भीड़ लगी हुई थी। उनके लड़के का हाल तो तुमने सुना होगा, कीड़े ने छू लिया है। चाहे मर भी गया हो। तुम चले जाओ, तो साइत बच जाय। सुना है, दस हजार तक देने को तैयार हैं।

भगत—मैं तो न जाऊँ, चाहे वह दस लाख भी दें। मुझे दस हजार या दस लाख ले कर करना क्या है? कल मर जाऊँगा, फिर कौन भोगने-वाला बैठा हुआ है।

चौकीदार चला गया। भगत ने आगे पर बढ़ाया। जैसे नशे में आदमी की देह अपने काबू में नहीं रहती, पैर कहीं रखता है, पड़ता कहीं है, कहता

कुछ है, जबान से निकलता कुछ है, वही हाल इस समय भगत का था। मन में प्रतिकार था; पर कर्म मन के अधीन न था। जिसने कभी तलवार नहीं चलायी, वह इरादा करने पर भी तलवार नहीं चला सकता। उसके हाथ काँपते हैं, उठते ही नहीं।

भगत लाठी खट-खट करता लपका चला जाता था। चेतना रोकती थी पर उपचेतना ठेलती थी। सेवक स्वामी पर हावी था।

आधी राह निकल जाने के बाद सहसा भगत रुक गया। हिंसा ने किया पर विजय पायी—मैं यों ही इतनी दूर चला आया। इस जाड़े-पाले में मरने की मुझे क्या पड़ी थी? आराम से सोया क्यों नहीं? नींद न आती, न सही; दो-चार भजन ही गाता। व्यर्थ इतनी दूर दौड़ा आया। चड्ढा का लड़का रहे या मरे, मेरी बला से। मेरे साथ उन्होंने ऐसा कौन-सा सलूक किया था कि मैं उनके लिए मरूँ? दुनिया में हजारों मरते हैं, हजारों जीते हैं। मुझे किसी के मरने-जीने से मतलब!

मगर उपचेतना ने अब एक दूसरा रूप धारण किया, जो हिंसा से बहुत कुछ मिलता-जुलता था—वह झाड़-फूँक करने नहीं जा रहा है; वह देखेगा, कि लोग क्या कर रहे हैं। डक्टर साहब का रोना-पीटना देखेगा, किस तरह सिर पीटते हैं, किस तरह पछाड़ें खाते हैं! वह देखेगा कि बड़े लोग भी छोटों ही की भाँति रोते हैं, यह सबर कर जाते हैं! वे लोग तो विद्वान होते हैं, सबर कर जाते होंगे! हिंसा-भाव को यों धीरज देता हुआ वह फिर आगे बढ़ा।

इतने में दो आदमी आते दिखायी दिये। दोनों बातें करते चले आ रहे थे—चड्ढा बाबू का घर उजड़ गया, वही तो एक लड़का था। भगत के कान में यह आवाज पड़ी। उसकी चाल और भी तेज हो गयी। थकान के मारे पाँव न उठते थे। शिरोभाग इतना बढ़ा जाता था, मानो अब मुँह के बल गिर पड़ेगा। इस तरह वह कोई दस मिनट चला होगा कि डाक्टर साहब का बँगला नजर आया। बिजली की बत्तियां जल रही थीं; मगर सन्नाटा छाया हुआ था। रोने-पीटने की आवाज भी न आती थी। भगत का कलेजा धक्-धक् करने लगा। कहीं मुझे बहुत देर तो नहीं हो गयी? वह दौड़ने लगा। अपनी उम्र में वह इतना तेज कभी न दौड़ा था। बस, यही मालूम होता था मानो उसके पीछे मौत दौड़ी आ रही है।

4

दो बज गये थे। मेहमान विदा हो गये। रोने वालों में केवल आकाश के तारे रह गये थे। और सभी रो-रो कर थक गये थे। बड़ी उत्सुकता

के साथ लोग रह-रह आकाश की ओर देखते थे कि किसी तरह सुबह हो और लाश गंगा की गोद में दी जाय।

सहसा भगत ने द्वार पर पहुँच कर आवाज दी। डाक्टर साहब समझे, कोई मरीज आया होगा। किसी और दिन उन्होंने उस आदमी को दुत्कार दिया होता; मगर आज बाहर निकल आये। देखा एक बूढ़ा आदमी खड़ा है—कमर झुकी हुई, पोपला मुँह, भौंहें तक सफेद हो गयी थीं। लकड़ी के सहारे काँप रहा था। बड़ी नम्रता से बोले—क्या है भई, आज तो हमारे ऊपर ऐसी मुसीबत पड़ गयी है कि कुछ कहते नहीं बनता, फिर कभी आना। इधर एक महीना तक तो शायद मैं किसी भी मरीज को न देख सकूँगा।

भगत ने कहा—सुन चुका हूँ बाबू जी, इसीलिए आया हूँ। भैया कहाँ हैं? ज़रा मुझे दिखा दीजिए। भगवान् बड़ा कारसाज है, मुरदे को भी जिला सकता है। कौन जाने, अब भी उसे दया आ जाय।

चड्ढा ने व्यथित स्वर से कहा—चलो, देख लो; मगर तीन-चार घंटे हो गये। जो कुछ होना था, हो चुका। बहुतेरे झाड़ने-फूँकने वाले देख-देख कर चले गये।

डाक्टर साहब को आशा तो क्या होती। हाँ, बूढ़े पर दया आ गयी। अन्दर ले गये। भगत ने लाश को एक मिनट तक देखा। तब मुस्करा कर बोला—अभी कुछ नहीं बिगड़ा है, बाबू जी! वह नारायण चाहेंगे, तो आध, घंटे में भैया उठ बैठेंगे। आप नाहक दिल छोटा कर रहे हैं। जरा कहारों से कहिए, पानी तो भरें।

कहारों ने पानी भर-भर कर कैलाश को नहलाना शुरू किया। पाइप बन्द हो गया था। कहारों की संख्या अधिक न थी, इसलिए मेहमानों ने अहाते के बाहर के कुएँ से पानी भर-भर कर कहारों को दिया, मृणालिनी कलसा लिए पानी ला रही थी। बूढ़ा भगत खड़ा मुस्करा-मुस्करा कर मंत्र पढ़ रहा था, मानो विजय उसके सामने खड़ी है। जब एक बार मंत्र समाप्त हो जाता, तब वह एक जड़ी कैलाश को सुँघा देता। इस तरह न जाने कितने घड़े कैलाश के सिर पर डाले गये और न जाने कितनी बार भगत ने मंत्र फूँका। आख़िर जब उषा ने अपनी लाल-लाल आँखें खोलीं तो कैलाश की भी लाल-लाल आँखें खुल गयीं। एक क्षण में उसने अंगड़ाई ली और पानी पीने को माँगा। डाक्टर चड्ढा ने दौड़ कर नारायणी को गले लगा लिया। नारायणी दौड़कर भगत के पैरों पर गिर पड़ी और मृणालिनी कैलाश के सामने आँखों में आँसू-भरे पूछने लगी—अब कैसी तबियत है!

एक क्षण में चारों तरफ खबर फैल गयी। मित्रगण मुबारकबाद देने आने लगे। डाक्टर साहब बड़े श्रद्धा-भाव से हर एक के सामने भगत का यश गाते फिरते थे। सभी लोग भगत के दर्शनों के लिए उत्सुक हो उठे; मगर अन्दर जा कर देखा, तो भगत का कहीं पता न था। नौकरों ने कहा—अभी तो यहीं बैठे चिलम पी रहे थे। हम लोग तमाखू देने लगे, तो नहीं ली, अपने पास से तमाखू निकाल कर भरी।

यहाँ तो भगत की चारों ओर तलाश होने लगी, और भगत लपका हुआ घर चला जा रहा था कि बुढ़िया के उठने से पहले पहुँच जाऊँ!

जब मेहमान लोग चले गये, तो डाक्टर साहब ने नारायणी से कहा—बुड्ढा न-जाने कहाँ चला गया। एक चिलम तमाखू का भी रवादार न हुआ।

नारायणी—मैंने तो सोचा था, इसे कोई बड़ी रकम दूँगी।

चड्ढा—रात को तो मैंने नहीं पहचाना, पर जरा साफ हो जाने पर पहचान गया। एक बार यह एक मरीज को लेकर आया था। मुझे अब याद आता है कि मैं खेलने जा रहा था और मरीज को देखने से इनकार कर दिया था। आज उस दिन की बात याद करके मुझे जितनी ग्लानि हो रही है, उसे प्रकट नहीं कर सकता। मैं उसे अब खोज निकालूँगा और उसके पैरों पर गिर कर अपना अपराध क्षमा कराऊँगा। वह कुछ लेगा नहीं, यह जानता हूँ, उसका जन्म यश की वर्षा करने ही के लिए हुआ है। उसकी सज्जनता ने मुझे ऐसा आदर्ण दिखा दिया है, जो अब से जीवन-पर्यन्त मेरे सामने रहेगा।

प्रायश्चित्त

दफ्तर में जरा देर से आना अफसरों की शान है। जितना ही बड़ा अधिकारी होता है, उतनी ही देर में आता है; और उतने ही सबेरे जाता भी है। चपरासी की हाजिरी चौबीसों घंटे की। वह छुट्टी पर भी नहीं जा सकता। अपना एवज देना पड़ता है। खैर, जब बरेली जिला-बोर्ड के हेड क्लर्क बाबू मदारीलाल ग्यारह बजे दफ्तर आये, तब मानो दफ्तर नींद से जाग उठा। चपरासी ने दौड़ कर पैरगाड़ी ली, अरदली ने दौड़कर कमरे की चिक उठा दी और जमादार ने डाक की किश्त मेज पर ला कर रख दी। मदारीलाल ने पहला ही सरकारी लिफाफा खोला था कि उनका रंग फक हो गया। वे कई मिनट तक आश्चर्यान्वित हालत में खड़े रहे, मानो सारी ज्ञानेन्द्रियाँ शिथिल हो गयी हों। उन पर बड़े-बड़े आघात हो चुके थे; पर इतने बदहवास वे कभी न हुए थे। बात यह थी कि बोर्ड के सेक्रेटरी की जो जगह एक महीने से खाली थी, सरकार ने सुबोधचन्द्र को वह जगह दी थी और सुबोधचन्द्र, वह व्यक्ति था, जिसके नाम ही से मदारीलाल को घृणा थी। वह सुबोधचन्द्र, जो उनका सहपाठी था, जिसे जक देने को उन्होंने कितनी ही चेष्टा की; पर कभी सफल न हुए थे। वही सुबोध आज उनका अफसर होकर आ रहा था। सुबोध की इधर कई सालों से कोई खबर न थी। इतना मालूम था कि वह फौज में भरती हो गया था। मदारीलाल ने समझा था—वहीं मर गया होगा; पर आज वह मानो जी उठा और सेक्रेटरी हो कर आ रहा था। मदारीलाल को उसकी मातहती में काम करना पड़ेगा। इस अपमान से तो मर जाना कहीं अच्छा था। सुबोध को स्कूल और कालेज की सारी बातें अवश्य ही याद होंगी। मदारीलाल ने उसे कालेज से निकलवा देने के लिए कई बार मंत्र चलाए, झूठे आरोप किये, बदनाम किया। क्या सुबोध सब कुछ भूल गया होगा? नहीं, कभी

नहीं। वह आते ही पुरानी कसर निकालेगा। मदारी बाबू को अपनी प्राण-रक्षा का कोई उपाय न सूझता था।

मदारी और सुबोध के ग्रहों में ही विरोध था। दोनों एक ही दिन, एक ही शाला में भरती हुए थे, और पहले ही दिन से दिल में ईर्ष्या और द्वेष की वह चिनगारी पड़ गयी, जो आज बीस वर्ष बीतने पर भी न बुझी थी। सुबोध का अपराध यही था कि वह मदारीलाल से हर एक बात में बढ़ा हुआ था। डील-डौल, रंग-रूप, रीति-व्यवहार, विद्या-बुद्धि ये सारे मैदान उसके हाथ थे। मदारीलाल ने उसका यह अपराध कभी क्षमा नहीं किया। सुबोध बीस वर्ष तक निरन्तर उनके हृदय का काँटा बना रहा। जब सुबोध डिग्री लेकर अपने घर चला गया और मदारी फेल हो कर इस दफ्तर में नौकर हो गये, तब उनका चित्त शांत हुआ। किन्तु जब यह मालूम हुआ कि सुबोध बसरे जा रहा है, तब तो मदारीलाल का चेहरा खिल उठा। उनके दिल से वह पुरानी फाँस निकल गयी। पर हा हतभाग्य! आज वह पुराना नासूर शतगुण टीस और जलन के साथ खुल गया। आज उनकी किस्मत सुबोध के हाथ में थी। ईश्वर इतना अन्यायी है! विधि इतना कठोर!

जब जरा चित्त शान्त हुआ, तब मदारी ने दफ्तर के क्लर्कों को सरकारी हुक्म सुनाते हुए कहा—अब आप लोग जरा हाथ-पाँव सँभाल कर रहिएगा। सुबोधचन्द्र वे आदमी नहीं हैं, जो भूलों को क्षमा कर दें?

एक क्लर्क ने पूछा—क्या बहुत सख्त हैं।

मदारीलाल ने मुस्करा कर कहा—वह तो आप लोगों को दो-चार दिन ही में मालूम हो जाएगा। मैं अपने मुँह से किसी की क्यों शिकायत करूँ? बस, चेतावनी दे दी कि जरा हाथ-पाँव सँभाल कर रहिएगा। आदमी योग्य है, पर बड़ा ही क्रोधी, बड़ा दम्भी। गुस्सा तो उसकी नाक पर रहता है। खुद हजारों हजम कर जाय और डकार तक न ले; पर क्या मजाल कि कोई मातहत एक कोड़ी भी हजम करने पाये। ऐसे आदमी से ईश्वर ही बचाये! मैं तो सोच रहा हूँ कि छुट्टी लेकर घर चला जाऊँ। दोनों वक्त घर पर हाजिरी बजानी होगी। आप लोग आज से सरकार के नौकर नहीं, सेक्रेटरी साहब के नौकर हैं। कोई उनके लड़के को पढ़ायेगा। कोई बाजार से सौदा-सुलुफ लायेगा और कोई उन्हें अखबार सुनायेगा। और चपरासियों के तो शायद दफ्तर में दर्शन ही न हों।

इस प्रकार सारे दफ्तर को सुबोधचन्द्र की तरफ से भड़का कर मदारी लाल ने अपना कलेजां ठंडा किया।

2

इसके एक सप्ताह बाद सुबोधचन्द्र गाड़ी से उतरे, तब स्टेशन पर दफ्तर के सब कर्मचारियों को हाजिर पाया। सब उनका स्वागत करने आये थे। मदारीलाल को देखते ही सुबोध लपक कर उनके गले से लिपट गये और बोले—तुम खूब मिले भाई। यहाँ कैसे आये? ओह! आज एक युग के बाद भेंट हुई!

मदारीलाल बोले—यहाँ जिला-बोर्ड के दफ्तर में हेड क्लर्क हूँ। आप तो कुशल से हैं?

सुबोध—अजी, मेरी न पूछो। बसरा, फ्रांस, मिश्र और न-जाने कहाँ कहाँ मारा-मारा फिरा। तुम दफ्तर में हो, यह बहुत ही अच्छा हुआ। मेरी तो समझ ही में न आता था कि कैसे काम चलेगा। मैं तो बिलकुल कोरा हूँ; मगर जहाँ जाता हूँ, मेरा सौभाग्य ही मेरे साथ जाता है। बसरे में सभी अफसर खुश थे। फ्रांस में भी खूब चैन किये। दो साल में कोई पचीस हजार रुपये बना लाया और सब उड़ा दिया। वहाँ से आकर कुछ दिनों को आपरेशन दफ्तर में मटरगश्त करता रहा। यहाँ आया तब तुम मिल गये। (क्लर्कों को देख कर) ये लोग कौन हैं?

मदारी के हृदय में बछियाँ-सी चल रही थीं। दुष्ट पचीस हजार रुपये बसरे से कमा लाया! यहाँ कलम घिसते-घिसते मर गये और पाँच सौ भी न जमा कर सके। बोले—ये लोग बोर्ड के कर्मचारी हैं। सलाम करने आये हैं।

सुबोध ने उन सब लोगों से बारी-बारी से हाथ मिलाया और बोला—आप लोगों ने व्यर्थ यह कष्ट किया। बहुत आभारी हूँ। मुझे आशा है कि आप सब सज्जनों को मुझसे कोई शिकायत न होगी। मुझे अपना अफसर नहीं, अपना भाई समझिए। आप सब लोग मिल कर इस तरह काम कीजिए कि बोर्ड की नेकनामी हो और मैं भी सुर्खरू रहूँ। आपके हेड क्लर्क साहब तो मेरे पुराने मित्र और लँगोटिया यार हैं।

एक वाक्चतुर क्लर्क ने कहा—हम सब हुजूर के ताबेदार हैं। यथा-शक्ति आपको असंतुष्ट न करेंगे; लेकिन आदमी ही हैं, अगर कोई भूल हो भी जाय, तो हुजूर उसे क्षमा करेंगे।

सुबोध ने नम्रता से कहा—यही मेरा सिद्धांत है और हमेशा से यहा सिद्धांत रहा है। जहाँ रहा, मातहतों से मित्रों का-सा बर्ताव किया। हम और आप दोनों ही किसी तीसरे के गुलाम हैं। फिर रोब कैसा और

अफसरी कैसी? हाँ, हमें नेकनीयत के साथ अपना कर्त्तव्य पालन करना चाहिए।

जब सुबोध से विदा हो कर कर्मचारी लोग चले, तब आपस में बातें होने लगीं—

'आदमी तो अच्छा मालूम होता है।'

'हेड क्लर्क के कहने से तो ऐसा मालूम होता था कि सबको कच्चा ही खा जायगा।'

'पहले सभी ऐसे ही बातें करते हैं।'

'ये दिखाने के दाँत हैं।'

3

सुबोध को आये एक महीना गुजर गया। बोर्ड के क्लर्क, अरदली, चपरासी सभी उसके बर्ताव से खुश हैं। वह इतना प्रसन्नचित है, इतना नम्र है कि जो उससे एक बार मिलता है, सदैव के लिए उसका मित्र हो जाता है। कठोर शब्द तो उनकी जबान पर आता ही नहीं। इनकार को भी वह अप्रिय नहीं होने देता; लेकिन द्वेष की आँखों में गुण और भी भयंकर हो जाता है। सुबोध के ये सारे सद्गुण मदारीलाल की आँखों में खटकते रहते हैं। उसके विरुद्ध कोई न कोई गुप्त षड्यंत्र रचते ही रहते हैं। पहले कर्मचारियों को भड़काना चाहा, सफल न हुए। बोर्ड के मेम्बरों को भड़काना चाहा, मुँह की खायी। ठीकेदारों को उभारने का बीड़ा उठाया, लज्जित होना पड़ा। वे चाहते थे कि भुस में आग लगा कर दूर से तमाशा देखें। सुबोध में यों हँस कर मिलते, यों चिकनी-चुपड़ी बातें करते, मानो उसके सच्चे मित्र हैं, पर घात में लगे रहते। सुबोध में सब गुण थे, पर आदमी पहचानना न जानते थे। वे मदारीलाल को अब भी अपना दोस्त समझते हैं।

एक दिन मदारीलाल सेक्रेटरी साहब के कमरे में गए तब कुर्सी खाली देखी। वे किसी काम से बाहर चले गये थे। उनकी मेज पर पाँच हजार के नोट पुलिदों में बँधे हुए रखे थे। बोर्ड के मदरसों के लिए कुछ लकड़ी के, सामान बनवाये गये थे। उसी के दाम थे। ठीकेदार वसूली के लिए बुलाया गया था। आज ही सेक्रेटरी साहब ने चेक भेज कर खजाने से रुपये मँगवाये थे। मदारीलाल ने बरामदे में झाँक कर देखा, सुबोध का कहीं पता नहीं। उनकी नीयत बदल गयी। ईर्ष्या में लोभ का सम्मिश्रण हो गया। काँपते हुए हाथों से पुलिदे उठाये; पतलून की दोनों जेबों में भर कर तुरन्त

कमरे से निकले और चपरासी को पुकार कर बोले—बाबू जी भीतर हैं? चपरासी आज ठेकेदार से कुछ वसूल करने की खुशी में फूला हुआ था। सामने वाले तमोली के दूकान से आ कर बोला—जी नहीं, कचहरी में किसी से बातें कर रहे हैं। अभी-अभी तो गये हैं।

मदारीलाल ने दफ्तर में आ कर एक क्लर्क से कहा—यह मिसिल ले जा कर सेक्रेटरी साहब को दिखाओ।

क्लर्क मिसिल ले कर चला गया। जरा देर में लौट कर बोला—सेक्रेटरी साहब कमरे में न थे। फाइल मेज पर रख आया हूँ।

मदारीलाल ने मुँह सिकोड़ कर कहा—कमरा छोड़ कर कहाँ चले जाया करते हैं? किसी दिन धोखा उठायेंगे।

क्लर्क ने कहा—उनके कमरे में दफ्तरवालों के सिवा और जाता ही कौन है?

मदारीलाल ने तीव्र स्वर में कहा—तो क्या दफ्तरवाले सब के सब देवता हैं? कब किसकी नीयत बदल जाय, कोई नहीं कह सकता। मैंने छोटी-छोटी रकमों पर अच्छों-अच्छों की नीयतें बदलते देखी हैं। इस वक्त हम सभी साह हैं; लेकिन अवसर पाकर शायद ही कोई चूके। मनुष्य की यही प्रकृति है। आप जाकर उनके कमरे के दोनों दरवाजे बन्द कर दीजिए।

क्लर्क ने टाल कर कहा—चपरासी तो दरवाजे पर बैठा हुआ है।

मदारीलाल ने झुंझला कर कहा—आप से मैं जो कहता हूं वह कीजिए। कहने लगे, चपरासी बैठा हुआ है। चपरासी कोई ऋषि है, मुनि है? चपरासी ही कुछ उड़ा दे, तो आप उसका क्या कर लेंगे? जमानत भी है तो तीन सौ की। यहाँ एक-एक कागज लाखों का है।

यह कह कर मदारीलाल खुद उठे और दफ्तर के द्वार दोनों तरफ से बन्द कर दिये। जब चित्त शांत हुआ तब नोटों के पुलिंदे जेब से निकाल कर एक आलमारी में कागजों के नीचे छिपा कर रख दिये। फिर आ कर अपने काम में व्यस्त हो गये।

सुबोधचन्द्र कोई घंटे भर में लौटे। तब उनके कमरे का द्वार बन्द था। दफ्तर में आ कर मुस्कराते हुए बोले—मेरा कमरा किसने बन्द कर दिया है, भाई, क्या मेरी बेदखली हो गयी?

मदारीलाल ने खड़े होकर मृदु तिरस्कार दिखाते हुए कहा—साहब, गुस्ताखी माफ हो, आप जब कभी बाहर जायँ, चाहे एक ही मिनट के लिए क्यों न हो, तब दरवाजा बन्द कर दिया करें। आपकी मेज पर रुपये-पैसे और सरकारी कागज-पत्र बिखरे पड़े रहते हैं, न जाने किस वक्त किसकी

नीयत बदल जाय। मैंने अभी सुना कि आप कहीं बाहर गये हैं, तब दरवाजे बन्द कर दिये।

सुबोधचन्द्र द्वार खोल कर कमरे में गये और सिगार पीने लगे। मेज पर नोट रखे हुए हैं, इसकी खबर ही न थी।

सहसा ठीकेदार ने आ कर सलाम किया। सुबोध कुर्सी से उठ बैठे और बोले—तुमने बहुत देर कर दी, तुम्हारा ही इन्तजार कर रहा था। दस ही बजे रुपये मँगवा लिये थे। रसीद का टिकट लाये हो न?

ठीकेदार—हुजूर रसीद लिखवा लाया हूँ।

सुबोध—तो अपने रुपये ले जाओ। तुम्हारे काम से मैं बहुत खुश नहीं हूँ। लकड़ी तुमने अच्छी नहीं लगायी और काम में सफाई भी नहीं है। अगर ऐसा काम फिर करोगे, तो ठीकेदारों के रजिस्टर से तुम्हारा नाम निकाल दिया जायगा।

यह कह कर सुबोध ने मेज पर निगाह डाली, तब नोटों के पूर्लिदे न थे। सोचा, शायद किसी फाइल के नीचे दब गये हों। कुरसी के समीप के सब कागज उलट-पलट डाले; मगर नोटों का कहीं पता नहीं। ऐं नोट कहाँ गये! अभी तो यहीं मैंने रख दिये थे। जा कहाँ सकते हैं। फिर फाइलों को उलटने-पलटने लगे। दिल में जरा-जरा धड़कन होने लगी। सारी मेज के कागज छान डाले, पुर्लिदों का पता नहीं। तब वे कुरसी पर बैठकर इस आध घंटे में होने वाली घटनाओं की मन में आलोचना करने लगे—चपरासी ने नोटों के पुलिंदे ला कर मुझे दिये, खूब याद है। भला, यह भी भूलने की बात है और इतनी जल्द! मैंने नोटों को लेकर यहीं मेज पर रख दिया, गिना तक नहीं। फिर वकील साहब आ गये, पुराने मुलाकाती हैं। उनसे बातें करता जरा उस पेड़ तक चला गया। उन्होंने पान मँगवाये, बस इतनी ही देर हुई। जब गया हूँ तब पुर्लिदे रखे हुए थे। खूब अच्छी तरह याद है। तब ये नोट कहाँ गायब हो गये? मैंने किसी संदूक, दराज या आलमारी में नहीं रखे। फिर गये तो कहाँ? शायद दफ्तर में किसी ने सावधानी के लिए उठा कर रख दिये हों यही बात है। मैं व्यर्थ ही इतना घबरा गया। छिः!

तुरन्त दफ्तर में आ कर मदारीलाल से बोले—आपने मेरी मेज पर से नोट तो उठा कर नहीं रख दिये?

मदारीलाल ने भौंचक्के हो कर कहा—क्या आपकी मेज पर नोट रखे हुए थे? मुझे तो खबर ही नहीं। अभी पंडित सोहनलाल एक फाइल ले कर गये थे तब आपको कमरे में न देखा। जब मुझे मालूम हुआ कि आप

किसी से बातें करने चले गये हैं, तब दरवाजे बन्द करा दिये। क्या कुछ नोट नहीं मिल रहे हैं?

सुबोध आँखें फैला कर बोले—अरे साहब, पूरे पाँच हजार के हैं। अभी-अभी चेक भुनाया है।

मदारीलाल ने सिर पीट कर कहा—पूरे पाँच हजार! हा भगवान्! आपने मेज पर खूब देख लिया है?

'अजी पंद्रह मिनट से तलाश कर रहा हूँ।'

'चपरासी से पूछ लिया कि कौन-कौन आया था?'

'आइए, जरा आप लोग भी तलाश कीजिए। मेरे तो होश उड़े हुए हैं।'

सारा दफ्तर सेक्रेटरी साहब के कमरे की तलाशी लेने लगा। मेज, आलमारियाँ, संदूक सब देखे गये। रजिस्टरों के वर्क उलट-पलट कर देखे गये; मगर नोटों का कहीं पता नहीं। कोई उड़ा ले गया, अब इसमें कोई शुबहा न था। सुबोध ने एक लम्बी साँस ली और कुर्सी पर बैठ गये। चेहरे का रंग फक हो गया। जरा-सा मुँह निकल आया। इस समय कोई उन्हें देखता तो समझता कि महीनों से बीमार हैं।

मदारीलाल ने सहानुभूति दिखाते हुए कहा—गजब हो गया और क्या! आज तक कभी ऐसा अंधेर न हुआ था। मुझे यहाँ काम करते दस साल हो गये, कभी धेले की चीज भी गायब न हुई। मैं आपको पहले ही दिन सावधान कर देना चाहता था कि रुपये-पैसे के विषय में होशियार रहिएगा; मगर शुदनी थी, ख्याल न रहा। जरूर बाहर से कोई आदमी आया और नोट उड़ा कर गायब हो गया। चपरासी का यही अपराध है कि उसने किसी को कमरे में जाने ही क्यों दिया। वह लाख कसम खाये कि बाहर से कोई नहीं आया; लेकिन मैं इसे मान नहीं सकता। यहाँ से तो केवल पण्डित सोहनलाल एक फ़ाइल लेकर गये थे; मगर दरवाजे ही से झाँक कर चले आये।

सोहनलाल ने सफाई दी—मैंने तो अन्दर कदम ही नहीं रखा, साहब! अपने जवान बेटे की कसम खाता हूँ, जो अन्दर कदम रखा भी हो।

मदारीलाल ने माथा सिकोड़ कहा—आप व्यर्थ में कसमें क्यों खाते हैं। कोई आपसे कुछ कहता है? (सुबोध के कान में) बैंक में कुछ रुपये हों तो निकाल कर ठीकेदार को दे दिये जायँ, वरना बड़ी बदनामी होगी। नुक-सान तो हो ही गया, अब उसके साथ अपमान क्यों हो।

सुबोध ने करुण-स्वर में कहा—बैंक में मुश्किल से दो-चार सौ रुपये

होंगे, भाईजान! रुपये होते तो क्या चिन्ता थी। समझ लेता, जैसे पचीस हजार उड़ गये, वैसे ही तीस हजार भी उड़ गये। यहाँ तो कफन को भी कौड़ी नहीं।

उसी रात को सुबोधचन्द्र ने आत्महत्या कर ली। इतने रुपयों का प्रबन्ध करना उनके लिए कठिन था। मृत्यु के परदे के सिवा उन्हें अपनी वेदना, अपनी विवशता को छिपाने की और कोई आड़ न थी।

4

दूसरे दिन प्रातःकाल चपरासी ने मदारीलाल के घर पहुँच कर आवाज दी। मदारी को रात-भर नींद न आयी थी। घबरा कर बाहर आये। चपरासी उन्हें देखते ही बोला—हुजूर! बड़ा गजब हो गया, सिकट्टरी साहब ने रात को गर्दन पर छुरी फेर ली।

मदारीलाल की आँखें ऊपर चढ़ गयीं, मुँह—फैल गया और सारी देह सिहर उठी, मानो उनका हाथ विजली के तार पर पड़ गया हो।

'छुरी फेर ली?'

'जी हाँ, आज सबेरे मालूम हुआ। पुलिसवाले जमा हैं। आपको बुलाया है।'

'लाश अभी पड़ी हुई है?'

'जी हाँ, अभी डाक्टरी होने वाली है।'

'बहुत से लोग जमा हैं?'

'सब बड़े-बड़े अफसर जमा हैं। हुजूर, लहास की ओर ताकते नहीं बनता। कैसा भलामानुष हीरा आदमी था! सब लोग रो रहे हैं। छोटे-छोटे दो बच्चे हैं, एक सयानी लड़की है ब्याहने लायक। बहू जी को लोग कितना रोक रहे हैं, पर बार-बार दौड़ कर लहास के पास आ जाती हैं। कोई ऐसा नहीं है, जो रूमाल से आँखेंन पोंछ रहा हो। अभी इतने ही दिन आये हुए, पर सबसे कितना मेल-जोल हो गया था। रुपये की तो कभी परवा ही नहीं थी। दिल दरियाव था!'

मदारीलाल के सिर में चक्कर आने लगा। द्वार की चौखट पकड़ कर अपने को सँभाल न लेते, तो शायद गिर पड़ते। पूछा—बहू जी बहुत रो रही थीं?

'कुछ न पूछिए, हजूर। पेड़ की पत्तियाँ झड़ी जाती हैं। आँख फूल कर बुलर हो गयी हैं।'

'कितने लड़के बतलाये तुमने?'

'हुजूर, दो लड़के हैं और एक लड़की।'

'हाँ-हाँ, लड़कों को तो देख चुका हूँ, लड़की सयानी होगी?'

'जी हाँ, ब्याहने लायक है। रोते-रोते बेचारी की आँखें सूज आयी हैं।'

'नोटों के बारे में भी बातचीत हो रही होगी?'

'जी हाँ, सब लोग यही कहते हैं कि दफ्तर के किसी आदमी का काम है। दारोगा जी तो सोहनलाल को गिरफ्तार करना चाहते थे; पर साइत आपसे सलाइ लेकर करेंगे। सिकट्टरी साहब तो लिख गए हैं कि मेरा किसी पर शक नहीं है।'

'क्या सेक्रेटरी साहव कोई खत लिख कर छोड़ गये हैं?'

'हाँ, मालूम होता है, छेरी चलाते बखत याद आयी कि शुबहे में दफ्तर के सब लोग पकड़ लिए जायेंगे। बस, कलक्टर साहब के नाम चिट्ठी लिख दी।'

'चिट्ठी में मेरे बारे में भी कुछ लिखा है? तुम्हें यह क्या मालूम होगा?

'हुजूर, अब मैं क्या जानूं, मुदा इतना सब लोग कहते थे कि आपकी बड़ी तारीफ लिखी है।'

मदारीलाल की सांस और तेज हो गयी। आँखों से आँसू की दो बड़ी-बड़ी बूंदें गिर पड़ीं। आँखें पोंछते हुए बोले—वे और मैं एक साथ के पढ़े थे, नन्दू! आठ-दस साल साथ रहा। साथ उठते-बैठते, साथ खाते, साथ खेलते। बस, इसी तरह रहते थे, जस दो सगे भाई रहते हों। खत में मेरी क्या तारीफ लिखी है? मगर तुम्हें क्या मालूम होगा?

'आप तो चल ही रहे हैं, देख लीजिएगा।'

'कफन का इन्तजाम हो गया है?'

'नहीं हुजूर, कहा न कि अभी लहास की डाक्टरी होगी। मुदा अब जल्दी चलिए। ऐसा न हो, कोई दूसरा आदमी बुलाने आता हो।'

'हमारे दफ्तर के सब लोग आ गये होंगे?'

'जी हाँ; इस मुहल्लेवाले तो सभी थे।'

'पुलिस ने मेरे बारे में तो उनसे कुछ पूछ-ताछ नहीं की!'

'जी नहीं, किसी से भी नहीं।'

मदारीलाल जब सुबोधचन्द्र के घर पहुँचे, तब उन्हें ऐसा मालूम हुआ कि सब लोग उनकी तरफ संदेह की आँखों से देख रहे हैं। पुलिस इंस्पेक्टर ने तुरन्त उन्हें बुला कर कहा—आप भी अपना बयान लिखा दें और सबके

बयान तो लिख चुका है।'

मदारीलाल ने ऐसी सावधानी से अपना बयान लिखाया कि पुलिस के अफसर भी दंग रह गये। उन्हें मदारीलाल पर शुबहा होता था, पर इस बयान ने उसका अंकुर भी निकाल डाला।

इसी वक्त सुबोध के दोनों बालक रोते हुए मदारीलाल के पास आये और कहा—चलिए, आपको अम्माँ बलाती हैं। दोनों मदारीलाल से परिचित थे। मदारीलाल यहाँ तो रोज ही आते थे; पर घर में कभी नहीं गये थे। सुबोध की स्त्री उनसे पर्दा करती थी। यह बलावा सुन कर उनका दिल धड़क उठा—कहीं इसका मुझ पर शुबहा न हो। कहीं सुबोध ने मेरे विषय में कोई संदेह न प्रकट किया हो। कुछ झिझकते और कुछ डरते हुए भीतर गए, तब विधवा का करुण-विलाप सुन कर कलेजा काँप उठा। इन्हें देखते ही उस अबला के आँसुओं का कोई दूसरा स्रोता खुल गया और लड़की तो दौड़ कर इनके पैरों से लिपट गई। दोनों लड़कों ने भी घेर लिया। मदारीलाल को उन तीनों की आँखों में ऐसी अथाह वेदना, ऐसी विदारक याचना भरी हई मालूम हई कि वे उनकी ओर देख न सके। उनकी आत्मा उन्हें धिक्कारने लगी। जिन बेचारों को उन पर इतना विश्वास, इतना भरोसा, इतनी आत्मीयता, इतना स्नेह था, उन्हीं की गर्दन पर उन्होंने छुरी फेरी! उन्हीं के हाथों यह भरा-पूरा परिवार धूल में मिल गया! इन असहायों का अब क्या हाल होगा? लड़की का विवाह करना है; कौन करेगा? बच्चों के लालन-पालन का भार कौन उठाएगा? मदारीलाल को इतनी आत्मग्लानि हुई कि उनके मुँह से तसल्ली का एक शब्द भी न निकला। उन्हें ऐगा जान पड़ा कि मेरे मुख में कालिख पूती है, मेरा कद कुछ छोटा हो गया है। उन्होने जिस वक्त नोट उड़ाये थे, उन्हें गुमान भी न था कि उसका यह फल होगा। वे केवल सुबोध को जिच करना चाहते थे। उनका सर्वनाश करने की इच्छा न थी।

शोकातुर विधवा ने सिसकते हुए कहा। भैया जी, हम लोगों को वे मझधार में छोड़ गए। अगर मुझे मालूम होता कि मन में यह बात ठान चुके हैं तो अपने पास जो कुछ था; वह सब उनके चरणों पर रख देती। मुझसे तो वे यही कहते रहे कि कोई न कोई उपाय हो जायगा। आप ही के मार्फत वे कोई महाजन ठीक करना चाहते थे। आपके ऊपर उन्हें कितना भरोसा था कि कह नहीं सकती।

मदारीलाल को ऐसा मालूम हुआ कि कोई उनके हृदय पर नश्तर चला रहा है। उन्हें अपने कंठ में कोई चीज फँसी हुई जान पड़ती थी।

रामेश्वरी ने फिर कहा—रात सोये, तब खूब हँस रहे थे। रोज की तरह दूध पिया, बच्चों को प्यार किया, थोड़ी देर हारमोनियम बजाया और तब कुल्ला करके लेटे। कोई ऐसी बात न थी जिससे लेशमात्र भी संदेह होता। मुझे चिन्तित देखकर बोले—तुम व्यर्थ घबराती हो। बाबू मदारी लाल से मेरी पुरानी दोस्ती है। आख़िर वह किस दिन काम आयेगी? मेरे साथ के खेले हुए हैं। इस नगर में उनका सबसे परिचय है। रुपयों का प्रबन्ध आसानी से हो जायगा। फिर न जाने कब मन में यह बात समायी। मैं नसीबों-जली ऐसी सोयी कि रात को मिनकी तक नहीं। क्या जानती थी कि वे अपनी जान पर खेल जाएँगे?

मदारीलाल को सारा विश्व आँखों में तैरता हुआ मालूम हुआ। उन्होंने बहुत जब्त किया; मगर आँसुओं के प्रभाव को न रोक सके।

रामेश्वरी ने आँखें पोंछ कर फिर कहा—भैया जी, जो कुछ होना था, वह तो हो चुका; लेकिन आप उस दुष्ट का पता जरूर लगाइए, जिसने हमारा सर्वनाश कर दिया है। यह दफ्तर ही के किसी आदमी का काम है। वे तो देवता थे। मुझसे यही करते रहे कि मेरा किसी पर संदेह नहीं है, पर है यह किसी दफ्तरवाले ही का काम। आप से केवल इतनी विनती करती हूँ कि उस पापी को बच कर न जाने दीजिएगा। पुलिसवाले शायद कुछ रिश्वत ले कर उसे छोड़ दें। आपको देख कर उनका यह हौसला न होगा। अब हमारे सिर पर आपके सिवा और कौन है। किससे अपना दुःख कहें? लाश की यह दुर्गति होनी भी लिखी थी।

मदारीलाल के मन में एक बार ऐसा उबाल उठा कि सब कुछ खोल दें। साफ कह दें, मैं ही वह दुष्ट, वह अधम, वह पामर हूँ। विधवा के पैरों पर गिर पड़ें और कहें, वही छुरी इस हत्यारे की गर्दन पर फेर दो। पर जबान न खुली; इसी दशा में बैठे-बैठे उनके सिर में ऐसा चक्कर आया कि वे जमीन पर गिर पड़े।

5

तीसरे पहर लाश की परीक्षा समाप्त हुई। अर्थी जलाशय की ओर चली। सारा दफ्तर, सारे हुक्काम और हजारों आदमी साथ थे। दाह-संस्कार लड़कों को करना चाहिए था, पर लड़के नाबालिग थे। इसलिए विधवा चलने को तैयार हो रही थी कि मदारीलाल ने जा कर कहा—बहू जी, यह संस्कार मुझे करने दो। तुम क्रिया पर बैठ जाओगी, तो बच्चों को कौन सँभालेगा। सुबोध मेरे भाई थे। जिंदगी में उनके साथ कुछ सलूक न

कर सका, अब जिंदगी के बाद मुझे दोस्ती का कुछ हक अदा कर लेने दो। आख़िर मेरा भी तो उन पर कुछ हक था। रामेश्वरी ने रो कर कहा—आपको भगवान् ने बड़ा उदार हृदय दिया है भैया जी, नहीं तो मरने पर कौन किसको पूछता है। दफ्तर के और लोग जो आधी-आधी रात तक हाथ बाँधे खड़े रहते थे, झूठी बात पूछने न आये कि जरा ढाढस होता।

मदारीलाल ने दाह-संस्कार किया। तेरह दिन तक क्रिया पर बैठे रहे। तेरहवें दिन पिंडदान हुआ; ब्राह्मणों ने भोजन किया, भिखारियों को अन्न-दान दिया गया, मित्रों की दावत हुई, और यह सब कुछ मदारीलाल ने अपने खर्च से किया। रामेश्वरी ने बहुत कहा कि आपने जितना किया उतना हो बहुत है। अब मैं आपको और जेरबार नहीं करना चाहती। दोस्ती का हक इससे ज्यादा और कोई क्या अदा करेगा, मगर मदारीलाल ने एक न सुनी। सारे शहर में उनके यश की धूम मच गयी, मित्र हो तो ऐसा हो।

सोलहवें दिन विधवा ने मदारीलाल से कहा—भैया जी, आपने हमारे साथ जो उपकार मौर अनुग्रह किये हैं उनसे हम मरते दम तक उऋण नहीं हो सकते। आपने हमारी पीठ पर हाथ न रखा होता, तो न-जाने हमारी क्या गति होती। कहीं रूख की भी छाँह तो नहीं थी। अब हमें घर जाने दीजिए। वहाँ देहात में खर्च भी कम होगा और कुछ खेती बारी का सिल-सिला भी कर लूँगी। किसी न किसी तरह विपत्ति के दिन कट ही जायँगे। इसी तरह हमारे ऊपर दया रखिएगा।

मदारीलाल ने पूछा—घर पर कितनी जायदाद है?

रामेश्वरी—जायदाद क्या है, एक कच्चा मकान है और दस-बारह बीघे की काश्तकारी है। पक्का मकान बनबाना शुरू किया था; मगर रुपये पूरे न पड़े। अभी अधूरा पड़ा हुआ है। दस-बारह हजार खर्च हो गये और सभी छत पड़ने की नौबत नहीं आयी।

मदारीलाल—कुछ रुपये बैंक में जमा हैं, या बस खेती ही का सहारा है?

विधवा—जमा तो एक पाई भी नहीं हैं, भैया जी! उनके हाथ में रुपये रहने ही नहीं पाते थे। बस, वही खेती का सहारा है।

मदारी॰—तो उन खेतों में इतनी पैदावार हो जायगी कि लगान भी अदा हो जाय और तुम लोगों की गुजर-बसर भी हो?

रामेश्वरी—और कर ही क्या सकते हैं, भैया जी! किसी न किसी तरह जिंदगी तो काटनी ही है। बच्चे न होते तो मैं जहर खा

लेती।

मदारी॰—और अभी बेटी का विवाह भी तो करना है।

विधवा—उसके विवाह की अब कोई चिंता नहीं। किसानों में ऐसे बहुत से मिल जायेंगे, जो बिना कुछ लिये-दिये विवाह कर लेंगे।

मदारीलाल ने एक क्षण सोच कर कहा—अगर मैं कुछ सलाह दूँ, तो उसे मानेंगी आप?

रामेश्वरी—भैया जी, आपकी सलाह न मानूँगी तो किसकी मलाह मानूँगी और दूसरा है ही कौन?

मदारी॰—तो आप अपने घर जाने के बदले मेरे घर चहिए। जैसे मेरे बाल-बच्चे रहेंगे, वैसे ही आप के भी रहेंगे। आपको कष्ट न होगा। ईश्वर ने चाहा तो कन्या का विवाह भी किसी अच्छे कुल में हो जायगा।

विधवा की आँखें सजल हो गयीं। बोली—मगर भैया ज़ी, सोचिए··· मदारीलाल ने बात काट कर कहा—मैं कुछ न सोचूँगा और न कोई उज्र सुनूँगा। क्या दो भाइयों के परिवार एक साथ नहीं रहते? सुबोध को मैं अपना भाई समझता था और हमेशा समझूँगा।

विधवा का कोई उज्र न सुना गया। मदारीलाल सबको अपने साथ ले गये और आज दस साल से उनका पालन कर रहे हैं। दोनों बच्चे कालेज में पढ़ते हैं और कन्या का एक प्रतिष्ठित कुल में विवाह हो गया है। मदारीलाल और उनकी स्त्री तन-मन से रामेश्वरी की सेवा करते हैं और उनके इशारों पर चलते हैं। मदारीलाल सेवा से अपने पाप का प्रायश्चित कर रहे हैं।

कप्तान साहब

जगतसिंह को स्कूल जाना कुनैन खाने या मछली का तेल पीने से कम अप्रिय न था। वह सैलानी, आवारा, घुमक्कड़ युवक था। कभी अमरूद के बागों की ओर निकल जाता और अमरूदों के साथ माली की गालियाँ बड़े शौक से खाता। कभी दरिया की सैर करता और मल्लाहों की डोंगियों में बैठकर उस पार के देहातों में निकल जाता। गालियाँ खाने में उसे मजा आता था। गालियाँ खाने का कोई अवसर वह हाथ से न जाने देता। सवार के घोड़े के पीछे ताली बजाना एक्कों को पीछे से पकड़ कर अपनी ओर खींचना, बूढ़ों की चाल की नकल करना उसके मनोरंजन के विषय थे। आलसी काम तो नहीं करता; पर दुर्व्यसनों का दास होता है, और दुर्व्यसन धन के बिना पूरे नहीं होते। जगतसिंह को जब अवसर मिलता घर से रुपये उड़ा ले जाता। नकद न मिले, तो परतन और कपड़े उठा ले जाने में भी उसे संकोच न होता था। घर में शीशियाँ और बोतलें थीं, वह सब उसने एक-एक करके गुदड़ी बाजार पहुँचा दी। पुराने दिनों की कितनी चीजें घर में पड़ी थीं, उसके मारे एक भी न बची। इस कला में ऐसा दक्ष और निपुण था कि उसकी चतुराई और पटुता पर आश्चर्य होता था। एक बार बाहर ही बाहर, केवल कार्निसों के सहारे अपने दो-मंजिला मकान की छत पर चढ़ गया और ऊपर ही से पीतल की एक बड़ी थाली ले कर उतर आया। घर वालों को आहट तक न मिली।

उसके पिता ठाकुर भक्तसिंह अपने कस्बे के डाकखाने के मुंशी थे। अफसरों ने उन्हें शहर का डाकखाना बड़ी दौड़ धूप करने पर दिया था; किन्तु भक्तसिंह जिन, इरादों से यहाँ आये थे, उनमें से एक भी पूरा न हुआ। उलटी हानि यह हुई कि देहातों में जो भाजी-साग, उपले-ईंधन मुफ्त मिल जाते थे, वे सब यहाँ बंद हो गये। यहाँ सबसे पुराना घराँव था। न किसी

को दबा सकते थे, न सता सकते थे। इस दुरवस्था में जगतसिंह की हथ-लपकियाँ बहुत अखरतीं। उन्होंने कितनी ही बार उसे बड़ी निर्दयता से पीटा। जगतसिंह भीमकाय होने पर भी चुपके मे मार खा लिया करता था। अगर वह अपने पिता के हाथ पकड़ लेता, तो वह हल भी न सकते; पर जगतसिंह इतना सीनाजोर न था। हाँ, मार-पीट, घुड़ की-धमकी किसी का भी उस पर असर न होता था।

जगतसिंह ज्यों ही घर में कदम रखता; चारों ओर से काँव-काँव मच जाती, माँ दुर-दुर करके दौड़ती, बहनें गालियाँ देने लगती; मानो घर में कोई साँड़ घुस आया हो। बेचारा उलटे पाँव भागता। कभी-कभी दो-दो, तीन-तीन दिन भूखा रह जाता। घर वाले उसकी सूरत से जलते थे। इन तिरस्कारों ने उसे निर्लज्ज बना दिया था। कष्टों के ज्ञान से वह निर्द्वन्द्व सा हो गया था। जहाँ नींद आ जाती, वहीं पड़ रहता; जो कुछ मिल जाता दही खा लेता।

ज्यों-ज्यों घर वालों को उसकी चोर-कला के गुप्त साधनों का ज्ञान होता जाता था, वे उससे चौकन्ने होते जाते थे। यहाँ तक कि एक बार पूरे महीने भर तक उसकी दाल न गली। चरस वाले के कई रूपये ऊपर चढ़ गये। गाँजे वाले ने धुआँधार तकाजे करने शुरू किये। हलवाई कड़वी बातें सुनाने लगा। बेचारे जगत को निकलना मुश्किल हो गया। रात-दिन ताक-झांक में रहता; पर घात न मिलती थी। आख़िर एक दिन बिल्ली के भागों छींका टूटा। भक्तसिंह दोपहर को डाकखाने से चले, तो एक बीमा-रजिस्ट्री जेब में डाल ली। कौन जाने कोई हरकारा या डाकिया शरारत कर जाय; किंतु घर आये तो लिफाफे को अचकन की जेब से निकालने की सुधि न रही। जगतसिंह तो ताक लगाये हुए था ही। पैसे के लोभ से जेब टटोली, तो लिफाफा मिल गया। उस पर कई आने के टिकट लगे थे। वह कई बार टिकट चुरा कर आधे दामों पर तेच चुका था। चट लिफाफा उड़ा दिया। यदि उसे मालूम होता कि उसमें नोट हैं, तो कदाचित् वह न छूता; लेकिन जब उसने लिफाफा फाड़ डाला और उसमें से मोट निकल पड़े तो वह बड़े संकट में पड़ गया। वह फटा हुआ लिफाफा गला फाड़-फाड़ कर उसके दुष्कृत्य को धिक्कारने लगा। उसकी दशा उस शिकारी की-सी हो गयी, जो चिड़ियों का शिकार करने जाय और अनजान में किसी आदमी पर निशाना मार दे। उसके मन में पश्चात्ताप था, लज्जा थी, दुःख था, पर उसे भूल का दंड सहने की शक्ति न थी। उसने नोट लिफाफे में रख दिये और बाहर चला गया।

गरमी के दिन थे। दोपहर को सारा घर सो रहा था; पर जगत की आँखों में नींद न थी। आज उसकी तुरी तरह कुंदी होगी—इसमें संदेह न था। उसका घर पर रहना ठीक नहीं, दस-पाँच दिन के लिए उसे कहीं खिसक जाना चाहिए। तब तक लोगों का क्रोध शांत हो जाता। लेकिन कहीं दूर गये बिना काम न चलेगा। बस्ती में वह कई दिन तक अज्ञातवास नहीं कर सकता। कोई न कोई जरूर ही उसका पता देगा और वह पकड़ लिया जायगा। दूर जाने के लिए कुछ न कुछ खर्च तो पास होना ही चाहिए। क्यों न वह लिफाफे में से एक नोट निकाल ले? यह तो मालूम ही हो जायगा कि उसी ने लिफाफा फाड़ा है, फिर एक नोट निकाल लेने में क्या हानि है? दादा के पास रुपये तो हैं ही, झक मार कर दे देंगे। यह सोचकर उसने दस रुपये का एक नोट उड़ा लिया; मगर उसो वक्त उसके मन में एक नयी कल्पना का प्रादुर्भाव हुआ। अगर ये सब रुपये लेकर किसी दूसरे शहर में कोई दूकान खोल ले, तो बड़ा मजा हो। फिर एक-एक पैसे के लिए उसे क्यों किसी की चोरी करनी पड़े! कुछ दिनों में वह बहुत-सा रुपया जमा करके घर आयेगा; तो लोग कितने चकित हो जायेंगे!

उसने लिफाफे को फिर निकाला। उसमें कुल दो सौ रुपए के नोट थे। दो सौ में दूध की दूकान खूब चल सकती है। आख़िर मुरारी की दुकान में दो-चार कढ़ाव और दो-चार पीतल के थालों के सिवा और क्या है? लेकिन कितने ठाट से रहता है! रुपयों की चरस उड़ा देता है। एक-एक दाँव पर दस-दस रुपए रख देता है, नफा न होता, तो वह ठाट कहाँ से निभाता? इस आनन्द-कल्पना में वह इतना मग्न हुआ कि उसका मन उसके काबू से बाहर हो गया, जैरो प्रवाह में किसी के पांव उखड़ जायें और वह लहरों में बह जाय।

उसी दिन शाम को वह बम्बई चल दिया। दूसरे ही दिन मुंशी भक्तसिंह पर गबन का मुकदमा दायर हो गया।

2

बम्बई के किले के मैदान में बैंड बज रह। था और राजपूत रेजिमेंट के सजीले सुंदर जवान कवायद कर रहे थे, जिस प्रकार हवा बादलों को नए-नए रूप में बनाती और बिगाड़ती है, उसी भाँति सेना नायक सैनिकों को नए-नए रूप में बना-बिगाड़ रहा था।

जब कवायद खतम हो गयी, तो एक छरहरे डील का युवक नायक के सामने आकर खड़ा हो गया। नायक ने पूछा—क्या नाम है? सैनिक ने फौजी सलाम करके कहा—जगतसिंह?

'क्या चाहते हो।'

'फौज में भरती कर लीजिए।'

'मरने से तो नहीं डरते?'

'बिलकुल नहीं—राजपूत हूँ।'

'बहुत कड़ी मेहनत करनी पड़ेगी।'

'इसका भी डर नहीं।'

'अदन जाना पड़ेगा।'

"खुशी से जाऊँगा।'

कप्तान ने देखा, बला का हाजिर-जवाब, मनचला, हिम्मत का धनी जवान है, तुरंत फौज में भरती कर लिया। तीसरे दिन रेजिमेंट अदन को रवाना हुआ। मगर ज्यों-ज्यों जहाज आगे चलता था, जगत का दिल पीछे रह जाता था। जब तक जमीन का किनारा नजर आता रहा, वह जहाज के डेक पर खड़ा अनुरक्त नेत्रों से उसे देखता रहा। जब वह भूमि-तट जल में विलीन हो गया तो उसने एक ठंडी साँस ली और मुँह ढाँप कर रोने लगा। आज जीवन में पहली बार उसे प्रियजनों की याद आयी। वह छोटा-सा अपना कस्बा, नह गाँजे की दुकान, वह सैर-सपाटे, वह सुहृद-मित्रों के जम-घट आँखों में फिरने लगे। कौन जाने, फिर कभी उनसे भेंट होगी या नहीं। एक बार वह इतना बेचैन हुआ कि जी में आया, पानी में कूद पड़े।

3

जगतसिंह को अदन में रहते तीन महीने गुज़र गए। भाँति-भाँति की नवीनताओं ने कई दिन तक उसे मुग्ध किये रखा; लेकिन पुराने संकार फिर जाग्रत होने लगे। अब कभी-कभी उसे स्नेहमयी माता की याद आने लगी, जो पिता के क्रोध, बहनों के धिक्कार और स्वजनों के तिरस्कार में भी उसकी रक्षा करती थी। उसे वह दिन याद आया, जब एक बार वह बीमार पड़ा था। उसके बचने की कोई आशा न थी, पर न तो पिता को उसकी कुछ चिन्ता थी, न बहनों को। केवल माता थी, जो रात की रात उसके सिरहाने बैठी अपनी मधुर, स्नेहमयी बातों से उसकी पीड़ा शांत करती रही थी। उन दिनों कितनी बार उसने उस देवी को नीरव रात्रि में रोते देखा था। वह स्वयं रोगों से जीर्ण हो रही थी, लेकिन उसकी सेवा-शुश्रुषा में वह अपनी व्यथा को ऐसी भूल गयी थी, मानो उसे कोई कष्ट ही नहीं। क्या उसे माता के दर्शन फिर होंगे? वह इसी क्षोभ और नैराश्य में समुद्र-तट पर चला जाता और घण्टों अनंत जल-प्रवाह को देखा करता। कई दिनों

से उसे घर पर एक पत्र भेजने की इच्छा हो रही थी, किंतु लज्जा और ग्लानि के कारण वह टालता जाता था। आख़िर एक दिन उससे न रहा गया। उसने पत्र लिखा और अपने अपराधों के लिए क्षमा माँगी। पत्र आदि से अन्त तक भक्ति से भरा हुआ था। अंत में उसने इन शब्दों में अपनी माता को आश्वासन दिया था—माता जी, मैंने बड़े-बड़े उत्पात किये हैं, आप लोग मुझसे तंग आ गयी थी, मैं उन सारी भूलों के लिए सच्चे हृदय से लज्जित हैं और आपको विश्वास दिलाता हूँ कि जीता रहा, तो कुछ न कुछ करके दिखाऊँगा। तब कदाचित् आपको मुझे अपना पुत्र कहने में संकोच न होगा। मुझे आशीर्वाद दीजिए कि अपनी प्रतिज्ञा का पालन कर सकूँ।'

यह पत्र लिखकर उसने डाकखाने में छोड़ा और उसी दिन से उत्तर की प्रतीक्षा करने लगा; किंतु एक महीना गुजर गया और कोई जवाब न आया। उसका जी घबड़ाने लगा। जवाब क्यों नहीं आता—कहीं माता जी बीमार तो नहीं हैं? शायद दादा ने क्रोध-वश जवाब न लिखा होगा? कोई और विपत्ति तो नहीं आ पड़ी? कैम्प में एक वृक्ष के नीचे कुछ सिपाहियों ने शालिग्राम की एक मूर्ति रख छोड़ी थी। कुछ श्रद्धालु सैनिक रोज उस प्रतिमा पर जल चढ़ाया करते थे। जगतसिंह उनकी हँसी उड़ाया करता; पर आज वह विक्षिप्तों की भांति प्रतिमा के सम्मुख जाकर बड़ी देर तक मस्तक झुकाये बैठा रहा। वह इसी ध्यानावस्था में बैठा था कि किसी ने उसका नाम लेकर पुकारा, यह दफ्तर का अपरासी था और उसके नाम की चिठटी लेकर आया था। जगतसिंह ने पत्र हाथ में लिया, तो उसकी सारी देह काँप उठी। ईश्वर की स्तुति करके उसने लिफाफा खोला और पत्र पढ़ा। लिखा था—'तुम्हारे दादा को गबन के अभियोग में पाँच वर्ष की सजा हो गई। तुम्हारी माता इस शोक में मरणासन्न है। छट्टी मिले, तो घर चले आओ।'

जगतसिंह ने उसी वक्त कप्तान के पास जाकर कहा—'हुजूर, मेरी माँ बीमार हैं, मुझे छट्टी दे दीजिए।

कप्तान ने कठोर अखिों से देखकर कहा—अभी छुट्टी नहीं गिल सकती।

'तो मेरा इस्तीफा ले लीजिए।'

'अभो इस्तीफा नहीं लिया जा सकता।'

'मैं अब एक क्षण भी नहीं रह सकता।'

'रहना पड़ेगा। तुम लोगों को बहुत जल्द लाम पर जाना पड़ेगा।'

'लड़ाई छिड़ गयी! आह, तब मैं घर नहीं जाऊँगा? हम लोग कब

तक यहाँ से जायँगे?'

'बहत जल्द, दो ही चार दिनों में।'

4

चार वर्ष बीत गए। कैप्टन जगतसिंह का-सा योद्धा उस रेजीमेंट में नहीं है। कठिन अवस्थाओं में उसका साहस और भी उत्तेजित हो जाता है। जिस मुहिम में सबकी हिम्मतें जवाब दे जाती हैं, उसे सर करना उसी का काम है। हल्ले और धावे में वह सदैव सबसे आगे रहता है, उसकी त्योरियों पर कभी मैल नहीं आता; उसके साथ ही वह इतना विनम्र, इतना गम्भीर, इतना प्रसन्नचित्त है कि सारे अफसर और मानहत उसकी बड़ाई करते हैं, उसका पुनर्जीवन-सा हो गया। उस पर अफसरों को इतना विश्वास है कि अब वे प्रत्येक विषय में उससे परामर्षा करते हैं। जिससे पूछिए, वही वीर जगतसिंह की विरुदावली सुना देगा—कैसे उसने जर्मनों की मेगजीन में आग लगायी, कैसे अपने कप्तान को मशीनगनों की मार से निकाला, कैसे अपने एक मातहत सिपाही को कंधे पर लेकर निकल आया। ऐसा जान पड़ता है, उसे अपने प्राणों का मोह ही नहीं, मानो वह काल को खोजता फिरता हो!

लेकिन नित्य रात्रि के समय, जब जगतसिंह को अवकाश मिलता है, वह अपनी छोलदारी में अकेले बैठकर घरवालों को याद कर लिया करता है—दो-चार आँसू की बूंदें अवश्य गिरा देता है। वह प्रतिमास अपने वेतन का बड़ा भाग घर भेज देता है, और ऐसा कोई सप्ताह नहीं जाता जब कि वह माता को पत्र न लिखता हो। सबसे बड़ी चिता उसे अपने पिता की है, जो आज उसी के दुष्कर्मों के कारण कारावास कीयातना झेल रहे हैं। हाय! वह कौन दिन होगा, जब कि वह उनके चरणों पर सिर रखकर अपना अपराध क्षमा करायेगा, और वह उसके सिर पर हाथ रखकर आशीर्वाद देंगे?

5

सवा चार वर्ष बीत गए। संध्या का समय है। नैनी जेल के द्वार पर भीड़ लगी हुई है। कितने ही कैदियों की मियाद पूरी हो गयी है। उन्हें लिवा जाने के लिए उनके घरवाले आये हुए हैं; किन्तु बूढ़ा भक्तसिंह अपनी अँधेरी कोठरी में सिर झुकाये उदास बैठा हुआ है। उसकी कमर झुक कर कमान हो गयी है! देह अस्थि-पंजर-मात्र रह गयी है। ऐसा जान पड़ता है, किसी चतुर शिल्पो ने एक अकाल-पीड़ित मनुष्य की मूर्ति बनाकर रख दी है।

उसकी भी मीआद पूरी हो गयी है; लेकिन उसके घर से कोई नहीं आया। आये कौन? आने वाला था ही कौन?

एक बूढ़े किन्तु हृष्ट-पुष्ट कैदी ने आकर उसका कंधा हिलाया और बोला—कहो भगत, कोई घर से आया?

भक्त सिंह ने कंपित कंठ-स्वर से कहा—घर पर है ही कौन?

'घर तो चलोगे ही?'

'मेरे घर कहाँ है?'

'तो क्या यहीं पड़े रहोगे?'

'अगर ये लोग निकाल न देंगे, तो यहीं पड़ा रहूँगा।'

आज चार साल के बाद भगतसिंह को अपने प्रताडित, निर्वासित पुत्र की याद आ रही थी। जिसके कारण जीबन का सर्वनाश हो गया; आबरू मिट गयी; घर बरबाद हो गया, उसकी स्मति भी असह्य थी; किन्तु आज नैराश्य और दुःख के अथाह सागर में डूबते हुए उन्होंने उसी तिनके का सहारा लिया। न-जाने उस बेचारे की क्या दशा हुई। लाख बुरा है, तो भी अपनः लड़का है। खानदान की निशानी तो है। मरूँगा तो चार आँसू तो वहायेगा, दो चिल्लू पानी तो देगा। हाय! मैंने उसके साथ कभी प्रेम का व्यवहार नहीं किया। जरा भी शरारत करता, तो यमदूत की भाँति उसकी गर्दन पर सवार हो जाता। एक बार रसोई में बिना पैर धोये चले जाने के दंड में मैंने उसे उलटा लटका दिया था। कितनी बार केवल जोर से बोलने पर मैंने उसे तमाचे लगाये थे। पुन-सा रत्न पाकर मैंने उसका आदर न किया। उसी का दंड है। जहाँ प्रेम का बन्धन शिथिल हो, वहाँ परिवार की रक्षा कैसे हो सकती है?

6

सबेरा हुआ। आशा का सूर्य निकला। आज उसकी रश्मियाँ कितनी कोमल और मधुर थीं, वायु कितनी सुखद, आकाश कितना मनोहर, वृक्ष कितने हरे-भरे, पक्षियों का कलरव कितना मीठा! सारी प्रवृति माशा के रंग में रंगी हुई थी; पर भक्तसिंह के लिए चारों ओर घोर अंधकार था।

जेल का अफसर आया। कैदी एक पंक्ति में खड़े हुए। अफसर एक-एक का नाम लेकर रिहाई का परवाना देने लगा। कैदियों के चेहरे आशा से प्रफुल्लित थे। जिसका नाम आता, वह खश-खुश अफसर के पास जाता, परवाना लेता, झुककर सलाम करता और तब अपने विपत्तिकाल के संगियों

से गले मिलकर बाहर निकल जाता। उसके घरवाले दौड़कर उससे लिपट जाते। कोई पैसे लुटा रहा था, कहीं मिठाइयां बाँटी जा रही थीं, कहीं जेल के कर्मचारियों को इनाम दिया जा रहा था। आज नरक के पुतले विनम्रता के देवता बने हुए थे।

अन्त में भक्तसिंह का नाम आया। वह सिर झुकाये आहिस्ता-आहिस्ता जेलर के पास गये और उदासीन भाव से परवाना लेकर जेल के द्वार की ओर चले, मानो सामने कोई समुद्र लहरें मार रहा है। द्वार से बाहर निकल कर वह जमीन पर बैठ गये। कहाँ जायँ?

सहसा उन्होंने एक सैनिक अफसर को घोड़े पर सवार, जेल की ओर आते देखा। उसकी देह पर खाकी वरदी थी, सिर पर कारचोबी साफ़ा। अजीब शान से घोड़े पर बैठा हुआ था। उसके पीछे-पीछे एक फिटन आ रही थी। जेल के सिपाहियों ने अफसर को देखते ही बन्दूकें सँभाली और लाइन में खड़े होकर सलाम किया।

भक्तसिंह ने मन में कहा—एक भाग्यवान यह है, जिसके लिए फिटन आ रही है; और एक अभागा मैं हूँ, जिसका कहीं ठिकाना नहीं।

फौजी अफसर ने इधर-उधर देखा और घोड़े से उतर कर सीधे भक्तसिंह के सामने आकर खड़ा हो गया।

भक्तसिंह ने उसे ध्यान से देखा और तब चौंककर उठ खड़े हुए और बोले—अरे! बेटा जगतसिंह!

जगतसिंह रोता हुआ उनके पैरों पर गिर पड़ा।

इस्तीफा

दफ्तर का बाबू एक बेजबान जीव है। मजदूरों को आँखें दिखाओ, तो वह त्योरियाँ बदल कर खड़ा हो जायगा। कुली को एक डाँट बताओ, तो सिर से बोझ फेंक कर अपनी राह लेगा। किसी भिखारी को दुत्कारो, तो वह तुम्हारी ओर गुस्से की निगाह से देख कर चला जायेगा। यहाँ तक कि गधा भी कभी-कभी तकलीफ पा कर दो लत्तियाँ झाड़ने लगता है; मगर बेचारे दफ्तर के बाबू को आप चाहे आँखें दिखायें, डाँट बतायें, दुत्कारें या ठोकरें मारें, उसके माथे पर बल न आयेगा। उसे अपने विकारों पर जो आधिपत्य होता है, वह शायद किसी संयमी साधु में भी न हो। संतोष का पुतला, सब्र की मूर्ति, सच्चा आज्ञाकारी, गरज उसमें तमाम मानवी अच्छाइयाँ मौजूद होती हैं। खंडहर के भी एक दिन भाग्य जागते हैं। दीवाली के दिन उस पर भी रोशनी होती है, बरसात में उस पर हरियाली छाती है, प्रकृति की दिलचस्पियों में उसका भी हिस्सा है। मगर इस गरीब बाबू के नसीब कभी नहीं जागते। इसकी अंधेरी तकदीर में रोशनी का जलवा कभी नहीं दिखाई देता। इसके पीले चेहरे पर कभी मुस्कराहट की रोशनी नजर नहीं आती। इसके लिए सूखा सावन है, कभी हरा भादों नहीं। लाला फतहचंद ऐसे ही एक बेजबान जीव थे।

कहते हैं, मनुष्य पर उसके नाम का भी असर पड़ता है। फतहचंद की दशा में यह बात यथार्थ सिद्ध न हो सकी। यदि उन्हें 'हारचंद' कहा जाय तो कदाचित् यह अत्युक्ति न होगी। दफ्तर में हार, जिंदगी में हार, मित्रों में हार, जीवन में उनके लिए चारों ओर निराशाएँ ही थीं। लड़का एक भी नहीं, लड़कियां तीन; भाई एक भी नहीं, भौज इयाँ दो, गाँठ में कौड़ी नहीं, मगर दिल में दया और मुरव्वत; सच्चा मित्र एक भी नहीं—जिससे मित्रता हुई, उसने धोखा दिया, इस पर तंदुरुस्ती भी अच्छी नहीं—बत्तीस

साल की अवस्था में बाल खिचड़ी हो गये थे। आँखों में ज्योति नहीं, हाजमा चौपट, चेहरा पीला, गाल चिपके, कमर झुकी हुई, न दिल में हिम्मत, न कलेजे में ताकत। नौ बजे दफ्तर जाते और छः बजे शाम कौ लौट कर घर आते। फिर घर से बाहर निकलने की हिम्मत न पड़ती। दुनिया में क्या होता है; इसकी उन्हें बिलकुल खबर न थी। उनकी दुनिया लोक-परलोक जो कुछ था, दफ्तर था। नौकरी की खैर मनाते और जिंदगी के दिन पूरे करते थे। न धर्म से वास्ता था, न दीन से नाता। न कोई मनोरंजन था, न खेल। ताश खेले हुए भी शायद एक मुद्दत गुजर गयी थी।

2

जाड़ों के दिन थे। आकाश पर कुछ-कुछ बादल थे। फतहचंद साढ़े पाँच बजे दफ्तर से लौटे तो चिराग जल गये थे। दफ्तर से आ कर वह किसी से कुछ न बोलते; चुपके से चारपाई पर लेट जाते और पंद्रह-बीस मिनट तक बिना हिले-डुले पड़े रहते तब कहीं जा कर उनके मुँह से आवाज निकलती। आज भी प्रतिदिन की तरह वे चुपचाप पड़े थे कि एक ही मिनट में बाहर से किसी ने पुकारा। छोटी लड़की ने जा कर पूछा तो मालूम हुआ कि दफ्तर का चपरासी है। शारदा पति के मुँह-हाथ धोने के लिए लोटा-गिलास माँज रही थी। बोली—उससे कह दे, क्या काम है। अभी तो दफ्तर से आये ही हैं, और अभी फिर बुलावा आ गया?

चपरासी ने कहा—साहब ने कहा है, अभी बुला लाओ। कोई बड़ा जरूरी काम है।

फतहचंद की खामोशी टूट गयी। उन्होंने सिर उठा कर पूछा—क्या बात है?

शारदा—कोई नहीं, दफ्तर का चपरासी है।

फतहचंद ने सहम कर कहा—दफ्तर का चपरासी! क्या साहब ने बुलाया है?

शारदा—हाँ, कहता है, साहब बुला रहे हैं। यहाँ कैसा साहब है तुम्हारा, जब देखो, बुलाया करता है? सबेरे के गए-गए अभी मकान लौटे हो, फिर भी बुलावा आ गया!

फतहचंद ने सँभल कर कहा—जरा सुन लूँ, किसलिए बुलाया है। मैंने सब काम खतम कर दिया था, अभी आता हूँ।

शारदा—जरा जलपान तो करते जाओ, चपरासी से बातें करने

लगोगे, तो तुम्हें अन्दर आने की याद भी न रहेगी।

यह कह कर वह एक प्याली में थोड़ी-सी दालमोट और सेव लायी। फतहचन्द उठ कर खड़े हो गये, किन्तु खाने की चीजें देख कर चारपाई पर बैठ गये और प्याली की ओर चाव से देख कर डरते हुए बोले—लड़कियों को दे दिया है न?

शारदा ने आँखें चढ़ाकर कहा—हाँ-हाँ; दे दिया है, तुम तो खाओ।

इतने में छोटी लड़की आ कर, सामने खड़ी हो गयी। शारदा ने उसकी ओर क्रोध से देख कर कहा—तू क्यों आ कर सिर पर सवार हो गयी, जा बाहर खेल!

फतहचन्द—रहने दो, क्यों डाँटती हो? यहाँ आओ चुन्नी, यह लो, दालमोट ले जाओ

चुन्नी माँ की ओर देख कर डरती हुई बाहर भाग गयी!

फतहचन्द ने कहा—क्यों बेचारी को भगा दिया? दो-चार दाने दे देती, तो खुश हो जाती।

शारदा—इसमें है ही कितना कि सबको बाँटते फिरोगे? इसे देते तो बाकी दोनों न आ जाती? किस-किसको देते

इतने में चपरासी ने फिर पुकारा—बाबू जी, हमें बड़ी देर हो रही है।

शारदा—कह क्यों नहीं देते कि इस वक्त न आयेंगे।

फतहचन्द—ऐसा कैसे कह दूँ भाई; रोजी का मामला है!

शारदा—तो क्या प्राण दे कर काम करोगे? सूरज नहीं देखते अपनी? मालूम होता है, छः महीने के बीमार हो।

फतहचन्द ने जल्दी-जल्दी दालमोट की दो-तीन फंकियां लगायीं, एक गिलास पानी पिया और बाहर की तरफ दौड़े। शारदा पान बनाती ही रह गयी।

चपरासी ने कहा—बाबू जी! आपने बड़ी देर कर दी। अब जरा लपके चलिए, नहीं तो जाते ही डाँट बतायेगा।

फतहचन्द ने दो कदम दौड़ कर कहा—चलेंगे तो भाई आदमी ही की तरह, चाहे डाँट लगायें या दाँत दिखायें। हमसे दौड़ा नहीं जाता। बँगले ही पर हैं न?

चपरासी—भला, वह दफ्तर क्यों आने लगा। बादशाह है कि दिल्लगी?

चपरासी तेज चलने का आदी था। बेचारे बाबू फतहचन्द धीरे-धीरे

जाते थे। थोड़ी ही दूर चल कर हाँफ उठे। मगर मर्द तो थे ही, यह कैसे कहते कि भाई जरा और धीरे चलो। हिम्मत करके कदम उठाते जाते थे, यहाँ तक कि जाँघों में दर्द होने लगा और आधा रास्ता खतम होते-होते पैरों ने उठने से इनकार कर दिया। सारा शरीर पसीने से तर हो गया। सिर में चक्कर आ गया। आँखों के सामने तितलियाँ उड़ने लगीं।

चपरासी ने ललकारा—जरा कदम बढ़ाये चलो, बाबू!

फतहचन्द बड़ी मुश्किल से बोले—तुम जाओ, मैं आता हूँ।

वे सड़क के किनारे पटरी पर बैठ गये और सिर को दोनों हाथों से थाम कर दम मारने लगे। चपरासी ने इनकी यह दशा देखी, तो आगे बढ़ा। फतहचन्द डरे कि यह शैतान जा कर न-जाने साहब से क्या कह दे, तो गजब ही हो जायगा। जमीन पर हाथ टेक कर उठे और फिर चले। मगर कमजोरी से शरीर हाँफ रहा था। इस समय कोई बच्चा भी उन्हें जमीन पर गिरा सकता था। बेचारे किसी तरह गिरते-पड़ते साहब के बँगले पर पहुँचे। साहब बँगले पर टहल रहे थे। बार-बार फाटक की तरफ देखते थे और किसी को आते न देख कर मन में झल्लाते थे।

चपरासी को देखते ही आँखें निकाल कर बोले—इतनी देर कहाँ था?

चपरासी ने बरामदे की सीढ़ी पर खड़े-खड़े कहा—हुजूर! जब वह आयें तब तो; मैं दौड़ा चला आ रहा हूँ।

साहब ने पर पटक कर कहा- बाब क्या बोला?

चपरासी—आ रहे हैं हजर, घंटा-भर में तो घर में से निकले।

इतने में फतहचन्द अहाते के तार के अंदर से निकल कर वहाँ आ पहुँचे और साहब को सिर झुका कर सलाम किया।

साहब ने कड़ककर कहा—अब तक कहाँ था?

फतहचन्द ने साहब का तमतमाया चेहरा देखा, तो उनका खून सूख गया। बोले—हुजूर, अभी-अभी तो दफ्तर से गया हूँ, ज्यों ही चपरासी ने आवाज दी, हाजिर हुआ।

साहब—झूठ बोलता है, झूठ बोलता है, हम घंटे भर से खड़ा है।

फतहचन्द—हुजूर मैं झूठ नहीं बोलता। आने में जितनी देर हो गयी हो, मगर घर से चलने में मुझे बिल्कुल देर नहीं हुई।

साहब ने हाथ की छड़ी घुमाकर कहा—चुप रह सूअर, हम घण्टा-भर से खड़ा है, अपना कान पकड़ो!

फतहचन्द ने खून की घूँट पीकर कहा—हुजूर, मुझे दस साल काम

करते हो गए, कभी···।

साहब—चुप रह सूअर, हम कहता है कि अपना कान पकड़ो!

फतहचन्द—जब मैंने कोई कुसूर किया हो?

साहब —चपरासी! इस सूअर का कान पकड़ो।

चपरासी ने दबी जबान से कहा—हुजूर, यह भी मेरे अफसर हैं, मैं इनका कान कैसे पकड़ूँ?

साहब—हम कहता है, इसका कान पकड़ो, नहीं हम तुमको हंटरों से मारेगा।

चपरासी—हुजूर, मैं यहाँ नौकरी करने आया हूँ, मार खाने नहीं। मैं भी इज्जतदार आदमी हूँ। हुजूर, अपनी नौकरी ले लें! आप जो हुक्म दें, वह बजा लाने को हाजिर हूँ, लेकिन किसी की इज्जत नहीं बिगाड़ सकता। नौकरी तो चार दिन की है। चार दिन के लिए क्यों जमाने-भर से बिगाड़ करें।

साहब अब क्रोध को न बर्दाश्त कर सके। हंटर लेकर दौड़े। चपरासी ने देखा, यहाँ खड़े रहने में खैरियत नहीं है, तो भाग खड़ा हुआ। फतहचन्द अभी तक चुपचाप खड़े थे। साहब चपरासी को न पाकर उनके पास आया और उनके दोनों कान पकड़कर हिला दिया। बोला—तुम सूअर गुस्ताखी करता है? जाकर आफिस से फाइल लाओ।

फतहचन्द ने कान हिलाते हुए कहा—कौन-सा फाइल? तुम बहरा है, सुनता नहीं? हम फाइल माँगता है।

फतहचन्द ने किसी तरह दिलेर होकर कहा—आप कौन-सा फाइल माँगते हैं?

साहब—वही फाइल जो हम माँगता है। वही फाइल लाओ। अभी लाओ। बेचारे फतहचन्द को अब और कुछ पूछने की हिम्मत न हुई। साहब बहादुर एक तो यों ही तेज-मिजाज थे, इस पर हुकूमत का घमंड और सबसे बढ़ कर शराब का नशा। हंटर लेकर पिल पड़ते, तो बेचारे क्या कर लेते? चुपके से दफ्तर की तरफ चल पड़े।

साहब ने कहा—दौड़ कर जाओ—दौड़ो।

फतहचन्द ने कहा—हुजूर, मुझसे दौड़ा नहीं जाता।

साहब—ओ, तुम बहुत सुस्त हो गया है। हम तुमको दौड़ना? सिखायेगा। दौड़ो (पीछे से धक्का देकर) तुम अब भी नहीं दौड़ेगा?

यह कह कर साहब हंटर लेने चले। फतहचन्द दफ्तर के बाबू होने पर भी मनुष्य ही थे। यदि वह बलवान् होते, तो उस बदमाश का खून पी

जाते। अगर उनके पास कोई हथियार होता, तो उस पर जरूर चला देते; लेकिन उस हालत में तो मार खाना ही उनकी तकदीर में लिखा था। वे बेतहाशा भागे और फाटक से बाहर निकल कर सड़क पर आ गये।

3

फतहचन्द दफ्तर न गये। जाकर करते ही क्या! साहब ने फाइल का नाम तक न बताया। शायद नशा में भूल गया। धीरे-धीरे घर की ओर चले, मगर इस बेइज्जती ने पैरों में बेड़ियाँ-सी डाल दी थीं। माना कि वह शारीरिक बल में साहब से कम न थे, उनके हाथ में कोई चीज भी न थी, लेकिन क्या वह उसकी बातों का जवाब न दे सकते थे? उनके पैरों में जूते तो थे। क्या वह जूते से काम न ले सकते थे? फिर क्यों उन्होंने इतनी जिल्लत बर्दाश्त की?

मगर इलाज ही क्या था? यदि वह क्रोध में उन्हें गोली मार देता, तो उसका क्या बिगड़ता। शायद एक-दो महीने की सादी कैद हो जाती। सम्भव है, दो-चार सौ रुपये जुर्माना हो जाता। मगर इनका परिवार तो मिट्टी में मिल जाता। संसार में कौन था, जो इनके स्त्री-बच्चों की खबर लेता। वह किसके दरवाजे हाथ फैलाते? यदि उसके पास इतने रुपये होते, जिनसे उनके कुटुम्ब का पालन हो जाता, तो वह आज इतनी जिल्लत न सहते। या तो मर ही जाते, या उस शैतान को कुछ सबक ही दे देते। अपनी जान का उन्हें डर न था। जिन्दगी में ऐसा कौन सुख था, जिसके लिए वह इस तरह डरते? ख्याल था सिर्फ परिवार के बरबाद हो जाने का।

आज फतहचन्द को अपनी शारीरिक कमजोरी पर जितना दुख हुआ, उतना और कभी न हुआ था। अगर उन्होंने शुरू ही से तन्दुरुस्ती का ख्याल रखा होता, कुछ कसरत करते रहते, लकड़ी चलाना जानते होते, तो क्या इस शैतान की इतनी हिम्मत होती कि वह उनका कान पकड़ता। उसकी आँखें निकाल लेते। कम से कम इन्हें घर से एक छुरी लेकर चलना था! और न होता, तो दो-चार हाथ जमाते ही—पीछे देखा जाता, जेल जाना ही तो होता या और कुछ?

वे ज्यों-ज्यों आगे बढ़ते थे, त्यों-त्यों उनकी तबीयत अपनी कायरता और बोदेपन पर और भी झल्लाती थी। अगर वह उचक कर उसके दो-चार थप्पड़ लगा देते, तो क्या होता—यही न कि साहब के खानसामे, बैरे सब उन पर पिल पड़ते और मारते-मारते बेदम कर देते। बाल-बच्चों के सिर पर जो कुछ पड़ती—पड़ती। साहब को इतना तो मालूम हो जाता

कि किसी गरीब को बेगुनाह जलील करना आसान नहीं। आख़िर आज मैं मर जाऊँ, तो क्या हो? तब कौन मेरे बच्चों का पालन करेगा? तब उनके सिर जो कुछ पड़ेगी, वह आज ही पड़ जाती, तो क्या हर्ज था।

इस अन्तिम विचार न फतहचन्द के हृदय में इतना जोश भर दिया कि वह लौट पड़े और साहब से जिल्लत का बदला लेने के लिए दो-चार कदम चले, मगर फिर खयाल आया, आख़िर जो कुछ जिल्लत होनी थी; वह तो हो ही ली। कौन जाने, बँगले पर हो या क्लब चला गया हो। उसी समय उन्हें शारदा की बेकसी और बच्चों का बिना बाप के हो जाने का खयाल भी आ गया। फिर लौटे और घर चले।

4

घर में जाते ही शारदा ने पूछा—किसलिए बुलाया था, बड़ी देर हो गयी?

फतहचन्द ने चारपाई पर लेटते हुए कहा—नशे की सनक थी, और क्या? शैतान ने मुझे गालियाँ दी, जलील किया। बस, यही रट लगाए हुए था कि देर क्यों की? निर्दयी ने चपरासी से मेरा कान पकड़ने को कहा।

शारदा ने गुस्से में आकर कहा—तुमने एक जूता उतार कर दिया नहीं सूअर को?

फतहचन्द—चपरासी बहुत शरीफ है। उसने साफ कह दिया—हुजूर, मुझसे यह काम न होगा। मैंने भले आदमियों की इज्जत उतारने के लिए नौकरी नहीं की थी। वह उसी वक्त सलाम करके चला गया।

शारदा—यही बहादुरी है। तुमने उस साहब को क्यों नहीं फटकारा?

फतहचन्द—फटकारा क्यों नहीं—मैंने भी खूब सुनायी। वह छड़ी लेकर दौड़ा—मैंने भी जूता सँभाला। उसने मुझे कई छड़ियाँ जमायीं—मैंने भी कई जूते लगाये।

शारदा ने खुश होकर कहा—सच? इतना-सा मुँह हो गया होगा उसका!

फतहचन्द—चेहरे पर झाड़ू-सी फिरी हुई थी।

शारदा—बड़ा अच्छा किया तुमने, और मारना चाहिए था। मैं होती, तो बिना जान लिए न छोड़ती।

फतहचन्द—मार तो आया हूँ; लेकिन अब खैरियत नहीं है। देखो, क्या नतीजा होता है? नौकरी तो जायगी ही, शायद सजा भी काटनी पड़े।

शारदा—सजा क्यों काटनी पड़ेगी? क्या कोई इंसाफ करने वाला नहीं है? उसने क्यों गालियाँ दी, क्यों छड़ी जमायी?

फतहचन्द—उसके सामने मेरी कौन सुनेगा? अदालत भी उसी की तरफ हो जायगी।

शारदा—हो जायगी, हो जाय; मगर देख लेना, अब किसी साहब की यह हिम्मत न होगी कि किस अबू को गालियाँ दे बैठे। तुम्हें चाहिए था कि ज्योंही उसके मँह से गालियाँ निकलीं, लपक कर एक जूता रसीद कर देते।

फतहचन्द—तो फिर इस वक्त जिंदा लौट भी न सकता। जरूर मुझे गोली मार देता।

शारदा—देखी जाती।

फतहचन्द ने मुस्करा कर कहा—फिर तुम लोग कहाँ जाती?

शारदा—जहाँ ईश्वर की मरजी होती। आदमी के लिए सबसे बड़ी चीज इज्जत है। इज्जत गवाँ कर बाल-बच्चों की परवरिश नहीं की जाती। तुम उस शैतान को मार कर आये होते तो मैं गरूर से फूली नहीं समाती। मार खाकर आते, तो शायद मैं तुम्हारी सूरत से भी घृणा करती। यों जबान से चाहे कुछ न कहती, मगर दिल से तुम्हारी इज्जत जाती रहती। अब जो कुछ सिर पर आयेगी, खुशी से झेल लूँगी। कहाँ जाते हो, सुनो-सुनो, कहाँ जाते हो?

फतहचन्द दीवाने हो कर जोश में घर से निकल पड़े। शारदा पुकारती रह गयी। वह फिर साहब के बँगले की तरफ जा रहे थे। डर से सहमे हुए नहीं, बल्कि गरूर से गर्दन उठाये हुए। पक्का इरादा उनके चेहरे से झलक रहा था। उनके पैरों में वह कमजोरी, आँखों में वह बेकसी न थी। उनकी कायापलट सी हो गयी थी। वह कमजोर बदन, पीला मुखड़ा, दुबले बदनवाला, दफ्तर के बाबू की जगह अब मर्दाना चेहरा, हिम्मत भरा हुआ, मजबूत गठा और जवान था। उन्होंने पहले एक दोस्त के घर जा कर उसका डंडा लिया और अकड़ते हुए साहब के बँगले पर जा पहुँचे।

इस वक्त नो बजे थे। साहब खाने की मेज पर थे। मगर फतहचन्द ने आज उनके मेज पर से उठ जाने का इंतजार न किया खानसामा कमरे से बाहर निकला और वह चिक उठा कर अंदर गए। कमरा प्रकाश से जगमगा रहा था। जमीन पर ऐसी कालीन बिछी हुई थी, जैसी फतह चन्द की शादी में भी नहीं बिछी होगी। साहब बहादुर ने उनकी तरफ क्रोधित दृष्टि से देख कर कहा—तुम क्यों आया? बाहर जाओ, क्यों अन्दर चला

आया?

फतहचन्द ने खड़े-खड़े डंडा सँभाल कर कहा—तुमने मुझसे अभी फाइल माँगा था, वही फाइल ले कर आया हूँ। खाना खा लो, तो दिखाऊँ। तब तक मैं बैठा हूँ। इतमीनान से खाओ, शायद यह तुम्हारा आख़िरी खाना होगा। इसी कारण खूब पेट भर खा लो।

साहब सन्नाटे में आ गये। फतहचन्द की तरफ डर और क्रोध की दृष्टि से देख कर काँप उठे। फतहचन्द के चेहरे पर पक्का इरादा झलक रहा था। साहब समझ गये, यह मनुष्य इस समय मरने-मारने के लिए तैयार हो कर आया है। ताकत में फतहचन्द उनके पासंग भी नहीं था। लेकिन, यह निश्चय था कि वह ईंट का जवाब पत्थर से नहीं, बल्कि लोहे से देने को तैयार है। यदि वह फतहचन्द को बुरा-भला कहते हैं, तो क्या आश्चर्य है कि वह डंडा लेकर पिल पड़े। हाथापाई करने में यद्यपि उन्हें जीतने में जरा भी संदेह नहीं था, लेकिन बैठे-बिठाये डंडे खाना भी तो कोई बुद्धिमानी नहीं है। कुत्ते को आप डंडे से मारिये, ठुकराइये, जो चाहे कीजिए; मगर उसी समय तक, जब तक वह गुर्राता नहीं। एकबार गुर्रा कर दौड़ पड़े, तो फिर देखें, आपकी हिम्मत कहाँ जाती है? यही हाल उस वक्त साहब बहादुर का था। जब तक यकीन था कि फतहचन्द घुड़की, गाली, हंटर, ठोकर सब कुछ खामोशी से सह लेगा, तब तक आप शेर थे; अब वह त्योरियाँ बदले, डंडा सँभाले, बिल्ली की तरह घात लगाये खड़ा है। जबान से कोई कड़ा शब्द निकला और उसने डंडा चलाया। वह अधिक से अधिक उसे बरखास्त कर सकते हैं। अगर मारते हैं, तो मार खाने का भी डर है। उस पर फौज-दारी में मुकदमा दायर हो जाने का संदेशा—माना कि वह अपने प्रभाव और ताकत से अन्त में फतहचन्द को जेल में डलवा देंगे; परन्तु परेशानी और बदनामी से किसी तरह न बच सकते थे। एक बुद्धिमान और दूरंदेश आदमी की तरह उन्होंने यह कहा—ओहो, हम समझ गया, आप हमसे नाराज हैं। हमने क्या आपको कुछ कहा है? आप क्यों हमसे नाराज हैं?

फतहचन्द ने तन कर कहा—तुमने अभी आध घंटा पहले मेरे कान पकड़े थे, और मुझसे सैकड़ों ऊल-जलूल बातें कही थीं। क्या इतनी जल्दी भूल गये?

साहब—मैंने आपका कान पकड़ा, आ-हा-हा-हा-हा! मैंने आपका कान पकड़ा, आ-हा-हा-हा! क्या मजाक है? क्या मैं पागल हूँ या दीवाना?

फतहचन्द—तो क्या मैं झूठ बोल रहा हूँ? चपरासी गवाह है। आपके नौकर-चाकर भी देख रहे थे।

साहब—कब का बात है?

फतहचन्द—अभी-अभी, कोई आधा घण्टा हुआ, आपने मुझे बुलवाया था और बिना कारण मेरे कान पकड़े और धक्के दिये थे।

साहब—ओ बाबू जी, उस वक्त हम नशा में था। बेहरा ने हमको बहुत दे दिया था। हमको कुछ खबर नहीं, क्या हुआ माई गाड! हमको कुछ खबर नहीं।

फतहचंद—नशा में अगर तुमने मुझे गाली मार दी होती, तो क्या मैं मर न जाता? अगर तुम्हें नशा था और नशा में सब कुछ मुआफ है, तो मैं भी नशे में हूँ। सुनो मेरा फैसला, या तो अपने कान पकड़ो कि फिर कभी किसी भले आदमी के संग ऐसा बर्ताब न करोगे, या मैं आकर तुम्हारे कान पकड़ूँगा। समझ गये कि नहीं! इधर उधर हिलो नहीं, तुमने जगह छोड़ी और मैंने डंडा चलाया। फिर खोपड़ी टूट जाय, तो मेरी खता नहीं। मैं जो कुछ कहता हूँ, वह करते चलो; पकड़ो कान!

साहब ने बनावटी हँसी हँसकर कहा—वेल बाबू जी, आप बहुत दिल्लगी करता है। अगर हमने आपको बुरा बात कहा है, तो हम आपसे माफी माँगता है।

फतहचन्द—(डंडा तौलकर) नहीं, कान पकड़ो!

साहब आसानी से इतनी जिल्लत न सह सके। लपककर उठे और चाहा कि फतहचन्द के हाथ से लकड़ी छीन लें; लेकिन फतहचन्द गाफिल न थे। साहब मेज पर से उठने न पाये थे कि उन्होंने डंडे का भरपूर और तुला हुआ हाथ चलाया। साहब तो नंगे सिर थे ही; चोट सिर पर पड़ गई। खोपड़ी भन्ना गयी। एक मिनट तक सिर को पकड़े रहने के बाद बोले—हम तुमको बरखास्त कर देगा।

फतहचन्द—इसकी मुझे परवाह नहीं, मगर आज मैं तुमसे बिना कान पकड़ाये नहीं जाऊँगा। कान पकड़कर वादा करो कि फिर किसी भले आदमी के साथ ऐसी वेअदबी न करोगे, नहीं तो मेरा दूसरा हाथ पड़ना ही चाहता है!

यह कहकर फतहचन्द ने फिर डंडा उठाया। साहब को अभी तक पहली चोट न भूली थी। अगर कहीं यह दूसरा हाथ पड़ गया, तो शायद खोपड़ी खुल जाये। कान पर हाथ रखकर बोले—अब आप खुश हुआ?

'फिर तो कभी किसी को गाली न दोगे?'

'कभी नहीं।'

'अगर फिर कभी ऐसा किया, तो समझ लेना, मैं कहीं बहुत दूर नहीं हूँ।'

'अब किसी को गाली न देगा।'

'अच्छी बात है, अब मैं जाता हूँ, आज से मेरा इस्तीफा है। मैं कल इस्तीफा में यह लिखकर भेजूँगा कि तुमने मुझे गालियाँ दी, इसलिए मैं नौकरी नहीं करना चाहता, समझ गये?'

साहब—आप इस्तीफा क्यों देता है? हम तो बरखास्त नहीं करता।

फतहचन्द—अब तुम जैसे पाजी आदमी की मातहती नहीं करूँगा।

यह कहते हुए फतहचन्द कमरे से बाहर निकले और बड़े इतमीनान से घर चले। आज उन्हें सच्ची विजय की प्रसन्नता का अनुभव हुआ। उन्हें ऐसी खुशी कभी नहीं प्राप्त हुई थी। यही उनके जीवन की पहली जीत थी।

□